大海借路

周梅春

出版緣起

「長篇小說創作發表專案」作品出版（二〇二二年）

國家文化藝術基金會董事長

國藝會成立二十七年以來，致力國家全面性藝術專業補助，關注藝文生態發展、需求，營造有利文化藝術工作者的展演環境，並支持各藝術領域創作，推動具前瞻性、倡議性、符合時代發展的專案補助，在關鍵時刻注入關鍵活水。

二〇〇三年，從對生態趨勢觀察，我們理解長篇小說於創作及出版的困難。經過專業諮詢、充分討論、嚴謹把關、資源盤點之後，決定從創作、出版到推廣一條龍的概念進行補助，擴大作品影響力。近年也思考申請程序的便捷，提供線上申請服務。專案推動十九年來，至二〇二一年已補助六十九部原創計畫，出版四十一部作品。其中十九部獲得國內外獎項肯定，不乏作家個人的第一本長篇作品。

我們也期待，藝術能發揮影響力，與社會大眾連結，達到「Arts to Everyone」目標，藉由國藝會「藝企平台」鼓勵企業參與藝文。特別感謝「和碩聯合科技股份有限公司」，從二〇一三年持續支持國人作品，贊助本專案至今；我們也從「協作」的角度出發，結合高中教學現場、培育未來讀者及創作者。推動「小說青年培養皿」（二〇一七年）、建置「長篇小說專題資料庫」及「長篇小說跨領域論壇」（二〇一八、二〇一九年）、結合馬來西亞華校舉辦「線上文學課程」（二〇二〇年），進而串聯台北、新竹、苗栗、台東等校，以「線上讀書會」結合「實體課程」（二〇二一年）。

本書作者周梅春，是筆耕五十多年的資深寫作者，創作文類跨足小說、散文、兒童文學，從事編輯和書局經營，曾獲吳濁流文學獎、高雄市文藝獎小說類、南瀛文學傑出獎。一九九五年長篇小說《暗夜的臉》出版，睽違二十七年，最新作品：《大海借路》付梓問世。這是一部女性自覺的故事，以戰後南台灣的城鄉為故事背景，為一九五〇至一九七〇年代的青鯤鯓（今台南市將軍區鯤鯓里及鯤溟里）、鹽埕埔（今高雄市鹽埕區），留下珍貴的時代印記，也期待未來能進一步外譯或跨領域應用，讓更多人認識台灣之美。

二〇一九年接受《聯合文學》採訪時，我曾提到「文學與其他藝術表現一樣，體現人類存在的重要價值。經濟可以讓國家強大，藝術可以讓國家偉大。文學是藝術的其中一部分，影響層面可以非常廣泛。」以文字記錄時代斷片及人類價值的長篇小說故事，不管對當代或未來都將產生深遠的影響，謝謝長期耕耘的作家們，為這塊土地創造動人的故事。

最後，也要向本書編輯團隊表達感謝，謝謝用心打磨每個細節，成就了這部好作品！

目次

大海借路

大清早，高雄鹽埕埔，號稱「酒吧一條街」的七賢三路，經過一整夜喧嘩，清冷的街道殘留許多垃圾，幾個清潔人員正在努力打掃街道；幾隻瘦弱野狗一路低埋著頭尋找可以果腹的食物。

這是一九七五年代的高雄；許多越戰中來台度假的美軍延續五〇年代韓戰爆發，高雄港成為美軍補給港以及美軍度假必來尋歡作樂的地方；韓戰結束，美軍第七艦隊停靠，以及六〇年代越戰開打等等，一直延續到七〇年代，緊鄰高雄碼頭的七賢三路成為美軍步下港口，最常光顧的情色酒吧街。

華燈初上，一向樸實的南台灣，上演著一齣齣突兀的戲碼；七賢三路短短幾百公尺的街道，超過七十家酒吧，提供戰火下難得休假美軍一個喘息的場域；街道上處處可見摟摟抱抱的美國軍人以及濃妝豔抹的酒吧女郎，完全顛覆市井純樸氛圍。

錦繡布莊

坐落在七賢三路橫巷裡的錦繡布莊店門未開，天井連接後院的廚房卻熱鬧滾滾；阿滿將籃子裡剛從市場買回來的蔬果魚肉攤在桌上，讓錦繡一一檢視。

「鱸魚、腰裡肉、雞腿、小管，還有市場那家老字號的肝腸。」阿滿笑著拍拍紅豔豔的蘋果說：「進口的，漂亮吧。」

紅豔豔的蘋果跟青翠白菜放在一起，美極了。錦繡知道阿哲不喜歡吃蘋果，那個叫林玉芬的女孩喜歡嗎？不管喜不喜歡，錦繡下意識認為，女孩就是喜歡吃蘋果，尤其是自己，來自鄉下的女孩；第一次見到蘋果的驚喜以及初嚐蘋果滋味，都讓錦繡這輩子難以忘懷。

「現在的人不稀罕蘋果了，」昨日阿滿記下要買的東西時說：「現在水蜜桃又甜又好吃。」

「吃水蜜桃會弄髒雙手。」多汁的水蜜桃萬一滴在阿哲女朋友衣服上怎麼辦？

「啊！想太多。」阿滿拚命搖頭，卻也不再多言。

相處二十多年，既是主僕又像姐妹，阿滿十分了解錦繡，了解固執的她一旦面對疼愛的獨子，就會變成多慮的母親。

天剛亮阿滿就到市場去採買，這時還在鋪貨的攤子甚麼都新鮮，尤其是活跳跳的魚和蝦子。買了許多阿哲愛吃的海鮮，帶著滿滿的菜從市場回來，兩個女人一起為中午這場聚會做準備。說好會跟女朋友一起回家的阿哲，電話中稍帶羞澀的說：

「媽，我會帶女朋友一起回去。」

「啊！你有女朋友了？怎麼沒聽你說？」

「現在不是說了嗎？」

阿哲一向話少，談到女朋友似乎有一些些羞澀。都二十幾歲的大男生了，還這樣；錦繡在心中偷笑，笑兒子這麼大還會害羞，同時也歡喜他終於有了女朋友。

「我問了老半天，才知道是他們學校藥學系學生。」錦繡一邊沖洗蘋果一邊說：「也好，阿哲將來是醫生，娶個藥劑師老婆也不錯。」

「重點是女孩子的品性啦，希望不是那種嬌滴滴，動不動就發脾氣，那會讓人受不了。」阿滿已經將魚肉都清洗乾淨。「鱸魚清蒸破布子，腰裡肉呢？」

「就照妳平常煮的那樣，阿哲喜歡吃妳煮的菜，他說這幾年外食很痛苦，每天都想回來吃妳煮的菜。」錦繡突然笑出來。「這孩子真不給面子，從來不說想念媽媽之類的話。幸好我不會跟妳吃醋。」

「男孩子長大了，不好意思撒嬌，想念家裡的飯菜就是想媽媽啦，難道還要他抱著妳親？」

阿滿已經將鍋子裡的水煮滾，正要將魚肉丟進去去血水；這時前面傳來鐵捲門嘎嘎響的聲音，錦繡擦乾溼淋淋的手說：「英同兄今天店門開得特別早。」

裁縫師傅陳英同比起平常早起一個多鐘頭，五十幾歲，頭頂有些地中海禿，古銅色肌膚非常光滑，不見歲月痕跡；因為眉骨高，稍帶稜角的臉有一雙深邃眼睛；錦繡常常覺得那雙眼睛很內斂，所有情緒都能隱藏。不像阿滿，阿滿眼裡滿滿是笑意，很陽光；英同有那麼一點讓人猜不著心思的聽話。越是溫馴就越讓人想要親近。難怪鹽埕埔許多燈紅酒綠的吧女老遠都要來找他訂製旗袍。

「英同兄今天起早了。」

「阿哲今天回來，我怕妳們忙不過來，想說能不能幫個甚麼忙。」

「沒有甚麼好忙啦，就是煮一桌豐盛飯菜請他女朋友。你知道阿哲有女朋友了嗎？」

「嗯，我看過照片，長得很漂亮。」

甚麼？錦繡差點失聲叫出來。「你知道？你早就知道他有女朋友，那麼阿滿也知道囉？」

英同笑著拿起雞毛撢子拂拭櫃台，接著將幾卷亮麗又便宜的布料往店門口擺放。他越是不回應，錦繡越悶，甚至有點氣怒了。

英同是阿哲從小接觸最頻繁的男性，也一直扮演著代替阿哲父親的角色；英同常常把小阿哲扛在肩頭，兩人就像父子，走遍附近大街小巷；阿哲放學都是英同到學校接他，偶爾英同忙著接待客人走不開，媽媽去接，他就走在媽媽前面，走得比甚麼都還快。回到家還會說：「妳以後不要來接我。」「為什麼？」「妳穿那麼漂亮，人家會笑。我喜歡英同叔叔來接我。」

錦繡有點氣惱，阿滿居然還幫他解釋。「小孩子話，不要理他；誰不希望媽媽穿得漂亮。」

長大後的阿哲，終於給了媽媽一個合理解釋。「男生都是騎腳踏車回家，不然就一個人走回去，只有女生才讓媽媽帶耶，我又不是女生。」

太過分了。

錦繡嘀咕著轉身上樓，想到自己竟然最後一個知道兒子有女朋友，心中實在氣惱。

不知從甚麼時候開始，兒子和她有了距離，尤其上中學後，更是彆扭，完全不讓她跟老師有任何交集；店裡的熟客都說：長大了啊，不然妳要他黏一輩子嗎？

坐在梳妝台前面，錦繡撫摸略顯蒼白的面容。化妝是這二十多年來每日不可缺少的工作，一旦卸妝，失去顏彩的臉，如同刷白的牆壁，一點點黑斑都會放大，更何況潛藏在眼尾嘴角無所不在看似細微，其實正在大聲宣告青春離去的皺紋，躲無處躲。

長年居住在高雄鹽埕埔，在號稱「酒吧一條街」七賢三路周遭，看慣濃妝豔抹的酒吧女郎，錦繡不自覺臉上的妝越抹越濃；化妝品越買越多；只是，卸妝後的臉——。

錦繡已經很久不曾仔細看自己卸妝後的臉，梳妝台的鏡子很明亮，她熟練地塗上一層又一層乳液、粉底液、面霜，蜜粉等等，還在眼窩抹上眼影畫眼線，顴骨上的顏彩一定要和口紅同一個系列。

有時候，錦繡覺得自己越來越像那些吧女，一樣濃妝，一樣穿英同裁製的旗袍。

打開衣櫥，一整排綾羅綢緞裁製的旗袍掛得滿滿都是，都是店裡裁縫師傅陳英同親手縫製。只要店裡有新來的旗袍布料，英同一定從中挑選一塊花色典雅，圖案美麗的布料幫她做一件。

「這是免費廣告，小姐們看妳穿得漂亮，就會跟著做。」英同為錦繡裁製的旗袍領子幾乎都會滾上一層素色的邊，讓錦繡細緻美麗的脖子像一朵芙蓉從旗袍領子伸展出來。英同每次看著她試穿新旗袍，臉上就會閃現笑容。

這個點子從年輕到現在，一直都很管用。只要是錦繡穿在身上的旗袍料子，銷量特別驚人。

「其實，她們穿起來都沒有錦繡好看。」阿滿經常摀著嘴偷笑。

阿滿的話一點都不假，錦繡得天獨厚，擁有一副好身材，看起來既纖細又豐腴，別人穿旗袍如同裹上鋼鐵硬梆梆連走路都不自然，錦繡卻穿得自在優雅。

順手取下一件旗袍，錦繡在身上比了比，不知道為什麼，阿哲小時候那句話：「穿那麼漂亮，人家會笑。」突然衝上腦門。其實錦繡也曾經替阿哲著想，想像一個只有吧女才會穿旗袍出現的地區，有一個穿旗袍的媽媽出現在學校門口實在不妥。當年為了布莊生意，穿旗袍是份內工作。現在不了，孩子已經長大，說不定阿哲遲遲不肯帶女朋友回家，就是怕女朋友見到濃妝豔抹的媽媽。

錦繡跑進浴室把臉上濃妝洗掉，她在櫥櫃抽屜翻了又翻，找出一件很少穿的寬鬆洋裝，淡紫色洋裝，腰間繫一條皮帶，看起來就不會那麼沒精神。

她重新在臉上化妝，只塗了乳液，撲上一層薄薄蜜粉，眼影跟眼線都免了，口紅是那種幾乎看不出顏色的唇蜜，四十五歲的錦繡，傲人身材被寬鬆衣服遮住，淡妝的臉藏不住眼角的魚尾紋，立刻顯露歲月痕跡，看起來跟五十五歲的阿滿一樣。

阿滿在廚房忙得像陀螺，瓦斯爐上面兩個爐火都在燒菜，一個是紅燒蹄膀，一個是蘿蔔燉排骨湯；流理台還有一鍋白米飯和清蒸鱸魚；阿滿十歲就來到蘇家，一輩子都在煮飯做家事，她發現小主人阿哲的口味跟他父親一樣，喜歡清淡不油膩；儘管父子倆相處時間不到三年。

「父子就是父子，不只長得像，連口味都一樣。」阿滿一邊洗菜切菜一邊喃喃自語。

「需要幫忙嗎？」

英同突然把頭探進廚房，阿滿嚇一跳，瞪著這個一起長大，如今是丈夫的男人。

「夭壽喔！你要嚇死我是不是；去、去，你把店顧好就好。」

「白天哪來的客人。」那些過夜生活的吧女，此刻仍在睡夢中；更何況，聽說越戰已經結束，美軍正在撤出越南，不再有軍人來台度假了。

一度繁華的情色酒吧街，正悄悄的以另一種形式在改變。

「你是說，生意會越來越慘？」阿滿有點擔心。「難怪夜裡的街道有點冷清，不再像以前那麼熱鬧。」

「二十幾年，也夠了。」

阿滿從冰箱取出一塊豬的腰裡肉。「幫我把肉剁碎，我要炸八寶丸。」

阿滿炸的丸子最好吃，英同立刻蹲下來剁豬肉。「我記得剛到師傅家當學徒，頭家娘很兇，我經常被罵，有一次還被頭家娘拿木尺狠狠打了好幾下，只因為一塊布料掉到地上，地上不知哪來的水漬，把布料弄髒了，頭家娘就打我出氣。那個晚上我沒吃飯，睡在裁縫桌底下，妳悄悄拿兩顆丸子給我，雖然是冷的，真的很好吃。」

「我也記得。你剛來金采布莊當學徒，還是個孩子。」阿滿笑著說：「頭家娘打你的時候，你都沒哭；晚上店門關了，我知道你沒吃飯，特地拿丸子給你。那個時候豬肉要黑市才有賣，丸子裡包的菜比肉多，不像現在，整顆都是肉，這才叫八寶丸。」

「原來妳也記得，我卻一直沒跟妳道謝。」英同用力剁著肉末。

「謝甚麼？我們都是可憐人，每次看到你就會想到自己，我也是囡仔工，十歲就出來幫傭；你來的時候，我已經十七八歲，早就習慣蘇家的生活。」

阿滿很快煮好一桌豐盛的菜。

說好中午回來，現在也才十一點半左右。

阿哲媽媽呢？上樓換個衣服需要那麼久的時間？

「我也要去換衣服，」阿滿笑著說：「我們家阿哲第一次帶女朋友回來，我要穿漂亮一點。」

「哎呀！妳們兩個已經夠漂亮了，不要那麼緊張好不好。」英同笑著說。

阿滿進到臥房，知道英同自己也好不到哪裡，一大早他就在衣櫃裡東翻西找，挑選好看又得體的服裝。阿哲帶女朋友回家，這可是天大的事情，至少對他們三個人來說。不，還有一個人，他若地下有知，一定更緊張。

英同突然想到那一年，阿哲才三歲左右吧，師傅搭著他的肩膀說：「我們出去走走。」

白天七賢三路非常冷清，過慣夜生活的人此刻正躲在夢鄉好眠；師傅清瘦的臉有一種說不出來的憂傷，這是師傅臉上常有的神情，不同於英同藏在眼裡的溫馴，或者是，英同在成長過程不知不覺複製了師父的神情。

英同十二歲就到金采布莊當學徒，老闆就是他的裁縫師傅；英同出師後可以獨當一面卻仍留在布莊工作。師傅身體不好，店裡幾乎全賴英同招攬客人；儘管如此，英同還是打心底有點害怕師傅。

兩人隨性在街道漫步，師傅不開口，英同也不敢說話。

這麼嚴肅，是要我走路嗎？英同有些不安，心中暗暗盤算：真要我離開，能到哪裡去？英同是旗山鄉下孩子，那裡許多人一輩子沒做過新衣服，他學到的好手藝根本無用武之地；不回去，留在城裡，沒本錢開店，能到哪裡去？

師傅突然轉進一條巷子，大約在這條情色酒吧街的末段，離金采布莊不到兩百公尺。巷子很寬，兩旁同時開了好幾家酒吧，只是店面少了一點，比主街也更安靜一些。

他們停在一間剛剛整理過的店鋪前面，地面還有裝潢過鋸下來的木屑和角料；嶄新的門面設計很新潮，正面一大塊透明玻璃可以窺見店裡林立空置的玻璃櫥櫃。一塊深咖啡色油亮木製招牌高掛在店門口正上方，精心雕刻龍飛鳳舞四個大字「錦繡布莊」。許多個燈泡團團圍繞著，可以想見天黑了燈亮了，這塊招牌會有多燦爛。

師傅取出鑰匙示意英同打開店門，噹的一聲，一間新裝潢空蕩蕩的店鋪就在眼前。

英同不敢吭聲，兩眼直直看著師傅。

就在那一天，師傅把照顧阿哲母子的重責交到他手上。

阿哲和女朋友林玉芬走進來時，玉芬還特地看了一眼店門口的招牌——錦繡布莊。聽說這塊招牌是阿哲父親生前特地請人製作並且掛上去的。

進到店裡，玉芬被七彩繽紛的布料深深吸引，一路伸出右手指輕輕滑過柔軟布料。靠近門口玻璃櫥窗有一尊假人穿著漂亮的旗袍；店裡靠牆一方吊掛好幾件已經完工的旗袍和西裝。一個膚色有點深五官稜角分明的五十歲出頭的男人站在裁縫車旁微微笑著。

「英同叔，」阿哲聲調拉得很高「我們回來了。」

英同一股腦地笑。這個他自小帶到大的男孩，自從離家上大學，每次見面就覺得又長高了。

「哪有長高？」阿哲媽媽和阿滿姐都笑他，難不成要長到兩百公分？

「阿哲，」阿滿從一樓房間衝出來，緊緊握住他的手，一旁玉芬害羞地叫她「蘇媽媽。」

「呵呵，我不是，不是蘇媽媽，我是阿滿姨。」阿滿朝裡面跟著下樓的錦繡說：「她才——」話沒說完，阿滿竟然有點結巴。啊！怎麼回事？錦繡竟然穿一件寬寬的紫色洋裝，還有臉上的妝呢？來不及化妝嗎？

錦繡站在樓梯口笑著，伸出手握了握玉芬，感覺小女生很害羞，很緊張。

「來，我們去飯廳吃飯，阿滿姨為你們忙了一上午，都是阿哲愛吃的菜。」

「謝謝阿滿姨。」阿哲一手搭在媽媽的肩膀，很小聲地說：「媽媽今天好漂亮。」

錦繡笑了，笑得很得意。就說嘛，兒子的心，總算摸清楚了。

餐桌上，阿滿不斷幫阿哲和玉芬挾菜，錦繡卻不斷詢問玉芬的家世背景。

儘管不曾期望阿哲娶個有錢老婆，畢竟是醫學系學生，是準醫師，對象至少不能太差。

「他們是台南人，她爸爸是中藥批發商，對中藥很有研究，我每次跟她爸爸聊天，都覺得受益很多。」阿哲搶著幫女朋友回答媽媽的問題。

「台南哪裡？台南市嗎？」

「嗯，就在安南區。」玉芬笑起來很甜美。「我們家世代都是中醫，阿公阿祖那個年代可以幫病人治病，我爸早期也可以，後來政府規定比較嚴格，就只能賣中藥。」

「我知道，早期鄉下中藥店可以幫人家治病。」錦繡笑了笑。「許多中藥店的孩子，後來都考上醫學院。來，妳試試阿滿姨滷的豬腳，很好吃，以前阿哲只要有這一味，可以吃三碗飯。」說到中藥店，錦繡有點敏感，一副很想把話題帶開的樣子。

「我爸就是希望我弟將來像阿哲一樣。」玉芬小小心的啃著豬腳，很怕吃相不雅，傷了自己形象。

「妳將來當藥劑師也不錯。」阿滿插嘴說：「快喝湯，冷了不好喝。」

「青鯤鯓伯公家已經有人當醫生了。」玉芬笑著回答。

青鯤鯓？錦繡愣了一下。「妳不是台南人？」

「我是啊，」玉芬說：「我阿祖是青鯤鯓人，在青鯤鯓開中藥店；阿公很早就移居台南；我阿爸是在台南唸書長大的。」

「妳阿祖的中藥店店名叫永安？」

「啊！蘇媽媽怎麼知道？」

「妳爸爸不會剛好是林滄生吧？」

錦繡突然雙眉挑得好高，雙眼直瞪著玉芬。阿滿和阿哲從來不曾看過這種神情，兩人內心暗暗緊張起來。

「阿哲沒告訴妳，我是青鯤鯓人？青鯤鯓沒幾戶人家，開中藥店姓林的就只有一家。」錦繡似乎在生氣。

阿哲感覺氣氛不對，卻又不知道為什麼。他趕緊解釋：「媽，妳有點像在身家調查呢，我跟玉芬認識這麼久，根本不知道她阿公阿祖是哪裡人。」

「蘇媽媽認識我阿公？不對不對，我阿公很早就搬到台南了，我阿爸是在台南長大。我——我們跟伯公那邊的人不是很熟。」玉芬意識到氣氛不對，露出小心翼翼的笑容，雖然搞不清楚大人們到底有甚麼糾葛，但心想上一代再怎麼不堪也不會牽連到年輕人身上才對吧！

「怎麼可能認識？林家在當地是有錢人，我們啊，窮得像鬼。」

整桌的人都聽得出錦繡話裡既酸又刺，卻沒有人敢問為什麼。

阿哲放下筷子，把玉芬拉起來，說要帶她四處逛逛。

「等一等，」錦繡聲量有點大。「回去幫我問候妳爸爸，就說青鯤鯓——嗯，有人問候他。」

玉芬慌亂的點頭，眼淚幾乎要掉出來；阿哲不高興的瞪了媽媽一眼。就算有甚麼深仇也不該找玉芬麻煩啊！

阿滿整個人被嚇呆了。從來沒看過錦繡這個樣子。

錦繡十八歲進入蘇家，乖得像啞吧，前兩年幾乎不曾聽她講過一句多餘的話。

阿滿和英同跟隨錦繡母子來到錦繡布莊，錦繡不讓他們叫她頭家娘。

「妳年紀比我們輕，不叫頭家娘要叫甚麼？」

「叫我阿哲媽媽或者錦繡都可以，都好。」雖然金采布莊就在兩百公尺遠的地方，離開那個地方，錦繡像一隻掙脫籠子的小鳥，拚命飛舞著翅膀，臉上充滿笑容。這是被禁錮多久的自由啊！

從此錦繡和阿滿以姐妹相稱，就連裁縫師傅陳英同也跟著叫她「阿哲媽媽」。

阿滿生氣的瞪著錦繡；阿滿從來是謹守分際的女人，無論錦繡如何強調，妳比我的親姊妹還親。阿滿從未忘記自己是蘇家傭人，受頭家託付過來照顧錦繡母子的傭人。但現在，為了阿哲，阿滿可以跟任何人翻臉。包括阿哲媽媽。

坐在店裡獨自吃飯的英同，突然看見阿哲拉著滿臉淚水的女朋友衝出店門外。

「阿——阿哲！」一轉眼人不見了。英同知道有事情發生，立刻進入飯廳，只見阿滿坐在那裡，面對滿桌菜餚唉聲嘆氣。阿哲媽媽呢？

「怎麼了啦？發生甚麼事？阿哲為什麼氣沖沖跑出去？女朋友哭哭啼啼的，

誰被誰欺負了？」

「還不是——」阿滿指指樓上，雙手一攤，連解釋都無從說起。

錦繡呆坐在梳妝台前面已經很久了，一動也不動。幾個鐘頭過去，窗簾透進來的陽光漸漸西斜，有些灰暗，如同她的心情，灰僕僕一片。

下午了嗎？下午幾點？阿哲回來了沒有？大概不回來了吧？阿滿姐過來敲了幾次門：「錦繡錦繡，妳怎麼了？要不要緊？」

錦繡摀著臉，感覺時光一點一點在消逝。曾經有過的歲月一層一層在剝落，到底要經過多少年？遺落多少需要省思的事情？才能從過去逃脫？才可以坦然說出隱匿在內心深處的話？只是自己已經忘記原來的面貌，更何況那些不堪啟齒的往事！錦繡覺得好孤獨，湧上一股寒意；難道人生至終只剩這些，無邊無際的悲哀和沮喪？這是在成為熱鬧的七賢三路錦繡布莊老闆娘之後，從未有過的情緒。因為，她以為那個叫做潘阿秀的女孩不見了，已經被金采布莊老闆蘇金田形塑成另一個叫做潘錦繡的女人。勉強回想只是一片大海，遼闊的大海。多年來她的人生只有一個目標！一條路，就是把阿哲養大。

忘記那條遺落在記憶深處向大海借來的路絕不是故意的。

消失的星光

坐落在台灣島西邊的聚落——青鯤鯓，屬於北門郡將軍鄉一塊孤立在海上的沙洲地。

太陽照射下的沙洲有如一尾青色鯤魚，青鯤鯓地名因此而來；連接台灣海峽村子裡的居民幾乎全靠捕魚維生，一大片內海將它跟鄰近任何村落都隔開，無論上學就醫或者經商，無論到哪裡都要划船擺渡，幾世紀以來完全是孤島狀態的青鯤鯓在當地聞人陳天賜的帶動下，從昭和九年利用來往澎湖之間的商船載運三角石，趁每天海水退潮動員全村男丁義務砌岸鋪石造陸，從青鯤鯓到頂山仔，再到大潭寮，甚至打通鄰近一塊被稱為五棟寮，古早幾乎只住著幾戶人家其餘都是墓地的小沙洲；這條向大海借來的道路始於一九三六年十二月十三日完工，從此村民進出不用再划船擺渡，生活因此大大改善。

居住在一個幾乎全靠捕魚維生的青鯤鯓，一個每天出門就望見台灣海峽的漁村，三個女人組成的潘家，一個比一個弱小。阿秀和妹妹阿巧自小就失去捕魚的父親，母親阿潘嫂守寡時不到三十歲，親戚勸她改嫁，拖著兩個女兒能嫁給誰？

日子難過也得過，阿潘嫂天生是個海女，擁有與天搏鬥的韌性。她是鋟蚵仔高手，丈夫去世，原本屬於他們家的蚵仔場被左右兩邊人家一寸寸佔走了，只好在內海徒手抓魚摸蟹。別人家是等候潮水退了，在露出泥土的地面插竹竿紮漁網，等漲潮海水會把魚蝦帶進漁網，那是一大大群的魚啊！收網撈魚，同時也是男人展現身手臂力時候。失去男人的阿潘嫂徒手抓魚能抓幾隻？還得在潮水未退，身子泡在水裡抓魚，賣相好的送到市場去賣，剩下來就當作全家人的三餐。

這樣能養活一家三口嗎？碰到熟識的人這樣問，阿潘嫂只能苦笑：早咧，哪裡有錢賺就往哪裡去。

所以阿潘嫂在農忙季節常常去到比屏東更遠的農場幫忙種植和砍甘蔗。通常一去好幾個月，家中就只剩阿秀照顧妹妹阿巧。

所以阿秀小小年紀就撐起一個家，既要照顧年幼的妹妹，還要到鄰居家幫忙打雜，趕豬餵雞曬魚蝦，甚麼都做，只為了賺取一餐兩餐果腹；至於鋟蚵仔，那是漸漸長大後才學會的功夫。剛從內海撈上來帶殼蚵仔黏糊糊的，一把利刃撥開緊閉的殼，不小心刺傷手指，常常鮮血直流。姊妹倆就像是天公仔囝在這個充滿鹹鹹海風的漁村慢慢長大。

阿秀十七歲那一年，國民政府遷台不久，失去日治時代比較穩定的配給制度，抓到的魚雖然不再有任何能吃不能吃的限制，混亂的新舊台幣兌換，更加限縮的經濟環境，原本窮困的生活雪上加霜，使得阿潘嫂幾乎都留在異鄉做工。「我們跟妳去好不好？」阿秀曾經要求。「村子裡很多年輕女孩都出去了，出去做工賺錢。」

「憨囡仔，妳以為外面有甚麼工作？給有錢人煮飯帶孩子，被人家使喚來使喚去，不如待在家裡吃番薯籤配鹹魚啦。農場工更苦，日頭底下汗水像水龍頭嘩嘩的流，許多人今天做完明天就起不來了，何況——」

何況，阿潘嫂心裡有個願望，她到處請託，請人幫忙做媒。「我們家阿秀長得很漂亮，幫我們找個生意人，擔菜賣蔥都可以，只要不是作穡[1]也不要討海就行。」

「生意人娶媳婦要嫁妝，妳有嗎？」專業媒人婆總是不屑的搖頭推掉她的請求。

阿潘嫂不死心，至少，她還在等待，等女兒嫁給一戶好人家。

嫁個好人家，勝過困在漁村一輩子。

這輩子，阿潘嫂吃夠苦頭也苦怕了。從嫁入青鯤鯓成為漁村媳婦那一天，才知道每天都要與天爭命。每次半夜起風，或者有風拂過，只要窗戶稍稍發出一點聲音，她就睡不著，起身跑到埕尾望向天空。只要天空那一顆最亮的星有在閃爍，她才放心。「海上行船，全靠那顆子午星辨別方向。」丈夫說：「只要抬頭看見它在那裡，就知道自己在哪裡，該往哪裡走。」

對於近海捕魚蝦的船隻，這是世代流傳下來辨方測位的方法，子午星就像一盞明燈，近海捕魚的漁民對它的依賴比起後來興起的指北針大很多。「萬一被烏雲遮住呢？」「那要趕快回航啊！就怕起風，海上風浪大，竹筏被風浪越推越遠，有指北針也回不來。」

那一晚起風了。

阿潘嫂有點不安，春天後母面，傍晚丈夫說要出海捕劍蝦時天氣還不錯，半夜卻變天。

阿潘嫂整晚跪在埕尾向菩薩祈求，求烏雲趕快退散，子午星趕快出現；只要看得見子午星，丈夫的船就知道該往哪個方向回航；只要看得見子午星，陰霾的天氣變清朗，丈夫的船就不會被大浪推向大海更深處漂流。

阿潘嫂的哀求在深沉的夜裡，間夾一陣又一陣風雨，越來越狂烈。她聽見一向安靜巷弄傳來吵雜腳步聲，有人冒著風雨跑向出海口，一路狂喊著：回來了，回來了。也有人矗立在岸邊焦急等待。阿潘嫂是其中之一。

一整晚生死未卜焦急等待，有人等到男人安全歸來；有些船隻被大浪沖到鄰近村落，船毀了，落海的人被救上岸；唯獨阿潘嫂遲遲等不到男人歸來。

後來聽說丈夫為了捕撈更多劍蝦跑到較遠的海域，天象不對，海上起了風浪，眾人趕在子午星消失前那一瞬間，瞄準返航方向拚命划船。「汝翁走傷遠，趕袂轉來啦。」

阿潘嫂原本是鄰近村落農家女，家中幾分鹽地種不了好收成，整個村子都很窮，卻沒人窮到願意嫁給討海人。

「妳自己要想好，沒人強迫妳嫁。」婚前阿母憂心忡忡。「討海比作穡閣較艱苦。」

不知為什麼，阿潘嫂就是喜歡這個討海郎，這個看起來古意靦腆的男人。

那一年前後有三戶人家來說親，通常男女婚前是不見面，只有這個討海人跑到他們家農地來偷看。阿潘嫂記得那是紅蘿蔔採收季，全家出動，都在農田彎著腰把一棵棵成熟的紅蘿蔔從堅硬土壤挖出來。「女人都戴著斗笠包著圍巾，你怎麼知道哪個是我？」「妳又怎麼知道站在遠方的男人是我？」

怎麼會不知道？媒婆早就通知那天會有一個瘦瘦高高，皮膚黝黑的男人來偷看。出門前阿母把妹妹們還有嫂子們通通叫去田裡採收紅蘿蔔。那麼多女眷，丈夫就是認得出她。「媒婆說妳身材最好，最漂亮。雖然都戴著斗笠包著圍巾，還是看得出來誰最漂亮。」

丈夫不是那種甜言蜜語的男人，說出來的話總是叫人窩心。

嫁入潘家那一年，聯外道路正在施工。

丈夫帶著崇敬的語氣告訴她。「我們村子有個讀書人叫做陳天賜，本來在外面工作，聽說薪水很高，他卻放棄了回來幫地方造路；等這條路造好，無論是去大潭寮或是西寮，都可以用走的，不用再涉水或划船了。」

「有這麼好的人？」阿潘嫂跟著滿臉崇拜的神氣。

「讀書人就是跟大家不一樣，」丈夫說：「將來我們的孩子再苦也要讓他們讀書。」

才剛新婚的阿潘嫂，聽到孩子還會害羞，臉紅紅低下頭。

聯外道路在村民通力合作下，利用退潮時間鋪上商船從澎湖載回來的三角石，一層又一層，經常被海水衝撞破壞又重來；經過兩年時間，終於完成與開通。青鯤鯓不再是孤島。丈夫抱著初生女兒笑著說：「我們家阿秀長大要從這條路走出去，去外面上學去工作去生活，不要像我們一輩子待在小漁村。」

「等存夠錢，我要去買一艘十馬力的商船，然後跑澎湖做生意。」

隔壁阿財叔就是開商船跑澎湖做生意，把本島民生用品載到澎湖販售，再將澎湖曬乾漁獲載回來賣。「跑商船賺的錢比較多，也比較安全。」

丈夫滿腦子做的都是美好夢想，為了實現那些願望，丈夫似乎忘記個人力量有限，只知道埋頭拚命工作，不再跟她聊天，也不再訴說討海郎與海搏鬥時種種傳奇。疲憊和勞累全寫在臉上；阿潘嫂有時也會抱怨，但是丈夫真的很努力，不只在半夜出海捕魚蝦，白天等退潮，丈夫帶著她在那塊上一代留下來的蚵田插竹竿架漁網，等海水漲潮就會有魚蝦自動落網。潮汐十二個鐘頭來來去去，不只帶來大量魚蝦，也養肥插在竹竿上蚵殼裡的蚵仔。

成為漁村媳婦要學習的技巧非常多，她甚至認為大海恩賜比堅硬土地要好很多，尤其當她挑著滿滿竹簍的海鮮回娘家，左鄰右舍欣羨目光更是她最驕傲時刻。

為了實現夢想，丈夫拚過頭，小竹筏只能在近海捕魚，他卻跑遠了，遠到發現天上子午星被烏雲遮蔽，想回航已經來不及。

那一年，女兒阿秀五歲，阿巧也才三歲。

變天那一晚，她從期盼到絕望，從看不見子午星的夜空，看見黑暗。眼前就是一片黑暗。丈夫就在黑暗大海奮力泅泳，想找到一條活路是如此艱難——只要觸動丈夫正在黑暗大海尋找回家的路就會覺得窒息，心裡那道傷痕越扯越深，深到見骨，血流四溢。從此阿潘嫂了解人不能依賴某些東西過一輩子，包括那最被信賴的子午星。不再在黑夜裡看天空。管你哪一顆星最亮。就當作丈夫正在海上漂泊，總有一天會找到回家的路，會回來。靠岸，回來。

幾年過去，陸續有人失蹤，有人落海。許多年輕人捨棄上一代悲情宿命，離開漁村到外面拚搏。失去丈夫阿潘嫂僅能仰賴內海那塊小小蚵田，養蚵網魚，努力維生。

利用海水漲退潮養蚵是丈夫留給她唯一生路。在竹枝上綁蚵殼，插在退潮裸露泥地，海水會帶來浮游生物，滋養蚵仔肥美成長。只是這樣唯一謀生方式很快被左右養蚵人家一點一點侵佔。阿潘嫂發現兩旁別人家的蚵架越插越靠近，都是認識的鄰居，講遠一點來自對岸福建沿海一帶，祖先說不定還是親兄弟，何必這樣欺負年輕寡婦？阿潘嫂出聲制止也無用。蚵田是自古大家隨意佔有，沒登記也不是私人財產，只能眼睜睜看著貪婪人性肆無忌憚彰顯，終至全都沒了。

終身棲息在蚵殼裡面，掛在蚵架隨海流擺動的蚵仔，最後命運是被蚵鑽從自己身體剝離，成為人們腹肚裡的食物。阿潘嫂知道不想辦法出走自己一生就會跟這些蚵仔一樣，老死在漁村。

所以，不爭也罷。「我就跟隨你舅舅舅媽他們到處做農場工，大都在屏東偏鄉，最遠到過台東，通常十天半月才回來一趟，彼時妳也才十歲左右。」阿潘嫂常常說起這一段經過。阿秀從小就要負起照顧妹妹，守護家庭責任。遠在農場做工的母親呢，那種牽腸掛肚，擔心孩子遭遇不幸或者被欺負等等。

每天都度日如年。

1. 從事農務等工作。

變成孤島的青鯤鯓

那一年雨水特別多，五月梅雨季，天空像破了一個大洞，雨水一直下，一直下。青鯤鯓是沙汕地形，雨水排不出去，雖然擁有聯外道路，水漫過路面，望過去一片汪洋，分不出哪裡是路哪裡是內海，不小心就會踩進海裡；青鯤鯓對外交通完全中斷。

母親到屏東九如甘蔗農場做工已經有一段時間，阿秀和妹妹阿巧只好守著破房子，外面下大雨，屋裡下小雨，到處溼溼答答，忙著處理淹進屋裡的水，成為姊妹倆最大功課。

「阿姊，阿母甚麼時候回來啊！」

十五歲的阿巧，還很孩子氣，每天關在屋子裡都快發霉了，她想念母親。阿秀想的卻是現實問題。

「雨下不停，到處積水，阿母回不來啦。」

變成孤島的青鯤鯓，家中柴火逐漸用盡，有些人家乾脆把竹籠厝牆壁竹片拆下來起火煮飯菜，等雨停了，再修補回去。

阿秀沒這個問題，平常姊妹倆沒事做，會到外地收集枯枝樹葉，村子裡野放的豬產生的豬糞曬乾了也是很好的燃料；她煩惱的是買食物的錢快沒了，阿母再不回來怎麼辦？

這日天空稍稍放晴，村子裡養蚵人家急著把養殖在內海蚵架收上來，能收多少就收多少，不然全被大水給沖走，這一季收成就都沒了。蚵農吳老闆的長工吳進，人稱阿進仔一大早就推著雙輪拖板車，車上載著一大簍剛從海裡撈上來的帶殼蚵仔，轉進巷子停在阿秀家門口大聲喊著問兩姊妹能不能幫忙銽蚵仔？

「好啊，好啊。」

一簍帶殼的蚵仔傾倒在埕尾堆成一座小山丘，兩姊妹熟練的拿著蚵鑽銽蚵仔；天氣不好，必須在下大雨之前把蚵仔銽好。不然就要搬進屋子裡。

想到青蚵仔的腥味。兩姊妹不得不加快速度工作；當尖銳的刀子從黏糊糊的蚵殼滑過去，用力刺進左手食指，阿秀尖叫著甩掉蚵殼，鮮血瞬間噴灑出來，染紅原本溼透的土地。

阿巧被姊姊的慘叫聲嚇傻，不知所措的看著不斷冒出來的鮮血。這一刀刺得太深，幾乎整隻手指切掉一塊肉，都見骨了。阿秀臉色蒼白緊緊捏著手指頭，血還是不斷不斷冒出來。

林滄生就在這個時候出現，他剛好路過聽見阿秀慘叫，才彎進來探看。

「家裡有塗傷口的藥膏嗎？」林滄生立刻幫阿秀清洗傷口。兩姊妹拚命搖頭；「有可以包紮傷口的布條嗎？」不等姊妹回應他就撕下自己上衣一角，幫阿秀緊緊包住傷口。

鮮血繼續滲出包紮布條；阿秀仍然驚魂未定，一張臉白如紙；林滄生要她把手舉高。「這樣才不會繼續流血。」

阿秀雖然仍在驚嚇當中，畢竟過去大大小小傷口都經歷過；轉身叮嚀阿巧繼續銼蚵仔。「等一下進仔會來收蚵仔，沒做完不行。」然後看著眼前這個好心的陌生人。村子裡的人阿秀幾乎都認得，唯獨這個人完全沒見過，尤其一身白上衣白長褲的穿著打扮很突兀。

「糟了！」阿秀瞪著對方白長褲驚叫。「你的衣服都是血。」

「沒關係，洗一洗就好。」以為多糟的事呢，被撕下一塊布料的上衣不是更糟嗎？「妳的傷口很深，應該到醫院縫幾針。」看阿秀一顆頭搖得像波浪鼓，只好說：「至少要擦藥，萬一化膿會蔓延，整隻手指都爛掉。我阿嬤家有藥膏，我回去拿。」林滄生說完轉身就要走。

「你阿嬤是——」

「我阿嬤住在市場後面大廟旁邊，家裡有一些草藥，也有專門塗傷口的藥膏，我回去拿——」

「不要。」阿秀很堅定，她說：「等一下就好了，不需要擦藥。」

「可是——」

「我說了，不需要。」阿秀乾脆背對林滄生，一副趕人的樣子。

林滄生似乎有些不解，遲疑地轉身要離開。阿秀還在他背後喊：

「你拿藥膏來也沒用，我不會買。」阿秀只差沒講，我沒有錢買。

何況，阿母還欠那家中藥店一筆錢呢。林滄生離開了。她告訴阿巧。「去年妳生病，一直發燒，燒不退，阿母煮很多青草讓妳喝，還是沒用，只好帶妳去那家中藥店看病，吃藥的錢還欠著呢。」

「可是不擦藥會——」

「少聽他胡說，一定是想推銷他們家藥膏才這麼說。」

阿秀坐下來望著堆積如小山的蚵殼嘆氣，原本是要快一點錽完，現在反而甚麼事都不能做；她不忍心看阿巧自己一個人錽蚵仔，坐下來想要再試看看，左手才剛動一下立刻就又冒出鮮紅的血。

「阿姊，妳不要做啦。」阿巧一副要哭要哭的樣子。

這些年阿母到外地工作賺錢，阿巧幾乎是阿秀一手帶大，姊妹倆感情很好；阿秀可以感覺到妹妹的害怕，很想說幾句安慰的話，偏偏傷口真的很痛，痛得連身體都冒冷汗；阿秀嘆了一口氣，感覺自己真是沒用。

一個晃神，那個叫林滄生的男子又出現在眼前，雙腳踩著溼泥，手上抓一把雜草一路搖晃著進來說：「看我找到甚麼好東西了！」

那不是野草嗎？阿秀睜大眼睛看他手中那束還在滴著水的雜草——有著細細的葉子，開著細細花朵，大約六十公分長，水溝旁處處可見的野草。

「不就是野草。」連阿巧都知道它就是雜草。

「這是珠仔草，難得這個連棵樹都長不出來的地方看得到，雜草撥開全都是。」林滄生似乎很興奮。「別小看這藥草，它的功效可是非常非常大，可以消炎，可以治膿瘍，妳正好需要用它來治傷口。」

林滄生擅自走進廚房，他稍微愣了一下。從沒看過這麼簡陋的廚房，跟附近人家養豬搭的探更寮[2]差不多簡陋，茅草屋頂經不起連日大雨沖刷，漏水漏得很嚴重，地面一片泥濘，雨雖然停了，雨水還是滴滴答答繼續滴落；林滄生還在猶疑，不曉得要不要在裡面燒爐子。跟在後頭的阿秀開口問他：

「你要做甚麼？」

「我——我要起火。」林滄生將一只小爐子搬到廚房門口。幸虧是小爐子，不是大灶，這種潮溼天氣，大灶的話沒有很旺的柴火燒不起來。

「我來，」雖然左手不能動，畢竟是自己家的爐子，阿秀熟練的用儲藏豬糞起火；林滄生先將珠仔草洗乾淨，然後摘下最頂端的葉子，遞給阿秀說：「妳嚐嚐看，甜甜的。」阿秀嚐了。「嗯，是甜的。」

這時阿巧也把臉湊過來，也嚐了。「是甜的耶，我們都不知道，大水溝旁邊長好多喔。」

看阿巧高興的樣子，林滄生笑了。「這是藥草，不能亂吃。」

林滄生將珠仔草像切菜一樣切碎，放進熱鍋裡翻炒。炒到乾燥而不焦黑，再把鍋子放到一邊，這時候的珠仔草有點乾乾脆脆，煎匙用力壓，慢慢變成粉狀。

「誰教你的？」阿秀一臉好奇。

「這是我阿公傳下來的祕方。」林滄生說：「日本時代很少中藥材，我阿公就靠這一味治好很多人的傷口。」

「好厲害的阿公，我們小時候生病都去找他。」

「阿公已經不在了，現在中藥店是我大伯父在經營。我這次回來探望阿嬤，卻被大雨關住不能回去，聯外道路都中斷。我怕台南的家人擔心，阿嬤卻說：『恁老父佇遮大漢，伊知影落雨青鯤鯓就變啥物款，會共恁母仔講啦。』」看起來挺斯文的林滄生學起阿嬤講話的聲調很是頑皮，姊妹倆忍不住笑出聲。

「好了，終於完成了。來，我幫妳敷藥。」

阿秀皺著眉頭，當林滄生拆開她手指上的布時，一陣刺痛襲來，她縮了縮肩膀。「痛嗎？忍耐一下就好。」林滄生動作很溫柔，很仔細的把藥粉撒在傷口上。

這時埕尾一輛雙輪拖板車推進來，送帶殼蚵仔的阿進仔跳下來，插腰望著地上還沒鍓好的蚵仔殼，粗聲粗氣的罵說：「阿怎麼還沒鍓好？我趕著送貨，竹排都在海邊等了，妳們──」「我阿姊的手受傷了啦。」阿巧急著解釋。

吳進瞪了阿秀一眼，當他看見阿秀受傷的手指頭血跡斑斑，血肉模糊時就閉嘴了。他把鍓好和未鍓好的蚵仔通通放到拖車加裝的置物籃，臨走丟下一句話：「有夠衰啦，這沒鍓完的蚵仔算誰的啊！」

「這個人說話很沒禮貌。」林滄生把傷口包紮好，粉末分成好幾包。「一天至少敷一次。明天我會來幫妳檢查傷口，順便換藥。」

林滄生微彎著腰，低沉又有磁性的聲音，非常靠近的呼吸，幾乎就在耳朵旁輕輕吹拂，輕輕將粉末撒在傷口時溫柔的動作，歷經二十多年，錦繡已經忘掉疼痛的感覺，卻還記得，記得他的呼吸與心跳。

如果沒有受傷，他們就不會相遇；沒有相遇，漁村姑娘潘阿秀就不會來到高雄鹽埕埔成為布莊老闆娘潘錦繡。

人生是一個不斷變動的過程，沒有過去，就沒有現在；經過這麼多年，錦繡相信，過去的自己蛻變成今日形貌，所有結果不是自己可以預期時，只能默默接受，包含不經意犯下的錯誤；她不會故意向一個人、或是整個事件控訴。一切都其來有自。

夜深人靜，錦繡坐在窗前誦唸大悲咒，在兒子逐漸長大的過程，在過去紛擾歲月，她常常慌亂不安，情緒低落甚至整夜無法睡眠；她認識的一位出家師父好心教她唸大悲咒。唸出聲音，師父說誦持大悲咒可以得十五種善生，不受十五種惡死；錦繡不求善生，錦繡只求布莊生意穩定，為兒子營造一個舒適安全的生活環境。她沒有多餘心力去參透佛法，但是她誠心祈求菩薩保佑，感謝上天派來兩位活菩薩——阿滿姐和英同兄共同守護兒子阿哲。

「沒有你們，就不會有我潘錦繡和阿哲。」

這是真心話，儘管這一切都是阿哲父親生前精心安排，但不是每個人都能信守承諾。

今晚時間過得特別緩慢，錦繡一邊誦唸大悲咒一邊豎著耳朵傾聽，阿哲帶女朋友離家後就沒消息，他會不會回來？回來質問為何如此對待他的女朋友？為什麼？錦繡想了一整晚要如何告訴兒子。告訴他玉芬父親當年對她的傷害遠遠超過玉芬今日所受到的對待，是誰殘酷到把一個叫做潘阿秀的漁村姑娘整個毀掉？那個潘阿秀就因為他——林玉芬的父親沒有信守承諾而毀了。

答應隔天會來幫忙換藥，林滄生真的來了。

換藥時候，他說：

「妳看，傷口好很多，雖然還是腫的，已經不會滲出血水。」

「而且不痛了，謝謝你。」阿秀誠心誠意的道謝。

「傷口復原期間，很怕潮溼，這幾天都不要碰水。」

「知道啦，以前我也受傷過，鋟蚵仔的小刀又尖又利，哪個鋟蚵仔的沒受傷？從來沒敷過藥就自己好了。」

「妳這次不一樣，都見骨了，沒處理好，手指爛掉，要截肢的。」

阿秀想起有些鋟蚵仔的婦女左手的確少了一、兩節，恐怕就像林滄生說的那樣，感覺有點恐怖。

「你能教我認識珠仔草嗎？我以前見過，以為是雜草，沒細看，你帶我去確認一下好嗎？」

「當然可以，珠仔草不只外用，還可以內服，它對清毒解熱很有效。」

天空雖然烏雲密布，雲層很低，感覺要下雨的樣子，地面還是很泥濘；還好這兩天的雨水少很多。

林滄生依舊是一件白長褲，這回搭配的是淺藍色上衣。

二十出頭的年輕男人，擁有漁村很難見到白皙細嫩肌膚，兩道濃眉底下有一雙黠慧的眼；阿秀總是低垂著頭不曾正面瞧他，卻很清楚記住他那一雙完全不露指關節細長手指頭靈活的在小鍋子炒珠仔草，用煎匙壓碎乾炒完成的珠仔草，以及，將細粉狀珠仔草撒在她傷口上——。

雙腳踩在泥濘的路面，多少會濺起污水，在白色褲管留下一點一點污漬。

「你好像很喜歡穿白色長褲，昨天那件是，今天也是。」阿秀沒話找話說。

「我母親喜歡做衣服，她幫我做好多白色長褲，從小就這樣。妳覺得白色好看嗎？」

「是好看，不過白色容易髒，像我們住鄉下的人，有時洗不乾淨，留下一坨一坨黃黃污漬，反而難看。」

坐落在台灣西邊的青鯤鯓，有兩個里，一個是鯤鯓里，一個叫鯤溟里；無論哪個里，都被大海環繞，都躺在大海懷抱；房子一間一間蓋得很緊密，鄰里間聲息相通，巷弄彎彎曲曲，走出巷弄就可以看到台灣海峽。

「天氣好的時候，到海邊吹吹風覺得好舒服；天氣不好，海可以連人帶船吞進去。」阿秀一頭長髮被海風吹亂了，幾乎遮住半邊臉。「阮阿爸半夜出去捕魚，連人帶船都不見了。」

「喔，」滄生不知道說甚麼好。「大海真的很無情，幸好我們家沒有人留下來捕魚。」說完這話滄生就知道錯了，偷看一眼，阿秀似乎不覺得有甚麼不對，反而點頭：

「阮阿母說我們是苦命人，不像有些好命人天生來享福。」

「不能用這樣來區分人的命。」他們在一條溝渠旁停下來。「妳看，這裡有好多珠仔草。」

水溝旁沃土多，不只珠仔草，其他野草也長得茂密，這在鹽分重的偏鄉很難看見。滄生撥開雜草，指著一棵一棵枝幹特別纖細，葉子很多也很細小的植物；阿秀很努力要把它的形狀記下來。她看見整棵草掛滿了小珠子，她笑著說：「我知道它為什麼叫珠仔草了，你看它的果子大概只比針孔大一點點，一顆顆像珠子又圓又多。」

「那麼不會認錯了？」滄生笑著把阿秀一頭被風吹亂的長髮往後面撥。「看清楚了？」

「嗯，不會錯。謝謝你教我認識這麼好的草藥。」

跟滄生在一起，阿秀不知道說了幾遍謝謝，謝謝。

天空烏雲厚得像鉛塊，海風吹得冷森森，不像夏日，倒像入秋。眼看一場大雨又要來襲，前方突然出現一隻下腹垂滿正在泌乳的乳房的母豬，帶著一窩小豬沿著水溝走過來，母豬正在草叢裡尋找牠們愛吃的野菜；阿秀拍拍手，母豬竟然乖乖走到面前讓阿秀摸牠的頭。

「這是我們鄰居養的豬，最近才生下一窩小豬。」

「牠認識妳！」滄生笑著說：「我常跟台南的朋友說這裡的豬是放養的，完全不用豬舍豢養，晚上會自動回家，他們都不相信，以為我騙人。」

「把豬關起來才覺得奇怪呢，豬會認主人，白天四處走動晚上自動回家，重要的是，牠們會自己覓食，不用花費時間和食物照顧。」

「那也要沒有人偷豬啊，」滄生說：「這麼好的地方，我乾脆搬回來住好了。」

「真的假的？」阿秀笑著說：「你回來能做什麼？」

他們剛好走到聯外道路前面，這幾天雨勢趨緩，路面終於浮出水面；已經有人在通行。阿秀繼續說：

「你知道這條路是向大海借來的嗎？阮阿爸說等我長大，要從這條路帶著我出去上小學，上中學，然後要我留在外面工作，從此不要回來。」

「為什麼不要妳回來？」

「阮阿爸認為不管兒子女兒都要到外面去打拚，留下來要跟大海拚搏，人拚不贏大海。」

說到這裡，阿秀神情黯淡下來，既然阿爸早就知道跟大海拚搏的下場，為什麼起風變天時不趕快回航？「聽說為了多捕一點劍蝦，他的船跑太遠了，回不來。」阿母常常喃喃自語。「那個晚上窗格子被風打得叩叩響，我跑到埕尾看不到天上那顆最亮的星，我就開始擔心；擔心也沒用，祈求也沒用，甚麼都沒用！他還是沒回來。」

「天上甚麼星？」

「夜裡天上最亮那顆星，子午星。捕魚的人全靠子午星判別自己所處的方位，只要變天，」阿秀說：「他們就會用盡全力回航。」

林滄生靜靜聽阿秀訴說父親遭遇海難的經過，內心充滿不捨，卻說不出半句安慰的話。

「結果，我五歲那年阿爸就跟船一起沉入大海了，阿母說，那個起風的夜晚，子午星很快就被烏雲蓋住。阿爸找不到回家的方向才——我後來常在夢裡夢見那顆星，我在夢中嘶吼著告訴阿爸，子午星在這裡，趕快——我長這麼大還是會夢見那顆星。」

阿秀第一次跟別人訴苦，聲調很平穩，彷彿在說別人的事情。

後來他們常常在昏暗的夜晚一起散步，夜晚漁村幾乎見不到半盞燈火，漁民習慣在天黑上床睡覺，在半夜出海捕魚；以為無人窺伺的夜晚，其實還有一對經常喝得醉醺醺布滿血絲的眼睛，一個站都站不穩酒氣沖天的身影，長工吳進每天躲在暗夜街頭閒晃，冷眼觀看兩個年輕人的感情世界極速升溫。一個二十歲，一個十七歲；青春會在對的時間迸出炫麗煙火，也會在不對的時間迤邐鮮紅的血。

曾經他們站在那條通往大潭寮，向大海借來的聯外道路路口，林滄生信誓旦旦告訴潘阿秀：

「有一天，我會帶妳從這條路走出去。」

這是承諾嗎？

阿秀輕輕掙開他的手，內心卻充滿從未有過的溫暖，那是酷寒生活裡最欠缺的依靠啊！

烏雲疊聚又散去，兩人沿著海灣漫步和聊天，幾乎走遍整座村落，才又繞回阿秀的家。

天氣漸漸放晴；青鯤鯓聯外道路全都浮出水面，水退了；台南家中有人捎來信息，問滄生幾時回家。

滄生每天清晨固定會到阿秀家一趟，看看她手指復原情況；傷口癒合，滄生還是會來；有時帶市場好吃的早餐，甜甜的杏仁茶和蛋糕；有時是中藥店阿姆[3]炒的花生糖，麥芽糖炒得焦焦的，淋上花生，很香。然後坐在兩姊妹旁邊，看她們吃的歡歡喜喜，他也歡歡喜喜。

兩姊妹的阿母還在外地農場做工，她們繼續幫進仔銨蚵仔，天未亮一簍一簍帶殼蚵仔堆滿埕尾，天剛亮就來收走；滄生知道她們的作息，每天的陪伴成為一種常態時，年輕人忽略掉左鄰右舍異樣眼光，尤其是在這幾乎雞犬相聞的小漁村。

滄生阿嬤終於聽到閒言閒語了，她要他立刻回台南。

「恁老父叫你轉去啦。」阿嬤說：「做兵仔單寄來矣，毋轉去人會來掠。」

「好啦，我過幾天就回去。」

「有啥物代誌愛等咧，你毋通參人勾勾纏。」

「無啦，妳聽啥物人黑白講。」

「無上好，彼咧查某囡仔他兜足散赤，連小學閣無讀，毋捌字，共你無適配啦。」

「阿嬤妳莫共人講遐遮爾歹聽，伊是認真鍥蚵仔咧賺錢，毋是食飽閒閒咧迌迌。」

「你看，閣講無啥物代誌，你毋轉去，我叫你老爸來掠人。」

「好啦好啦，我明仔載就轉去。」

那天滄生來得特別早，東方還是一片黑濛濛，兩姊妹還沒起床鍥蚵仔，敲門的時候，只有阿秀起來應門。

阿秀有些困惑。「這麼早來，現在幾點啊？」

「我今天要回台南去了。」滄生看起來有些沮喪。

「你不是說剛畢業，等著去當兵嗎？」

「聽說兵仔單來了，不回去不行。」

嗎？」

「喔。」阿秀一臉無奈，認識也才二十幾天，她能說甚麼呢？「你還會再來

「我當然會回來。」滄生一臉認真神氣：「我想了一整晚，整晚都沒辦法睡覺；我怕沒把話說清楚，回去後直接去當兵，就沒機會說了。這麼早來，就是要親口跟妳說，我想要一輩子跟妳在一起，如果妳答應，我今天回去，就跟家裡說，先讓我們訂婚。」

「我們家這麼窮。」阿秀沒想到滄生這麼直白，話說得激動，有些含糊不清，阿秀還是清楚明白，他在向她求婚！求婚！阿秀臉紅到耳根，才十七歲小女孩呢，一顆心像小鹿亂撞，快要跳出來。

「我們家也不是有錢人，等我當兵回來我們就結婚。」

「真的要娶我？」

「當然是真的，我發誓，如果——」阿秀伸手放在滄生嘴巴，不讓他繼續發誓。「我相信你。」

「一定要等我。」滄生兩眼發亮，怎麼也料不到翻轉一夜未眠，深怕話出口

就被拒絕的約定，竟如此順利得到應允。

阿秀害羞點頭同時，滄生情不自禁將她攬進懷裡，一股熱流傳遍全身，兩人就在門口繾綣擁抱和親吻，渾然不覺送帶殼蚵仔的吳進已經將兩輪推車推進埕尾。

手推車輪子嘎嘎聲浪十分刺耳；兩個年輕人急速分開，臉紅到耳根。

滿嘴檳榔，一身酒氣，吳進用力卸下竹簾筐裡帶殼的蚵仔，嘿嘿笑著揚長而去。

2. 又稱桶間寮，早期沿海地區漁民的放置工具或休息的工寮。
3. 台文，伯母的意思。

天公若無公平，天嘛會流目屎

阿潘嫂終於從屏東九如甘蔗農場趕回來，一進門就狠狠打了阿秀一個耳光。

「妳卸世卸眾，把我們家的臉都丟光了！」

原來流言傳到農場去了，傳得很難聽，說中藥店阿嬤的孫子每天晚上都在她們家鬼混。「阿潘嫂妳再晚點回去，就準備抱孫子囉。」

阿潘嫂年輕守寡，本來就很難在重男輕女的漁村立足。要守住女人的清譽是多麼難，總有一些存心不良的男人打歪主意，以為她們家沒有男人很好欺負；卻不知道阿潘嫂是個非常強悍的女人，為了守護兩個女兒，守護這個家，阿潘嫂拚命工作賺錢，哪裡有工作就往哪裡去，哪有時間跟男人勾勾纏？如此小心謹慎還是會有人說閒話，還加油添醋，說得像真的一樣。

阿潘嫂早就吃過流言的虧，想不到這種事會發生在女兒身上。

阿秀十七歲了。她這時才想起，十七歲的女孩有些已經嫁做人婦，甚至做了母親。她只記得阿秀月事剛來不久，怎麼一晃眼就十七歲了。

兩年前阿秀發現下體流血，以為自己得了重病，足足哭了一個禮拜，等阿母從外地回到家，已經是幾個禮拜後的事。阿潘嫂拍拍她的肩說：「阿秀，妳大漢矣。」阿秀這才知道每個長大的女人都會有月經。

女兒長大，母女卻從來不曾談論男女之間的事；阿潘嫂有點氣餒。到底是哪個夭壽死囡仔敢戲弄已經長大的女兒？聽到流言，阿潘嫂正在九如甘蔗農場做工。

本來放下工作就要跑回青鯤鯓，卻聽人家說：青鯤鯓整整下了一個月大雨，聯外道路都中斷。阿潘嫂了解那種狀況，心急也沒用，想回去也進不去，只好等待。

看見阿母回來，姊妹倆本來很高興，狠狠一記耳光卻讓兩人都嚇傻。

阿潘嫂鐵青著臉要她們說實話。「一句都不准騙我。」

阿秀有點不高興，莫明奇妙挨了一記耳光，還要說清楚講明白？

她不甩阿母，轉身進入臥室，用力將門關上。砰的一聲，原本就有點離離落落的柴門，禁不起用力摔，竟然整片掉下來，趴在地面。

阿潘嫂將妹妹阿巧拉到一旁，仔仔細細的詢問。阿巧本來就很乖，再說阿母打的是姊姊，表示做錯事的不是自己。

「那個人很好啊，阿姊手指頭差點被鋟蚵仔刀子切掉，是他幫忙治好的。」

「又沒怎樣，他只是來跟我們聊天，順便買早餐給我們吃。」說到這裡，阿巧有點心虛。阿母自小就吩咐，不准她們接受別人東西，尤其是食物。「我們雖然窮，也不要人家可憐。阿母會拚命工作把妳們養大。」阿母的叮嚀突然在耳際響鈴一般，嗡嗡叫著。

「他說將來要跟阿姊結婚。」為了減輕罪惡感，阿巧突然冒出這句話。

「他是誰？」阿母緊咬這句話不放。

「就是他啊！滄生哥親口告訴我們的，他要跟阿姊結婚。」

孩子才剛養大，就自作主張了。

阿潘嫂不斷嘆氣，她在農場聽到的可沒這麼簡單，阿秀不忌諱的跟男人到處趴趴走；還讓人家登堂入室。「每個晚上都來阿秀家過夜。」這句話可是經常在天未亮送帶殼的蚵仔到家裡來的阿進仔傳出來的。人家還親眼看見兩人親熱呢。

唉！

阿潘嫂知道代誌大條了，在這個封閉漁村，被說成這樣不堪，阿秀就算是一塊白布，跳到河裡也洗不清。

隔天一早，阿潘嫂來到市場附近徘徊。

市場後方有座廟叫做「朝天宮」，是村民精神信仰中心。

朝天宮原本是一座極簡陋小廟，嘉慶年間從福建泉州同安陸續遷移來到青鯤鯓這座荒島的先民，有感天上聖母娘娘的庇佑，信眾以竹子和茅草蓋了一座廟，廟額「朝天宮」原本只供奉聖母娘娘，歷經多年代天巡狩、五府千歲、七王千歲、北極玄天上帝等先後進駐，香火鼎盛，已經成為村民的信仰中心，小廟卻也漸漸容不下逐漸增多的神明，村民經常聚在一起商量遷建事宜。

阿潘嫂從北門鄉南鯤鯓嫁入將軍鄉青鯤鯓，婚前拜的是代天府菩薩；婚後跟隨夫家經常到朝天宮拜拜；廟裡供奉的無論玉皇大帝、三官大帝、張府天師、鯤鯓大媽、二媽、三媽……等等，她都虔誠膜拜，祈求菩薩保佑平安；儘管丈夫因為海難早逝，生活在漁村，每天都要與海拚搏的人，都知道自己的宿命，從來不敢有半句怨言。

中藥店就在朝天宮附近，一條又一條彎彎曲曲的巷道，眾多住家裡面少有的生意門面，聽說從福建第一代來台祖先落腳就在此幫人家醫病治病。老先生在世時，阿潘嫂的兩個女兒小時候生病，幾乎都是吃他們家中藥好的，隨著女兒成長，較少生病，阿潘嫂也很久不曾來過。

印象中的永安中藥店旁邊有一棵大榕樹，濱海漁村很少看到那麼高大的樹，聽說是林家祖先親手種植，已經上百年。

世代都是中醫，林家早已開枝散葉，許多人搬到城裡去了。

阿秀這孩子太傻，林家豈是隨隨便便可以高攀的？

阿潘嫂在大廟前面拜了又拜，嘴裡念念有詞。不管怎樣，為了女兒的將來，說甚麼都要走這一趟。

進到店裡，昏暗的空間瀰漫濃濃草藥味，阿潘嫂睜著一雙無法同時適應明暗強烈改變視覺的眼睛，勉強看見店裡已經有人坐著，站在長櫃後面拿戥子抓藥的先生娘以為生意上門，笑著說：「請坐，先生馬上來。」

「不是，我找老太太。」

「請問妳是——」

「我、我姓潘，人家叫我阿潘嫂。」出門前阿潘嫂把家中最好的衣服穿上，頭髮梳了又梳，梳得整整齊齊；站在中藥店磚造堅固的房子，穿一身潔淨衣裳溫柔微笑的先生娘面前，全身沒來由燥熱起來，汗如雨下。

中藥店先生娘愣了一下，馬上會意。「可是，老太太今天不在家。」

「甚麼時候回來？」

「不知道，她到——台南作客，暫時不會回來。」

「不會是故意躲我吧，這種事總要說清楚。」阿潘嫂不管店裡坐著的是甚麼人，她知道態度不夠強硬，沒有人會把她們當一回事；她把頭上草笠扯下來，太用力（手都在發抖），好不容易梳好的頭髮整個糾成一團，看起來像肖查某，有點嚇人。

果然先生娘嚇到了，店裡還有客人呢，傳出去多難聽！滄生是小叔的兒子，玩弄人家閨女，還始亂終棄，躲回台南，不怕人家鬧；她和丈夫兒女全都住在此地，鄉下地方隨便一點小事都會傳一輩子，何況這種大事。

先生娘從長櫃後面走出來，示意阿潘嫂跟著她往後面走。「妳先到裡面歇著，我忙完再跟妳談。」

穿過植滿花草盆栽的天井，阿潘嫂跟在先生娘後頭，覺得路好長；不是幾句話就可以解決的嗎？叫那個男人出來，出來承擔這個由他惹出來的大災難。不然呢？

進入一個寬敞客廳，阿潘嫂就著一張紅格桌子坐下來。

坐下來，時間一分一秒慢慢過，也不知過了多久；阿潘嫂看看牆壁上的時鐘，鐘擺晃過來又晃過去，滴滴答答聲中，短短的針指滑過九點、十點、十一點；阿潘嫂心裡充滿了怨氣，也哀傷，阿秀這孩子完了。完了。早知道不要拋下她們外出打工賺錢，錢可以不要，孩子的一生不能就這樣毀掉！

中藥店先生娘以為阿潘嫂等久了就會自動離開，畢竟不關她的事，滄生又不是她兒子。

滄生和阿秀的事情在村子裡傳開，傳得沸沸揚揚，她就跟婆婆說了。「外面傳得很難聽，妳叫滄生趕快回去台南。」

偏偏那時聯外道路都中斷，滄生回不去，也不聽阿嬤和阿姆的話，現在人家找上門，可怎麼辦？

婆婆真的不在家，跟隨滄生到台南家住。中藥店先生娘決定給阿潘嫂一個大大的下馬威，任由她坐在客廳不理不睬。坐久了總該明白，找我沒用。有本事去找滄生。唉！先生娘暗暗嘆氣。好柴無汆流過安平港[4]啦。婆婆私底下跟她說：颱風從恆春、枋寮帶下來的木柴，經過馬沙溝、青鯤鯓外海就會卡在汕墘，流不到安平港讓那邊的人撿拾。婆婆意思清楚明白，阿秀不是好女人。他們家不會接手這個爛攤子。

九點、十點、十一點！三個鐘頭過去，阿潘嫂仍直挺挺坐在那裡不動，中藥店先生娘終於出現，臉上掛著笑容說：「對不起，今天客人好多。」

阿潘嫂不回應，定定的看著先生娘，看她怎麼說。

「其實妳也知道，滄生是我小叔的兒子，他的事跟我們無關。」

「既然這樣，請妳把他們家地址給我。」

「這我不能作主。」

「那麼妳可以做甚麼主？先生娘，咱攏仝庄的人，這種代誌袂使拍拍屁股就走人，阮查囝一世人按呢就火花矣。」阿潘嫂激動得全身發抖。讓她等這麼久，這麼久，她心裡有數早已不抱任何希望。只是，家中那個傻孩子，還在等，等男孩當兵回來跟她結婚。

「我可以——把妳的意思轉告他們。對，我會幫妳們轉達。不過，阿潘嫂，他們兩個還年輕，滄生抽到三年兵單，現在不可能結婚，妳以為三年後他們還會在一起嗎？」先生娘自己覺得說話很公道。

「你們有沒有替我女兒想過，事情鬧成這個樣子，全村的人都知道，名聲都毀了，除了嫁給那個叫滄生的男人，」阿潘嫂說到滄生的名字，氣得牙癢癢。可以的話真想揍他一拳。「她還能嫁給誰？」

「妳確定她只跟滄生一個人好？」先生娘露出狐疑的表情。

「妳這是甚麼意思！」阿潘嫂氣到差點翻桌子。「妳在污辱我的女兒！」

「不，我親耳聽到，那個經常載蚵仔殼到妳家的男人，好像叫吳進，請妳家女兒鋑蚵仔的男人到處跟人家炫耀，說他跟妳女兒——」先生娘實在說不下去。

「妳可以自己去問，村子裡的人都知道，絕不是我造謠。」

「那個阿進仔的話能聽嗎？先生娘妳是明理人，妳會寫字會讀書，不像我們是青瞑牛；那個羅漢腳阿進仔除了賭博整天喝得醉醺醺，要不是村子賣蚵仔大戶吳老闆是他的親戚好心收留，這種人怎麼可能留在我們村子——我們家阿秀怎麼會跟他扯在一起？」

「這件事跟我無關，他們倆有沒有怎樣我不知道；滄生跟妳家女兒的事也都是謠言，我一定會幫忙轉達妳的意思，妳就等我的消息好不好？」先生娘明擺著要趕人了。

「可是，我女兒被說成這樣，她才幾歲，她——」

先生娘攬著阿潘嫂的肩，幾乎是用推的把她推出門外，旋即將大門關上。

大白天關上店門，擺明寧可不做生意也不讓她進門。阿潘嫂自覺像一坨豬屎拉在地面也沒人要。可不是，只有窮困人家才拿來當起火燃料的豬屎，又臭又髒。

辛苦熬了大半輩子，最後被當成豬屎！啊！啊！啊！

從中藥店走出來，阿潘嫂身子搖搖晃晃，路都走不穩；放晴之後的日頭很刺辣。阿潘嫂覺得回家的路好長，好長。許多不懷好意的人從門窗探出頭用詭異的眼神看著她；在後腦指指又點點。訕笑聲就在耳際嗡嗡作響。

阿潘嫂停在一棟廢棄屋子前面，不自覺的用頭去撞牆壁，一下兩下三下，撞得額頭紅腫滲出血珠。想死的念頭非常非常強烈，比任何時刻都強。

丈夫去世，她不只一次想死，都因為兩個年幼的孩子讓她打消念頭。現在，憤怒正以另一種形式從心中迸發。到底要經過多少磨難，吞忍多少委屈，才能走出一條平順的路？既然人間沒有立身之處，還不如去死，死掉就不必忍受這些羞辱和痛苦，對，就是痛苦。痛到心坎裡了。這些雜七雜八念頭最終還是無法掩蓋眼前所要面對的困境。

阿秀完了。阿潘嫂清楚被流言困住是甚麼滋味。那個載蚵仔殼的男人是甚麼東西，阿潘嫂清楚得很。

那是個十年前從外地不曉得甚麼地方流浪到村子裡的羅漢腳，一頭髒髒的發出腥臭味亂髮，鬍子總是沒刮乾淨的沾上一些食物碎屑，一看就是個流浪漢，只因為跟村子裡大量養殖蚵仔的吳老闆有一點親戚關係，被留下來幫忙，主要工作就是負責收送帶殼蚵仔給村子裡的女人錖蚵仔，大家都叫他進仔。

進仔平時住在內海附近一處隨便搭建的探更寮顧守蚵棚，喜歡喝酒，常常喝得醉醺醺，曾經在收取蚵架上的蚵仔時，一頭栽進水裡差點溺死。

阿潘嫂守寡不久，蚵田被左右人家一點一點侵佔走，只好到吳老闆的蚵寮靠錖蚵仔養活一家三口，進仔竟把腦筋動到她身上，經常藉口到她家說些無關緊要的事情，然後動手動腳，還說是開玩笑。他以為這樣叫做追求，卻氣得阿潘嫂一狀告到吳老闆那裡去。

吳老闆是擁有許多漁船和蚵田的有錢人，養殖蚵仔只是業餘，聽說進仔騷擾阿潘嫂，反而問說：「阿進仔無某妳無翁，我共恁做媒人好莫？」

阿潘嫂氣到差點吐血，覺得這個社會根本不在乎女性尊嚴；人家不尊重，自己就要自重。從此阿潘嫂對進仔很不客氣，手上一支錖蚵仔的小刀就是護身符；有一次他又對阿潘嫂毛手毛腳，正在錖蚵仔的小刀用力一揮，那如泉水一般噴湧而出的鮮紅血水，連阿潘嫂自己都嚇到。進仔手上那道傷口又深又長，聽說送到城裡醫院縫好幾針，從此不敢再惹她。

這麼多年過去，不惹阿潘嫂還是會惹其他婦女，進仔本性頑劣，烈酒下肚甚麼都敢做，於是謠言四起，有自願跟著他胡來的女人；有被吃豆腐又被說得很不堪卻無力辯駁的可憐女人；總之，進仔是純樸漁村顛覆傳統的男人，純樸的村子幾乎路不拾遺，卻有這麼爛的人，大家都能閃就閃，盡量不跟他沾上關係。

現在阿潘嫂知道錯了，以為兩個女兒年紀還小，不會牽扯這些混亂的男女關係；出門在外，她也盡到做母親的責任，一再告誡她們「不要跟陌生人講話，尤其那個吳進不是好東西。」

「可是只有他會把蚵仔殼送到家裡來。」

說得也是。不讓阿秀去蚵寮鋟蚵就只能趁人家趕工時接一點業餘的工作。阿潘嫂為了讓孩子多賺一點工錢，就這樣忽略潛在的危險；中藥店頭家娘的話一直在耳邊響——那個經常載蚵仔殼到妳家的男人，好像叫吳進的男人，請妳家女兒鋟蚵仔的男人到處跟人家說，說他跟妳女兒——。

那種人的話能聽嗎？能聽嗎？偏偏就有人一字不漏的講給她聽！是為了報復阿潘嫂十年前那一刀，故意落井下石，還是——還是。阿潘嫂全身一陣寒顫，對自己腦際閃過的念頭感到又害怕又厭惡。如果連自己也會有這樣的念頭，何況是別人？不不不，不可能。我可憐的女兒不可能如此不堪。

這樣骯髒下流的人在這節骨眼也來參一腳。阿潘嫂真是欲哭無淚，打死她都不相信阿秀跟吳進會扯在一起，但是跟那個叫林滄生的男人又是怎麼一回事？跟吳進是謠言，跟林滄生就是真的嗎？女兒到底招誰惹誰，被說成這樣不堪叫她將來怎麼做人？

阿潘嫂在外面工作常常聽同伴訴說自己的人生故事，那些來自不同鄉鎮城市的甘蔗工，每個人都有屬於自己的過去。這些過去究竟經過多少修飾和隱藏多少真相？阿潘嫂認為那只是根據自己的想法編造出來的故事。一個告訴別人，以及更重要的，告訴自己的故事。

那麼，真相是甚麼？事情發生在自己身上，自己最愛的女兒身上，竟然連她都找不到答案。

阿潘嫂沒有直接回家，她跑去進仔住的探更寮找人，探更寮蓋在靠近內海距離蚵棚很近的地方，一整個用竹子和繩子綑綁，屋頂是半圓形鋪蓋茅草的簡陋寮仔，在養殖魚塭地區最常見，通常是為了防守竊盜，請工人輪流駐守。無家無業的進仔一直把它當作安身立命的地方。

這一陣子大雨傾盆，連下好幾十天，探更寮的茅草屋頂雖然在兩邊用粗繩綁大石頭壓著，依然敵不過風雨席捲沖刷整個破損，從敞開窗戶看進去，泥濘不堪的地面掉滿骯髒的衣服和被子，根本無法住人了。進仔不曉得躲到哪裡去了。

阿潘嫂無助地站在海邊望著遠方浮出水面一整排蚵架喃喃自語：天公若無公平，天嘛會流目屎。

平靜的台灣海峽湛藍的波浪緩緩推過來，又退回去。過來，又退回去。彷彿甚麼事也沒發生。

4.意指好事沒有自己的份。

只要一個道歉

天黑了，阿哲沒有回家。

午餐過後錦繡一直關在房裡。

晚餐時阿滿敲門，要她出來吃飯。

「我不餓，你們吃吧。」房裡一盞燈都沒開。

「要不要我進去，我們聊聊。」錦繡一直把阿滿當作姐姐，甚麼事都找她商量。

「真的沒事，我躺一躺就好。」

錦繡哪有躺著，她坐在梳妝台前面靜靜等待，等一個解釋。

已經等了二十幾年，再多等幾年也沒差，或者根本不用解釋。當承諾成為謊言，所有理由都不存在。她只要——只要一個道歉。

曾經，她在生活最孤獨時，為了孩子，就像她的母親勇敢活下來；曾經，她在妹妹阿巧嫁到屏東農村，結婚那天，迎親隊伍熱熱鬧鬧把阿巧接入洞房，她為自己失去的幸福暗暗流淚；還有還有還有，太多遺憾，說也說不完，她甚至在學會讀書寫字後，看懂那張林滄生寫給她的信，才稍稍原諒母親。在這之前，她怨恨阿母，恨了許多年。

晚年的阿母，獨自在青鯤鯓過日子，錦繡把房子修整得明亮舒適，在眾多擁擠簡陋平房裡這棟兩層樓高的房子顯得十分醒目，站在二樓觀景台可以看見堤岸外那片大海。「晚上妳到二樓看天空，可以看見最亮那顆子午星。」錦繡知道阿母許多年不提子午星，甚至有點怨恨那顆害阿爸生死懸命的星星；進入暮年的阿母，適逢台灣經濟起飛，人們吃穿不愁，大海資源成為家戶桌上佳餚，會鋟蚵仔的婦女不再只是打打零工，她們被高價聘請遠征各地蚵寮工作，連澎湖都去過。因為年輕人不會也不肯從事這種困難度高又腥羶氣味難聞的工作；阿母閒不下來，暮年反而經常到各地幫人家鋟蚵仔，賺取越來越高的工資。

「現在會鋟蚵仔的人越來越少，剩下我們這些阿嬷很搶手，妳知道一天工資多少嗎？早年這麼好，我們就不必吃那麼多苦。」

錦繡知道阿母常常塞錢給阿巧，嫁到農村的阿巧，丈夫雖然很老實，面對嚴重婆媳問題吃足苦頭，每次婆媳意見不合，阿巧沒告狀，婆婆已經不知在丈夫面前說了甚麼，丈夫居然告訴阿巧說：母親是骨肉，妻子是衣服。也就是說，妻子隨時可以換掉。阿巧的婆婆真是難纏，典型惡婆婆；阿巧吃多少苦，從她四十出頭就瘦到前胸貼後背，一頭白髮，滿臉除不掉的黑斑，看起來比錦繡老了二十歲就知道。

曾經錦繡把阿巧接到高雄，要她從此住下來。

「讓妳婆婆知道，妳不是沒娘家的人。」

才住幾天。阿巧放不下家裡的孩子，不等丈夫來找就跑回去了。

阿潘嫂告訴錦繡，「一人一款命，勉強不來。」

錦繡這條命不就是阿母想方設法改變的嗎？為什麼阿巧的命不用改？

天黑了，巷道燈光特別亮，聲音漸次吵雜。一九七五年代的鹽埕埔，因為越戰結束，美軍正在撤退，來台度假的美軍也少了，盛況不再，情色街酒吧依然播放英文歌曲，酒女依然倚在門口等待；過去男女摟抱親吻的場景少了。七賢三路像個不肯承認已經遲暮的女人，依然搔首弄姿，非要挑起男人情慾不可。

電話響了，響了。

錦繡接過電話，遠方傳來的一聲「喂」既陌生又熟悉，錦繡的眼淚立刻成串滾下來。

電話那頭又喂了一聲，錦繡還是無回應。「我是林滄生，玉芬的爸爸。請問阿秀——潘小姐在嗎？」

那個年代如果有電話，也許不用等這麼久，這麼久才聽到對方的聲音。

「你總算出現了，」錦繡吸吸鼻子，盡量不讓對方聽出啜泣。「幫女兒打電話來的是嗎？」

「阿秀，原來妳是阿哲媽媽。」電話那頭聲音出奇興奮。

「原來你是林小姐的爸爸。」

錦繡聲音很冷，滄生卻聽不出來，還一頭熱。「玉芬回來有點傷心的樣子，我告訴她，我們是老朋友，甚麼誤會都可以解釋。阿秀，好多年不見了，妳好嗎？」

妳好嗎？錦繡眼淚又掉下來，這麼多年的委屈有誰知道啊！誰知道。

聽不到錦繡的聲音，林滄生有點著急，開始自顧自的說下去：

「阿哲真是優秀的孩子，玉芬帶他回家時我就知道，這孩子絕對可以依靠；現在知道他是妳的兒子，我好高興，好高興。」

「我不高興，」錦繡冷冷地說：「請林小姐今後不要糾纏我家阿哲。」

錦繡聲音既冷酷又無情，林滄生愣了一下，很詫異，以為耳朵聽錯，他重複再說一次。

「我們家每個人都很喜歡阿哲，希望妳也喜歡玉芬。」

「你要我說幾次？阿哲是我的兒子，跟你家無關。」

「難道玉芬不夠好？」林滄生開始講話有點結巴，只要一緊張就會有的習慣。錦繡的心像被針刺一般難過。「我——我以為——妳知道玉芬是——是我的女兒，會很高興——才對，畢竟我們——我們以前是好朋友。」

「是嗎？」錦繡實在說不下去，用力將電話掛上。

怎麼會有這種爛人，把人害到這個地步，居然毫無愧疚，天底下竟然有這種人。阿母說對了，男人都不可靠。

那一年阿母從甘蔗農場回來，第一天就發脾氣甩她一記耳光，然後匆匆跑出去，跑進跑出，有時早上出去，下午回來，臉色陰沉得很可怕；有一次出去好幾天，回來時臉色又好了，稍稍帶著笑容。

阿秀一向習慣阿母陰晴不定的臉色，自小，阿母總是很緊張，不斷要她做這做那，幾乎把她當另一隻手使用；阿母常說：「我不在家，妳就是阿巧的母親。」這觀念深深烙印在她腦海。阿巧跌倒，哭了，阿秀一定被罵。阿母從沒想過，阿秀也有年幼的時候，她在照顧七歲的阿巧，十歲的阿巧，甚至十五歲的阿巧時，誰在照顧七歲的阿秀，十歲的阿秀，甚至十五歲的阿秀？

阿母沒想過的問題，阿秀自己也不會想到；母女三人就這樣跌跌撞撞活過來，沒有男人的家，不只房子越住越破舊，每扇門窗都壞掉，倒是兩個女兒出落得好漂亮。

說好回去會請父母來提親，阿秀每天都在等，每天等。

不知為什麼，進仔不再送帶殼的蚵仔過來，難得清閒，阿秀常常到堤岸邊看大海。

港口沒甚麼船，都出海去了；海水很藍，沿著海線往北去是馬沙溝，再過去是蘆竹溝；往南會經過七股潟湖、四草、安平。

阿秀總是望著南方，此去會經過滄生居住的台南；海線無交通船，阿秀知道滄生不會坐船從安平港過來，依然癡癡的望著大海。

望海的日子，內心充滿了喜悅和期盼，阿秀年輕不知道這就是愛情，簡簡單單一句話就能引發她笑；再平凡不過的事情都能讓她充滿喜悅；最重要是阿秀滿心眼都是滄生這個男人；愛情卻像赤腳踩著碎石子路，路走遠了，腳底都沁出血了，好痛，心更痛，才發現路上走著的只有自己一個人。說好會來提親的滄生不見了，真的不見，連一封信都無。阿秀不管需要等待的時間有多長，她都願意等，直到阿母那一巴掌——。

那天阿母從小鎮回來，買了好多漂亮衣服。

姊妹倆幾乎都是穿親戚不要的舊衣，補了又補；不是過年，阿母竟然給她們買新衣，還有鞋襪。

「來，妳穿看看，合不合身。」阿母將衣服一件一件往阿秀身上比畫，阿巧這才發現都是買給姊姊的衣服。

「為什麼沒有我的？不公平！」阿巧一臉委屈要哭要哭的樣子。

「阿秀明天要去高雄，這幾件新衣讓她換著穿。」

「我要去高雄？」阿秀皺著眉頭。「去工作嗎？」

「阿姊去高雄，滄生哥來了怎麼辦？」阿巧直白說出姊姊內心話。

阿母從口袋裡掏出錢說：「阿巧，妳去雜貨店買一包鹽，順便買一點妳喜歡吃的糖甘仔。」

難得阿母這麼捨得，阿巧心裡明白，分明是要把她支開。

阿巧一離開，阿潘嫂拉張椅子坐下來，先是嘆了一口氣，彷彿有一肚子問題，不知如何開口。

「阿秀，妳相信阿母，妳一定要相信，阿母不會害妳，明天有一位劉太太會來帶妳去高雄，她是我在農場工作的工頭柯桑介紹的媒婆，我已經跟她見過面談好這件事……」

阿母說，劉太太是專業媒婆，認識高雄鹽埕埔一位有錢布莊老闆。夫妻倆五十多歲，沒有孩子，想娶個細姨傳宗接代。

阿秀無法相信阿母會因為一個農場工頭介紹，一個完全不認識的媒婆劉太太牽的線，就放心把她送進陌生家庭當細姨，還說是為她好。

「雖然是人家細姨，只要生個兒子，將來布莊就是妳的，待在鄉下一輩子會像阿母一樣，被人家瞧不起。」

「不要，」阿秀倒退好幾步，一頭烏黑柔順長髮幾乎豎起，有些凌亂的甩動起來，非常生氣說：「妳雖然是我母親，也不能決定我的生死。」

「我已經答應人家也收了錢。」阿潘嫂從懷裡取出一個布做的袋子，裡面裝著金采布莊給的聘禮。「這錢我完全沒動，全都給妳，給妳帶去新家，想吃甚麼買甚麼都行；新衣服是我買的，算是給妳的嫁妝。阿秀，妳要相信阿母不會害妳。」

就怕阿秀以為被母親賣了，阿潘嫂一再強調不會害她。做母親的怎麼會害女兒？只是不忍心讓年紀輕輕的女兒面對殘酷現實。那個男孩不會來了。不想說出年輕女孩無法面對的實況。失去清白，再也無法像尋常人家找到好歸宿；可是阿秀不懂，還在等那個沒良心的男人；中藥店先生娘說得清清楚楚，男孩當兵去了，三年內不會回來。他若有心，當兵也有休假日啊！

阿秀還是不答應，她說：「我們說好等他當兵回來就結婚；阿母，妳把錢退給人家，這三年我會拚命工作，賺來的錢都給妳。」

「三年那麼長，妳怎能保證他不會變心？」

「那也是以後的事，阿母不能因為這樣就要我去當人家細姨，叫我一輩子抬不起頭做人。」

妳以為還能做人嗎？只要有人作媒，都會被打聽，無論經過十年二十年，這像去不掉的污漬會永遠烙印在妳身上。回不去了，傻孩子。不趁現在嫁掉——阿潘嫂偷偷看一眼女兒扁平肚子，真怕——真怕過幾個月會有更可怕變化，那是身為母親無法承受的重量啊！女兒還小，女兒不懂，阿潘嫂不能不防。

「妳以為我在乎人家的錢才逼妳嫁？」阿母苦笑，緩緩從口袋取出一封揉得皺皺的信封，上面寫了潘阿秀收幾個字。「這是中藥店先生娘拿給我，說是他寄給妳的信。本來想過一陣子再拿給妳看；現在妳拿去，看過就撕了吧，不要帶到新家去。」

「他寄給我的信？為什麼沒寄到家裡？」阿秀一把搶過去，信紙寫的是漢字，一九五〇年代國民政府遷台不久，大部份人只會寫日文，漢字對中藥店來說是基本文字，因為所有流傳下來的藥書都以漢字呈現。

所以，這是滄生寄來的信嗎？

「上面寫甚麼，妳知道他寫甚麼？」阿秀有點著急。

「是他寄來的沒錯，寄到永安中藥店。先生娘拿給我，一個字一個字唸給我聽，那個夭壽死囝仔當兵去了，叫妳不要等，等也沒用。」

阿秀不識字，只能睜著一雙大眼瞧著白紙黑字。聽完母親的話，她疲累的，含著眼淚問：「阿母，除了這條路，沒有其他路可走嗎？我寧願跟妳去農場做工，寧願去幫人家洗衣煮飯。」

「然後呢？甚麼都沒有，一輩子孤孤單單活著？」

「我願意啊！」

阿潘嫂哭了，她沒想到女兒這麼堅強，居然沒哭也沒鬧，她原本害怕阿秀尋死覓活，壞了她自認最好的安排。沒有，甚麼都沒有，不哭不鬧更顯阿秀的絕望。

阿潘嫂很想堅定的告訴她：只有這條路可以走。沒錯，發生這種事，已經沒有好人家願意娶妳。但是她說不出來，她知道年輕女孩以為自己不過認識一個男孩，到底有甚麼錯？有甚麼錯？錯在哪裡？

有時候人會犯錯，是因為你不知道錯在哪裡。

那個晚上，阿母握著她的手說：「去到新家，不管人家喜不喜歡妳，都要勇敢活下去，像妳阿爸，明知大海會把人吞噬，也要把船駛向大海。」

結果阿爸被大海吞噬。

漫漫長夜，母女三人早早就上床睡覺。

阿巧很快就睡著，不管家裡發生甚麼事，上面有姊姊擔著，有阿母護著，阿巧總能安安穩穩的睡著。

阿潘嫂盡量不讓自己翻轉身體發出任何聲音，黑暗中，她直視姊妹倆的房間，感覺這個晚上真是難熬。擅自做這個決定到底是對是錯，短短幾天之內根本無從檢視或反悔。

不知過了多久，遠處傳來雞啼；第一聲雞啼之後還要很久天才會亮。阿秀悄悄起床，清瘦身子輕飄飄地穿過阿母睡房飄出家門，朝大海行去。

大海隱身在黑夜懷抱，海浪一聲聲拍打海岸發出神祕呼喚，阿秀著了魔似的直奔大海。如果不能自由自在活著，被禁錮的靈魂和軀體得不到平等看待，阿秀不知道活下去還有甚麼意思。

走向大海，投入她最熟悉的懷抱，大海溫暖的緊緊的環抱著阿秀，一點一滴從腳踝、腰際到下巴，沉下去之前阿秀還留戀地望向南方，那可以航向林滄生家的方向，那裡有她熱切的期望，也有致命的絕望。

海水已經嗆到鼻子，阿秀依稀看見一艘漁船緩緩駛近，船上的人伸出右手牽起她的手，緩緩朝岸邊行去。阿秀企圖掙脫那隻緊握的手，那隻手卻像鐵鑄扣在她手腕，行船湧起的海浪一波波把她推向岸邊。

阿秀撲倒在一處內海灘地，回過頭，漁船融入黑夜之前，阿秀看見了，看見那張臉——

阿爸，是你嗎？

五歲失去父親，阿秀根本忘記阿爸的臉容。此刻卻直覺那就是父親。

父親把她救上岸，送到聯外道路的路口。

阿秀在路口站好久，想好久；沒說出口的話全在一瞬間都清楚明白了。阿秀全身溼淋淋往回家的路上走；遠處雞啼一聲又一聲，東方天際出現幾道彩霞。天，就要亮了。

城裡的劉太太來到家中，已經接近中午；阿秀穿上新買粉色蕾絲洋裝，亮麗黑髮在腦後挽了一個髻，插上幾朵紅色春花；原本素淨的臉此刻撲一層薄薄香粉，還畫了眉，抹了唇膏。

阿秀一下子長好幾歲，是個成熟女人了。

三輪車緩緩駛離漁村，緩緩從那條阿爸答應過要帶著她走向外面世界的聯外道路離開。那條向大海借來的路啊！不是應該還有一個人的承諾在嗎？推開覆蓋三輪車布簾，阿秀回頭看漁村最後一眼，用阿秀的雙眼看最後一眼。此去的人就不是漁村女孩潘阿秀，而是被改了名字的潘錦繡。

潘阿秀也好，潘錦繡也罷，來自漁村的小女子就在進入金采布莊那一瞬間開始變了；她刻意忘掉林滄生，忘記曾經有過的愉悅，雖然那麼短暫，有時夢中還會不聽話記起，還能感受他溼潤的唇在她臉上尋尋覓覓的感覺；醒來，摸摸臉頰，認定那是上輩子的事了。

她謹慎保留那封信，為了讀懂信裡意思，她隨時抓住認字的機會，生活在布莊比起鄉下有更多學習機會。直到多年以後學會讀書寫字，終於看懂信裡的意思。

寫信的人連用張新的白紙都不肯，僅在中藥處方箋背面寫幾句要阿秀死心不要等他的話，正反兩面字跡一樣大小；欺騙的手法太拙劣。不識字的母女卻深信不疑。誰的主意已經不重要。重要的是，阿秀差點因此葬身大海！

母親因為無法忍受閒言和異樣眼光就把她的人生當作賭注。但錯的絕不是自己，錯的是這個封閉社會；可惡的是那個背叛自己的人。

現在，那個可惡的男人竟然膽敢來跟她搶阿哲。

還欠我一個道歉呢。

金采布莊

一八九五年，日本進駐台灣，開始實施殖民地經濟掠奪政策，不只廣植甘蔗和稻米，建立一座又一座糖廠，為了將這些珍貴的米、糖以及島內資源運回日本，除了陸地交通運輸工程，港口也是重要建設之一。於是陸續完成基隆港與打狗港的修築工程。

曾經被稱為打狗八景之一的「鹽埔曉鷺」，是一百多年前的鹽埕景色，晨曦照耀下閃閃發光的鹽田，一隻隻飛翔的白鷺鷥，純樸寧靜，完全看不出如此美麗的無法耕種的臨海土地，是台灣最大鹽產區也是勞苦大眾的鹽埕埔。

日本統治台灣後，鹽埕才整個翻轉。為了擴大高雄港的機能，從一九〇八年開始大規模的築港清淤，利用港區泥沙，將原來鹽田、漁塭等低窪地，填築為碼頭、倉庫以及市街用地，包括現今的鹽埕埔西南側、新濱碼頭後側等，填築成為海埔新生地。

一九二〇年，大正九年，台灣總督府公布修正地方官官制，全台分五個州：

台北、新竹、台中、台南、高雄，以及兩廳：花蓮港廳、台東廳。過去沿用三百多年具有鄉土氣息的地名全部走入歷史。

從「打狗」到「高雄」，無人去在意或反對，時日一久，人民更是忘了此地原本是平埔族馬卡道族人的家園，他們在十六世紀初期為了防堵不斷從海上來犯的倭寇和海盜，在家園四周種植刺竹林，「打狗」發音就是刺竹林。被稱為打狗社的高雄，這一年，金采布莊獨生子蘇金田剛好從中學畢業。

坐落在高雄鹽埕鬧區的金采布莊，第一代布莊老闆原本只是個鹽工的兒子，為了生活，轉行挑著擔子沿街叫賣布料，從城市到鄉村，從早賣到晚，幾乎走遍大街小巷。夏天烈日當空，曬得皮焦舌燥；冬天寒風刺骨，經常凍得手腳僵硬，還要勉強攤開擔子裡一塊塊滑溜溜布料往自己身上比劃。看吧看吧多漂亮。非常辛苦。「後來你阿祖跟人家租店面做生意，生活才慢慢好轉。」

金采布莊是在蘇家鹽田經過填海造陸變成海埔新生地時，「阿公才搬回來蓋樓賣布。」那時的蘇家已經累積到一定的財富。

蘇金田小時候常常聽母親訴說先祖篳路藍縷開創布莊的艱難。母親是蘇家獨生女，父親原本是布莊裁縫師傅，被招贅進來，和母親一起為延續蘇家香火而努力不懈。

雖然母親不曾親口訴苦，蘇金田自小從親友口中依稀知道母親為了生育吃盡苦頭。不能生育也就罷了，偏偏不斷流產死產，好不容易生下小孩養個兩三年就夭折更是傷透母親的心。

蘇金田是在母親四十歲那年誕生，她知道這會是最後一個孩子，過去傷痛經驗致使她如驚弓之鳥，這也不對那也不行的幾乎把兒子捧在手掌心，捏緊了怕碎掉，鬆了怕飛走。中學畢業就忙著幫他物色對象，而此時同學們有的忙著考大學也有四處謀職，正準備向人生高峰展翅飛翔。

「我不要這麼早結婚。」他知道母親很難溝通，轉而向父親求助。「我跟班上同學說好，一起去日本讀書。」

「跑那麼遠你母親不會答應啦，」父親搖頭。「跟哪個同學？女同學？」

父親實在厲害，蘇金田從來不把學校瑣碎告訴家裡，父親怎麼會知道？知道他和亭子私底下說好一起去日本讀書。

溫亭子父親是台灣人，母親是日本人。亭子在學校從來不提母親是日本人的事，但看她打扮穿著就是跟別人不一樣，在這教育並不普及的年代，原本是馬卡道平埔族居住的「打狗」被日本殖民政府改為「高雄」的年代，能夠唸中學一般家境都不錯，穿著還是很隨便，只有亭子和金田每天穿得光鮮亮麗；金田因為家中開布莊，父親是裁縫師傅，穿著體面不意外；亭子長得白皙秀氣，齊肩頭髮烏黑亮麗，對應腳上潔白的襪子和黑色皮鞋，全身滿溢著幸福與快樂，那是一種發自內在的氣質。這氣質正好是蘇金田最欠缺；下意識被吸引的還有亭子那一抹會心微笑。

兩人在學校來往並不密切，最多只在雙目交接時會心一笑。這已經夠他魂牽夢縈了。畢業前夕，亭子開口邀他一起到日本留學，這才知道亭子母親是日本人。

「你好好跟卡桑商量，這種事我做不了主。」

父親在這個家是完全沒有聲音的人，無論教育小孩或者布莊經營等等，他只管幫客人縫製衣服。而母親，話只講一半就被快速打斷。「不可能，我不會讓你去那麼遠的地方。」「如果妳是擔心我的生活，還有一個同學也要去，她母親娘家在日本，會就近照顧我們。」

母親沉默了一下，也只一下。「你書讀到哪裡去了？」聲音低沉得很恐怖。「我跟你多桑都快六十歲了，還有幾年好活？將來這間店還不是要你回來顧，讀再多書也沒用。」

「一間布店有那麼重要嗎？大不了關——」

啪的一聲，母親重重打了蘇金田一記耳光。那紅到如同漫天晚霞，連耳根都紅了的，蘇金田從小到大不曾被打過，母親疼惜他都來不及，怎麼可能？蘇金田還在錯愕驚嚇母親已經上樓。此時父親居然笑著說：

「聽你母親的話不會錯。」

「你到底有沒有自己想法啊！甚麼都聽她的。」怒氣一股腦往父親身上丟出去。

父親當作沒聽見，低著頭繼續縫製手上衣服。

既然注定要留下來當布莊老闆，蘇金田主動向父親學習裁縫，這對一向自命是蘇家長工的父親來說，就像意外撿到寶，高興得不得了。剛開始母親也很高興，以為兒子死了出國的心是自己堅定意志的成果；她從來不覺得自己專制，努力成功的完成階段性任務是她活著的目的。

沒多久就發現父子倆正以某種形式不著痕跡的串連起來對付她。可不是，關店打烊，父子倆梳洗乾淨就出門去了。

父子倆總是三更半夜才回來，一身酒氣加粉味，十分嗆鼻。

「去哪裡？」卡桑逼問多桑。多桑慢條斯理說：「我帶金田去新樂街逛逛。」

「你還是人家父親嗎？」卡桑氣到差點說不出話。新樂街可是有名的風化區，整條街鶯鶯燕燕，竟然帶兒子去那種地方！

「我們只是喝點小酒，聽女人唱唱歌，沒怎樣，父子在一起能怎樣？要怎樣他自己會去。孩子大了，妳不能叫他眼睜睜看女朋友離開卻當作甚麼事都沒發生，像悶鍋，會爆炸。」

只有男人才了解男人。這一刻，卡桑不得不對這招贅進門一直都唯唯諾諾的丈夫另眼看待。沒錯，原本拿她當仇人的兒子態度逐漸和緩。這一切都是丈夫的功勞。

一年後，父親把所有縫製衣服的功夫都傳給蘇金田就撒手人間。「你到底有沒有自己想法啊！甚麼都聽她的。」這句話卻在想念父親時不斷的不斷浮現腦際。蘇金田有時難過到拿布尺敲打自己腦袋。未能彌補的遺憾，潛藏在心中形成一個黑洞，一個經由歲月累積越來越擁擠的空間。蘇金田從年少就掛在臉上的憂鬱，不是沒有原因的。

再一年，蘇金田和李秀玲憑媒妁之言結婚，婚後母親把媳婦名字改為李金采。

「今後這個家全靠妳了，金采布莊就是妳，妳就是金采布莊。」

剛進門的媳婦哪知道肩頭被放了甚麼千斤重擔，嫁到婆家被改名字的現象很普遍，只要和婆家任何長輩有一個字相同的就要改，或者是婚前算八字相命仙說名字不好也要改。

改了名字的金采，初時還高高興興地做起蘇家少奶奶。丈夫不只是鹽埕埔有錢布莊繼承人，還是飽讀詩書才子。雖然感受到婆婆有點盛氣凌人，有點難纏。但哪一個婆婆不是這樣？只要丈夫肯做她後盾就好。

度過新婚甜蜜期，不到一年，金采就覺得婆婆有點奇怪。「為什麼老是盯著我的肚子，還問我是不是有了？」

這還不打緊，金采月事幾時來婆婆竟然比本人清楚。有一回遲來幾天，婆婆就眉開眼笑，不准她提重物，不准她站太久，每天煮豬肝湯給她補身子。過幾天月事來了，婆婆的臉立即垮下來，翻臉像翻書，轉變之快讓金采實在受不了。

「能不能叫卡桑不要這樣，我會緊張啦。」

蘇金田認同妻子的感受，曾經出面幫妻子講話，母親很不高興回說：「我等著抱孫子也有錯？」

「不要急，遲早會有的。」

最好是。金田的母親臉色有點黯淡。兒子結婚時是冬天，媳婦穿一身冬裝還不覺得單薄，夏天一到，瘦削身形整個一覽無遺，尤其女人主生育的臀部更是瘦到不像話。當初為什麼沒注意到這個呢？

日子一天一天過，婆媳倆因為子息問題越來越緊張，夾在中間，蘇金田有些痛苦，很想逃離兩個女人的戰爭。

二十年過去，媳婦過了生兒育女的年齡，老人家終於死了心，開始物色對象。

她認為只要有人願意幫蘇家生個小孩，媳婦沒有理由反對。

身為蘇家獨生女，老太太不容許蘇家香火斷送在媳婦手裡。金采同意也好反對也罷，都不在她考量重點。

最近，金采隱約知道婆婆正在進行一項陰謀，不斷誇獎阿滿豐腴說她是多子多孫多福氣的女人，擺明是用阿滿來打擊金采；早幾年婆婆就在為金田物色女人，物色一個可以為蘇家傳宗接代的女人，雖然都被丈夫拒絕，但誰知道甚麼時候——。誰知道哪一天丈夫突然點頭答應，金采孤掌難鳴，在這個家絕對無法對抗他們母子。

阿滿年輕，但是不漂亮，不是那種會把男人迷得暈頭轉向言聽計從的女人；阿滿敦厚溫婉，這也是金采娘家母親勸她的話。「遲早會有一個女人進門，還不如挑一個好掌控的。」沒錯，萬一哪天進來一個狐狸精那才真的完了。

每天穿著店裡最昂貴布料裁製衣服，胸前那一條足兩重翠玉項鍊總是閃耀刺人光芒；動不動就吆喝著阿滿和英同做這做那；金采臉上瞞不住黑洞般虛空眼眸不斷飄進後方工作室——丈夫蘇金田埋首在一件又一件車不完裁不盡的布料堆裡。

蘇金田右手邊靠近牆角黑色收音機傳播的節目，有歌唱有音樂，更多是時事報導。

李金采寧願自己是那台收音機，說出來的話句句有人聽。

散赤囡仔的救贖

張阿滿和陳英同先後來到高雄金采布莊；陳英同是在二戰爆發期間過來，台灣雖然不是主戰場，仍要努力生產供應日本侵略戰爭需要的龐大物資，尤其末戰那幾年失去食物配給民間更是窮困蕭條，人民生活非常艱苦，只有少數有錢人家如金采布莊，憑藉祖先留下來餘蔭勉強過日子。

阿滿是本地人，家住五塊厝，十歲就來到蘇家幫傭。

苓仔寮五塊厝原本隸屬鳳山，一九四〇年劃入高雄行政區；它原本分成兩部分，頂寮和下寮，頂寮在東半部靠近田仔，地勢較高；西半部下寮靠近大海，地勢低窪，常有水患。五塊厝就在苓雅區最東側。

父親酗酒，繼母惡毒，阿滿自小就被粗暴對待，原本要被繼母賣到茶店仔當雛妓，幸好被好心的賣菜阿嬸到處尋求救援，找到金采布莊願意收留。「妳乖乖的，人家叫妳做甚麼就做甚麼，不要怕，那是一戶好人家。」孤兒一般在窮困飢餓還加上打罵環境中長大，阿滿根本不知道還要怕甚麼。第一天面對高高瘦瘦不苟言笑的頭家，以及帶著一肚子無處宣洩委屈和怒氣的頭家娘；阿滿瘦小如枯枝落葉般，睜著一雙大眼睛靜靜看著他們。蘇金田蹲下身子很溫和的問她：「妳叫甚麼名字？」「張阿滿。」

「阿滿，妳知道妳住的地方為什麼叫做五塊厝嗎？」

阿滿搖頭，頭家娘在一旁搶著說：「幹嘛跟一個沒唸過書的小孩浪費唇舌？」

蘇金田不理會，繼續說：「那是因為鄭成功——妳知道鄭成功是誰嗎？」阿滿還是搖頭，頭家娘又說了。「鴨仔聽雷，你時間多是不是？」頭家還是不理會，繼續解釋。「鄭成功是反清復明的敗將，到台灣避難，他帶來的部下其中有五個人，分別姓張、王、吳、方、陳，就在五塊厝蓋了五間茅草屋住下來耕田過日子，妳姓張，很可能就是張姓將軍的後代。」

十歲小女孩真的有聽沒有懂，但至少她知道頭家意思。我、我、我可是張將軍之後哪！原本因為進入陌生環境而惴惴不安的阿滿頓時笑出聲音。

阿滿笑了，蘇金田也笑了，只有李金采皺著眉頭一副很煩很厭惡的樣子。

初來乍到，阿滿很勤快，她在家中早已習慣做家務，繼母非常兇悍，阿滿每天揹著繼母生的小孩煮飯洗衣樣樣都來；這裡還不用揹小孩，那時候老太太還能走動，常常牽著她的手，把她當拐杖到附近廟宇燒香拜拜，求的就是蘇家趕快有個孫子延續香火。

或許老太太期望太殷切，一直生不出小孩的頭家娘臉色很鬱卒。阿滿不曾看見她笑過，兇起來和繼母一樣會罵人打人。剛開始只要打破一個碗，頭家娘手掌立刻揮過來把阿滿打癱在地，這時候的頭家總是說：「不就是個小孩，不要對她這麼兇。」

「你也知道是個小孩？大一點多幾歲不是更好用？故意叫一個小孩來讓我氣惱？」

「妳又想到哪裡去了？賣菜阿嬸說不讓阿滿出來幫傭，會被她繼母賣去茶店仔，反正我們家不差一個人吃飯，還可以幫妳做家事。」

「明明就是故意叫一個小孩每天在我眼前晃，提醒我生不出小孩是不是？」頭家娘氣哭了，雙肩拚命抖動，眼淚嘩嘩的流。

「妳想太多了啦。」初時頭家還會伸手安撫妻子。妻子卻一把摔開他的手，砰砰砰跑上樓。

蘇金田緊皺著眉頭，因為長年習慣皺眉，白淨的臉滿是愁緒。阿滿發現他常在車衣服當中停下來，怔怔的望著裁縫機發呆。是因為夫妻倆常常吵架的關係嗎？阿滿是局外人，只要戰火不延燒過來就好。萬一被波及，頭家娘把氣出到她身上，頭家都會護著幫她講話。這可是人世間難得有人為她站出來發聲。繼母欺負她時阿爸都當作沒看見呢。

每個月賺少少的錢卻要做許多家事，包括清潔打掃燒菜做飯。幾年後老太太不小心摔跤。還要幫老太太清理大小便。

幸好老太太很慈祥，雖然行動不便，對待阿滿就像個老阿嬷。只要有空就說故事給她聽，說他們蘇家如何三代單傳。「無論按怎金采仔愛生一个後生啦。」等等。阿滿幾乎是在老太太榻前聽蘇家故事長大。清楚知道子嗣對他們蘇家的重要性，也清楚知道頭家娘李金采擔負的重責大任，還知道——老太太處心積慮想要替兒子物色一個能替蘇家傳遞香火的女人。

一轉眼阿滿長大了，原本骨瘦如柴如今長胖又長高，雖然不怎麼標緻，鼻子太塌嘴唇太厚，凝脂般肌膚卻透著二十歲青春，粉嫩粉嫩，一雙烏溜大眼總是含著笑意。老太太逢人就呵咾。「娶媳婦要像阿滿這樣屁股圓圓的才會多子多孫。」老太太一但碰觸到孩子的事，就非常不客氣地大聲嚷嚷。「沒屁股的連個屁都放不出來！」

瘦得像扁魚的頭家娘總是氣得身子簌簌發抖，之前丈夫還會拍拍她肩膀安慰幾句，後來頭家娘老是生氣甩開他的手，便也假裝沒聽見。

「你不會叫她少說兩句嗎？」

「她就是這樣，我能說甚麼？」

「你們母子都一樣，想把我趕出去，再娶一個？」

「胡說八道。」

「明明就是這樣，一天到晚稱讚阿滿屁股大能生，乾脆試試看，看能不能幫你們蘇家生個小孩。」

「亂講！」頭家難得對頭家娘發脾氣，氣呼呼說：「阿滿只是個小孩，不要因為她來我們家幫傭，就這樣欺負人家。」

頭家娘稍稍收斂但還是很生氣問說：

「我知道你娘一直在幫你物色女人，如果是阿滿，我勉強可以接受。」

李金采說的是真心話？雖然阿滿在他們家十年了，她看著長大，知道阿滿是怎樣一個女孩。年輕少女豐盈的體態與自然散發出來青春氣息，對不再年輕的金采實在是一股莫大壓力。

年歲漸長，李金采感受到丈夫對她的感情逐漸淡薄，最初因為遲遲沒有懷孕，難過時，丈夫還會把她摟在懷裡安撫一番，然後夫妻甜甜蜜蜜的交纏在一起。他們真的很努力。只是當懷孕變成壓力，做愛做的事也就變成一種形式，到後來甚至只有在醫生指定的排卵時間內像例行公事草草了事。

一個月那麼長，一張大眠床的兩端睡著說是要攜手到老的兩個人，各自懷抱不同的打算；不知甚麼時候開始李金采睡到半夜還不見丈夫人影，天將亮才看他帶著酒氣和粉味回來。新樂街就在不遠地方，不用問也知道。

夜深人靜，獨自躺在大眠床時李金采的腦子一直燒，不斷轉。這麼大的床才是禍端。整張床橫跨兩面牆，比一般床還要大上一倍。這是個手工打造全部用檜木精雕細琢的臥室，連床柱都雕上細緻的攀藤花朵。這也就算了，天花板滿滿都是嬰兒的彩繪圖案，有襁褓中也有兩三歲的小孩，有誰這麼奇怪在臥室天花板彩繪小孩的圖案？後來知道婆婆曾經懷孕或流產或生養過七、八個小孩。難道這些都是畫來紀念那些無緣的孩子？

每個晚上透過蚊帳清清楚楚地讓她看見自己的無助和不幸，甚至被無數嬰靈追趕著從夢中驚醒！李金采無法忍受這樣的凌遲，要求丈夫重新裝潢。「至少把那些彩繪塗掉，塗上白漆好了。」「不行，卡桑會生氣。」

這麼卑微的請求都得不到應允。李金采開始正視她和丈夫的關係。住在這個從婆婆手上接收來的臥室，新婚時婆婆馬上讓出來，自己跑到樓下後院新蓋的套房。這個累積兩代獨生子女的恐懼和不幸。像詛咒，被框住的是她李金采啊！

曾經她想把娘家哥哥的小孩抱進門，卻遭到大力反對。

婆婆很冷酷，她說：「這是蘇家不是李家。」

丈夫蘇金田也說：「才幾年，再等等看。」

她知道，婆婆就是不讓李家的人進門；如果丈夫有兄弟姊妹，他們的小孩無論哪一個金采都願意接受啊！願意領養。

每個月的等待，是一場又一場噩夢。只要月經稍稍晚來幾天，她便充滿希望，以為這一次有了，有了。直到那一抹暗褐色液體像一把利刃又割開舊傷口。不停流淌著血的傷口！每個月都要死一次！李金采快要撐不下去了。

遍尋不著生命的出口，是李金采心中最大的痛。她知道不是自己不夠努力，是上天不肯給她機會；縱使每天穿金戴銀吃香喝辣又怎樣？還不如阿滿過得輕鬆自在。

英同來自旗山鄉下，跟阿滿一樣，初始身軀看起來比同齡男生還要瘦小，阿滿經過一些時日就像歕風長得白白胖胖；英同長大是個精壯男子，黝黑的皮膚是山上孩子很難磨滅的註記。

進入金采布莊當學徒，正逢二戰。一九四〇年代台灣，因為戰爭，不只日本島內物資匱乏，連帶台灣也幾乎見不到市場買賣雞鴨魚肉；這情況一直延續到一九四五年八月十五日本戰敗投降，國民政府接收台灣，無論政治、經濟、社會等各方面都陷入空前混亂，通貨膨脹所帶來的經濟困境更使台灣陷入空前危機，偏鄉百姓只好將未成年小孩一個個送往他鄉謀生，女兒成為免費勞動力的養女，兒子能夠去當學徒學一門手藝是最好安排。

高雄市七賢三路大街開設「金采布莊」的蘇家，做的是高級布料生意，勉強還可以維持一定的生活水準；進入中年不苟言笑的蘇金田，白淨的臉上戴著一副黑框眼鏡，一雙修長手指怎麼看都不像是拿剪刀車衣服的裁縫師傅，倒像個課堂上拿粉筆的老師。「頭家是讀書人，本來要去日本讀書，被老太太留下來顧店做生意。」

說這話的是下女張阿滿，一雙大眼睛總是含著笑意的阿滿姐對英同特別照顧，第一晚就幫英同在裁布桌子底下鋪一床又暖又舒服的被窩，還教他隔天早上如何疊好被子塞進櫥櫃。

相對於頭家娘靈活手腕夫妻倆顯然有很大區別；頭家娘個子靈巧很會做生意，客人上門總是笑呵呵，哈腰鞠躬跟前跟後，非要顧客掏出錢剪一塊布料否則絕不放人；客人一出門，笑容就消失了。失去笑容的嘴角冷冷地往下垂掛，陰森得有點可怕。

「那是因為生不出孩子，」阿滿姐悄悄告訴英同，她要新來的英同了解這一家人的習性，免得撞到地雷。「老太太一天到晚催著要抱孫子，頭家娘很生氣，說生不出來就是生不出來。」

「老太太呢？怎麼沒看到人？」

「行動不太方便，很少出門。」阿滿指指後院。「她住在後面房子，你可以進去打招呼，老太太很喜歡跟人家聊天。」

「不要不要，」英同急忙搖手。

「怕甚麼，她跟頭家娘不一樣。」

「就是不要。」

從來英同既膽小又乖巧，自小困在一座又一座山裡頭的小村子，裡面的人一輩子大都沒來過高雄，英同大哥英雄在高雄當苦力，拉人力車。

一八七〇年代人力車開始在日本面市，依靠兩個大輪子，一個雙人座的簡單帳篷，車伕在前面像水牛犁田那樣握著兩根把手往前奔跑的交通工具，很快在東南亞風行；一八九五年台灣被日本殖民統治，人力車迅速成為台灣主要幹道的輔助工具；無論港口或車站都附設有人力車停靠候客。

二戰結束，街頭開始出現拼裝腳踏車和人力車結合而成的三輪車；依靠雙腳踩踏載客要快速輕便許多，但還是非常艱苦，只有中下階層勞工投入，賺取每日約一圓的工錢養家活口。

英同大哥陳英雄趁年輕靠拉人力車賺錢，幫助父母養活一家大小。英同一直把大哥當偶像，不只一次說出希望將來和大哥一樣到城裡工作的意願。「你還小，過幾年再看看。」大哥沒說出口的話是：城裡的勞動市場靠的是苦力，我一個人吃苦就好。

幸運的是，英雄就在七賢三路靠近港口附近攬客，那裡有商船進出，有來自風化區新樂街的尋歡客，熱鬧的七賢三路人潮也比較多，生意真的不錯。雖然是車伕，見識多了，人面廣，知道的事情也多。

知道金采布莊需要學徒，是在一次載老夫人和阿滿到年貨街「三鳳中街」採買時聽到；時值歲末年貨街熱鬧滾滾，布莊老太太帶著阿滿一起去採買，正好坐到英雄拉的人力車。聽說布莊需要一個小學徒，也不管自己正赤著腳拉著車穿過一條街又一條街，從胸腔呼出熱騰騰的氣在寒冷冬天形成一團煙霧。

「頭家娘，我——我有個小弟，十二三歲，住旗山，很乖，真的很乖，可以讓他試試嗎？」英雄上氣不接下氣邊跑邊講，說到最後劇烈咳起來。畢竟英同已經十三歲，困在山裡找不到任何工作，每天只能幫忙耕種幾分旱田。

「你跑慢一點，」老太太很慈祥，一口答應。「過完年帶他過來，讓我兒子看看。」

英同家中排行最小，大哥認為當裁縫師傅將來可以賺比較多錢；但其實也不過就是個做衣服的。在年老父母心中，做衣服能賺甚麼錢？村子裡很多人一輩子也沒請人做過一件衣服，不都是家中女人隨便縫一縫就有衣服穿了嗎？「至少不用當苦力。」故鄉年老爸媽已經很滿足了。

十三歲的英同永遠無法忘記那日大哥騎腳踏車帶著他離開旗山的情景，山路崎嶇，陡峭難行，車輪子在石頭路上嘎啦嘎啦歪斜得厲害，一路往前衝衝衝，幾乎要衝進山谷裡去，英同一顆心嚇得砰砰跳，一個急轉彎，懸崖過去又是一條山路，車子繼續在蜿蜒山路前行。

那一年大哥把英同帶進金采布莊，臨走前摸摸他的頭說：「我會時常來看你。」

大哥並沒有時常來，因為結婚，有了自己的家庭，也有了自己孩子。但是知道大哥和自己一樣在同一座城市呼吸和工作，小小英同便擁有大大勇氣。

過完年來到金采布莊，小學徒日子不好過，英同記得很清楚，剛來不久連布尺都不會看，頭家娘就把一塊精緻素色布料丟在裁縫桌上，叫他量量看有幾尺？英同緊張的攤開布料時不小心滑落地面，偏偏地上一灘不知哪裡來的水漬。完了！布料立刻沾上一坨污漬。

「你要死喔！」頭家娘迅速撿起布料臉色一陣鐵青，兩眼睜得像銅鈴，右手拿起木尺一陣亂打，還邊打邊罵。「這塊布值多少錢你知不知道？知不知道？」

「我——我賠——」英同嚇得語無倫次。

「你拿甚麼賠？你連吃飯錢都給不了，拿甚麼賠？」

頭家娘鞭打英同時，師傅正在吃晚餐，聽到吵鬧聲音也只探出頭看了看，看見挨打的是英同，並無攔阻。

英同被打得無處招架，臉頰手臂應聲浮現一條又一條紅色瘀痕。

那個夜晚英同沒有吃飯，布莊打烊他就縮進裁布桌底下睡覺。高雄的夜晚從喧鬧聲中慢慢沉寂，布莊打烊，店裡靜得連後院老太太咳嗽聲音都聽得見；靜得連壁虎在牆上爬行發出吱吱叫的聲音都清晰可聞；還有還有，肚子咕嚕咕嚕滾動著就像大哥載著他從旗山老家下山時，沿路腳踏車在石頭上跳躍的車輪聲，那麼響。

孤寂在闇夜中席捲而來，陳英同此刻瞪著裁布桌底下有點髒污的木板，感覺全世界就他一個人，孤獨的，一個人。縱使英同知道笨拙的錯誤不可原諒，他多麼希望能把那塊布料拿好，裁好，變成一件美麗衣服。而不是──像個無用的人躲在裁布桌底下哭泣。

阿滿姐悄悄走進來，跟隨她進來的是一陣誘人香味。阿滿姐將兩顆油炸過還有溫度的肉丸子遞給他。

「來，把它吃了，睡一覺醒來甚麼事都沒有，頭家娘氣來得快消得也快，以後小心一點就是。」

阿滿姐的照顧，是英同離鄉後最溫暖的陪伴。

幸好有妳。這是英同藏在心裡最想對阿滿姐說的話。兩個苦命的孩子相差五、六歲，就像姐弟寄生在蘇家，度過困頓的學徒生涯，從日治到國民政府遷台；陳英同慢慢長大，長成獨當一面的裁縫師傅，雖然個子還是瘦小，屬於山內人特有黑色皮膚以及發達的肌肉閃耀健康光彩；無論西裝或洋裝或旗袍；蘇金田是個讀書人，不像一般師傅會藏私。所以師傅會的他都會。幾年後布莊給的薪水足夠他在附近巷弄租個小房間居住，不用再委屈自己，每晚等店門關了才能夠躲進裁縫桌子底下睡覺。

一九四七，二二八

一九四五年八月十五日，日本戰敗投降。同年十月十五日國民政府在基隆港登陸。

二戰末期日本本土因為戰爭失利，節節敗退，物資嚴重匱乏。鄰近台灣的琉球居民日子過不下去，遷徙來到同樣糧食嚴重缺乏的台灣，搭帳棚住宿，挖蚯蚓煮食，可以想見整個日本已經如同人間地獄。

日本戰敗，為了遣返駐紮在台灣軍人所需巨大退休金，就在台灣印製大量鈔券支付，卻又只准他們攜帶少少金額回去日本。於是這些鈔券被換成可攜帶回日的物資，使得台灣物資更加匱乏，大量流落在民間的鈔券造成嚴重通貨膨脹，加上原本就存在的金融危機，種種問題在政權移轉後愈趨嚴重的引發民怨。

戰後初期台灣不僅物價上揚，許多民生用品有錢也買不到，有些人終其一生存下來的舊台幣一夕之間換來的新台幣，連塊豬肉都買不起；這股怨氣從一九四二年市面很難看到青菜水果魚肉買賣，到一九四五年所有民生用品幾乎從市面全部消失；新來的國民政府任用陳儀為台灣省行政長官，未能解決民生問題反而引發台灣政治、經濟、社會各方面嚴重退步。於是，民怨如苟延殘喘的病人拖到一九四七年二月二十七日，終於在台北爆發一起公賣局警察因為奪取一位賣私菸婦人的托盤，拉扯中打死婦人而造成一連串社會抗爭與暴動。

隔天二月二十八日台北街頭有人以敲鑼打鼓方式向陳儀政府抗議；憤怒的情緒一路往南部蔓延，居住在南部的民眾無法避免這一連串動盪不安，三月三日黃昏已經有民眾進入高雄市區聚集，遇見外省人不分青紅皂白就打；更有人藉機持械搶劫，導致高雄全面休市和停課。二二八事件已經造成整個城市風聲鶴唳。從日本戰敗台灣人列隊歡迎國民政府軍來台到本省人與外省人壁壘分明，相互仇視和殘殺，不到兩年時間。

三月四日下午，高雄要塞司令彭孟緝下令巡邏隊外出巡視，遇見群眾聚集就開槍驅離，混亂中有人中槍受傷也有人死亡；與此同時坐落在建國路火車站附近的高雄中學聯合雄工和雄商成立學生自衛隊，由高年級的棒球隊員學生李榮和、陳仁悲擔任隊長及副隊長；自衛隊的任務除了維護校園治安，同時保護學校住校生，以及學校外省籍的教職員安全。由於大部分學生都已停課返家，部分住校生也加入自衛隊共同維護安全；相較於校園外的混亂和肅殺，更多公家機構的外省人陸續跑來要求庇護。

在這暗黑的日子，金采布莊無論白天或晚上緊鎖大門，所有人都留在室內不敢外出。深夜一、兩點門外卻傳來陣陣急促敲打聲音。

阿滿第一個起床，這時候英同雖然已經搬到外面租屋居住，見情勢不對，昨晚開始他就留在布莊打地鋪。阿滿不敢應門，英同也很遲疑。「這麼晚了，會是誰呢？」蘇金田緩步下樓。

蘇金田先是將耳朵貼在門縫傾聽，外面傳來窸窣不安的聲音，聽了一會就把門打開。

原來敲門的是蘇金田中學同學，目前正在高雄中學任教的李老師。

李老師神色慌張，後面跟著兩個人一起走進來。

「這兩位是我同事，能不能讓他們在你家躲一陣子？」李老師慌慌張張的四下探看。還好，阿滿和英同早已躲回廚房。

李老師帶來兩位外省同事，他說：

「現在外面一團亂，軍隊看到人就亂抓，本省人看到外省人就亂打；學校聚集一群學生組成自衛隊保護校園安全，也有一些外面來的激進派說要對抗政府軍。唉！許多外省籍的同事全跑掉了，跑不掉的就在學校裡和住校生在一起；他們倆——是我的好朋友，學校裡氣氛不太對，聲音太雜，我怕隨時會有狀況；可以讓他們在你家躲一躲嗎？」

「沒問題，我讓他們住樓上；你也一起來。」蘇金田答應得很乾脆。

「我回學校去，還有許多外地住校生無處可去，需要照顧。」

「那你小心一點。」

「我知道，我們甚麼事都沒做，不怕。」李老師點點頭立即離開。

逃難來的兩位外省老師很安靜，就在二樓書房住下來，阿滿下廚做了簡單餐點送上去。阿滿悄悄跟英同說：

「我告訴你喔，頭家正在跟他們聊天，還請他們喝酒呢。」

「我送飯上去順便幫他們鋪床，聽到他們說，早幾年在內地大學畢業，聽說戰後台灣很缺老師，幾個同學便一起過來，現在回不去了，很難過。」「他們說的話妳聽得懂？」「頭家有穿插一些台灣話。」阿滿很得意，她知道頭家疼她，故意說給她聽的。

阿滿轉述樓上兩位老師的話時，一邊側耳傾聽，遠方傳來一些零星槍響，每響一聲就嚇一跳。英同也很惶恐，畢竟二戰剛結束不久，不是主戰場的台灣，戰爭是很遙遠的事情，這幾天的緊張情勢遠遠超過大家想像。難道戰爭又來了嗎？現在布莊藏了兩個外省人，頭家娘無法隱藏內心恐懼，一再叮嚀他們。不准說出去。

三月五日，彭孟緝的軍隊開始以八門漢十式七五山砲對市區展開砲擊、掃射和封鎖。當政府展開全面鎮壓，看似寧靜的街道，經常駛過滿載持槍軍人的車子；街頭、碼頭或海邊，橫躺更多無名屍體，有的頭破血流，也有身中數槍慘死。肅殺之氣迫使百姓全數留在家裡躲避，連遷徙到偏鄉的想法都不可行，因為車站已經被憲兵佔領和封鎖。

被封鎖的火車站，不只交通癱瘓，更嚴重影響糧食運輸；食物進不來，原本就缺糧的城市人口將面臨生存問題。此時雄中校園內不只要供應自衛隊糧食，還有許多避難的本省外省人、住校生以及進入校園意見紛紜來路不明的民眾；雖然留下來照顧學生的師長想盡辦法為大家籌措食物，也獲得建國路商家主動提供飲食。這樣還是不夠。

擁有軍訓用槍，以及畢業學長提供的十餘支三八步槍，夜晚趁亂從警察局獲得的部分槍械，自衛隊組成一支「決死隊」，在五日清晨兵分三路向高雄火車站進攻，企圖驅逐駐紮火車站的憲兵隊。

僅憑一時之勇，以為驅逐火車站駐軍就可以讓外地糧食進來。學生們不聽師長勸阻，也未曾想過烏合之眾如何對抗裝備美援武器的憲兵？交戰過程一名學生中彈受傷，血流如注；幸好高雄一中父兄會會長陳啟清立即趕來斡旋，雙方達成停火協議。但是中彈學生顏再策回到學校醫務室不幸死亡了。

三月六日二二八事件處理委員會在高雄市政府的禮堂召開會議，來了許多民意代表共同商討善後問題，彭孟緝卻派兵封鎖市府大門，然後用機關槍掃射正在開會的人，就此展開一連串殘殺行動；從三月六日到八日，整整三天高雄經歷一場腥風血雨大屠殺，無論街上走的，路過的民眾無一倖免，更在市政府、火車站、第一中學展開瘋狂機槍掃射和砲擊，許多民眾從外地搭乘火車來到高雄，剛好遇到軍隊包圍火車站地下道出入口，出去會被機槍掃射，只能躲在車子底下不敢動彈，最後聽說生還者都被帶往壽山審訊。

是夜接獲軍隊即將進攻第一中學的消息，正好下大雨，自衛隊學生立即在大雨掩護下由學長帶領學弟穿過校園從三塊厝附近解散，各自回家。

軍方在無法確定校園內武力狀況下，仍以六零炮砲擊學校。

暗黑的雨夜，間雜轟轟作響的砲彈，落在高雄第一中學上空。

三月七日，四門美式八一迫擊砲由高雄火車站屋頂向雄中射擊，加上無數要塞炮轟炸，再派出步兵攻堅，終於掃除躲在裡面藉機抗議政府的民眾。經過全面清查，發現校園裡面除了兩千多名避難的外省人以及少數無法返家的住校生。再無任何自衛隊學生。高雄中學紅樓東側卻留下一個五十公分左右的炮擊坑洞，為二二八事件見證雄中是唯一被政府軍攻擊過的學校。

三月八日至九日，市區槍聲漸漸沉寂，彭孟緝已掌控全局，該抓該放的都在處理當中，人們開始走上街頭尋找失蹤親人；英同大嫂這時牽著長子也找上門來。

「尾叔，你大哥不見了！」好幾天無睡眠的大嫂，頭髮散亂，雙眼布滿血絲，挺一個大肚子，還牽著孩子的大嫂哭著說：「三天前的早上外面安安靜靜，他以為不會有事就出門去了，說是去車站附近載客，我勸他不要，他不聽，到現在還沒回來。」

從六日中午開始到八日，正是轟炸最猛烈，大嫂嚇得六神無主，不敢出門，只能待在家裡等待，等到九日聽不到槍砲聲才敢出來找人。英同下意識紅了眼眶，為了不讓大嫂擔心，他說：「阿嫂，妳先回家，我出去找，大哥也許躲在朋友家裡。」

「不，我跟你一起去找，我比較知道他走的路線。」

大嫂只是要英同陪著，一個婦道人家在這亂世連獨自行走的勇氣都無。

成為一座死城的高雄，街頭只見民眾臉上布滿焦慮，蹲在一個一個橫躺的屍堆裡翻找親人；大家都噤聲不語；連哭泣聲都很低微。當失蹤變成常態，能在牢裡找到自己家人算很幸運，更多是路上被機槍掃射無辜喪命的人；英同大哥陳英雄被發現成了仰躺的屍體，就在碼頭。戰後剛把人力車換成嶄新的三輪車不見了。大嫂哭斷腸趴在地上，年幼孩子跟著尖聲大哭。

「我叫你不要出去，我說危險你不聽，不聽，沒回來，我就知道完了！」大嫂哭得聲嘶力竭，與其他人的沉默不同，或許她的世界已隨丈夫去世而崩毀，沒甚麼好顧忌的了。

不久大嫂肚子裡的孩子生下來，旗山公婆叫她搬回去。「住外面還要租房子，誰付錢？」

英同幫忙把大嫂和兩個孩子送回旗山，他看見大嫂包裹在花布巾底下的臉十分哀傷，兩眼空洞的看著遠方。婚姻本來是兩個人一起建構的城堡，一方卻以死亡終結。所有人間該有的期盼幸福溫暖都在車子經過前方一座山又一座山，穿過重重山巒時一點一滴消失；不知為什麼，英同覺得自己是個罪人，親手把剛剛失去丈夫的大嫂推向牢籠，每過一座山身後就有一道鐵門重重關上，發出沉重聲音在山谷不斷回響，彷彿在抗議無良人生。

事件過後，百業陸續開工，學校也恢復上課。回到學校上課的兩位外省老師，不久回來告訴蘇金田：

「李老師不見了。」

不見了。沒有人知道他去了哪裡。

事件過後，自衛隊學生沒有受到懲處，那麼李老師呢？留在學校照顧學生的不只他一個人啊！蘇金田要求那兩位外省籍老師。「能不能到公署打聽看看，有你們保證，一定可以把他救出來。」

外省籍老師居然苦笑：「幾個一起來到台灣教書的同學已經有人被當作匪諜槍斃，說不定我們都在管制名單，這時候出面找李老師，上面會更懷疑——實在是自身難保！」

從眾說紛紜到逐漸平息，人們疲累地在大地穿梭，努力為自己建構一個可以安身立命的家；從一磚一瓦到豎樑蓋屋，被解構的社會慢慢在復原當中；另一種聲音也在慢慢成形，一種經由少數人意見所制定，力量卻強大到不容忽視的社會規範。

甚麼是社會規範？是被教導出來甚麼才是對，甚麼才是錯，而不是經由自己意志判斷產生的結果——。

不能像鳥一樣自由飛行，活著便是一種悲哀。

參考資料：

二二八參考資料／維基百科／自由的百科全書／雄中自衛隊

二二八參考資料／打狗高雄／二二八事件在高雄歷史與文化資產

一生懸念

金采布莊擁有絕對權力的，非老太太莫屬。因為，她是蘇家數代單傳的女兒。蘇家在鹽埕埔算是有錢人，子息卻很單薄，歷經好幾代單傳，到老太太這一代甚至只生她一個女兒。背負著蘇家傳宗接代重責大任，老太太年輕時曾經跟招贅進來的丈夫很努力要為蘇家生一群小孩，偏偏人算不如天算，歷經好幾次流產死產的痛苦折磨，也有小孩在一、兩歲夭折等等，最終在四十歲那年才生下金田這個兒子。

金田是她捧在手掌心慢慢餵養長大，很寶貝很珍貴的兒子，任何人都摸不得碰不得；結婚時她把這個寶貝兒子送給了媳婦，連帶把媳婦李秀玲名字改成李金采。

那種延續蘇家命脈的重責大任實在太沉重，她幾乎是伴隨媳婦度過一個又一個希望變成泡影的打擊和失望。婆媳爭吵時她總是說：不要以為我比妳好過！

二十幾年紛紛擾擾，媳婦的肚子非但不見動靜，連影子都無。

不再對媳婦抱著希望，老太太豁出去了，逢人就說：「我是個快要進入棺材的老太太，再不讓我抱抱孫子，我死都不瞑目。」

沒有人敢問老太太為何這麼堅持，自己為蘇家傳宗接代吃的苦還不夠？還要兒子媳婦一起陪葬？

二戰期間，到處都是吃不飽的散赤家庭，想要找一個好人家女孩當細姨並不難，難在兒子金田不買帳。「我不做這種齷齪的事。」

媒人婆劉太太進進出出蘇家好多年，最終還是無法牽成這樁買賣，乾脆放手不管了。

阿滿二十歲時，渾圓的乳房和臀部深深吸引老太太目光。這分明是多子多孫的象徵嘛！轉而把希望寄託在阿滿身上。

阿滿剛到蘇家才十來歲，工作性質就是幫金采做家務。讓一個完全不懂事的小女孩跟前跟後金采氣炸了，憑他們蘇家在當地請幾個傭人都綽綽有餘，雖然家中粗重工作比如打水、拖地、搬重物等都有學徒幫忙，金采還是常常因為阿滿笨手笨腳打破這個那個氣到抓狂，順手就是一個耳光，尤其是被婆婆酸言酸語酸到受不了時，阿滿變成她的出氣筒。

阿滿本來就是個受氣兒，在原生家庭爹不疼娘不愛，剛到蘇家營養不良又瘦又小，蘇金田對她很好，常在頭家娘痛打她時出面緩頰。「這麼小的孩子懂甚麼，不要打。」

幾年過去，阿滿出落得白白胖胖，一雙大眼睛總是笑盈盈，雖然不漂亮，骨架有點大，脖子有點粗，鼻子有點塌等等，雖然缺點很多，一白蔭九赤，凝脂般肌膚加上乖巧順服，還是擄獲老太太的心。

同樣居住在一樓後院，老太太飲食起居都是阿滿照顧；到廟宇上香，去三鳳街買年貨，拜訪親友等等，都是阿滿陪著，儼然是她的另一隻手。

有一天晚上，老太太趁阿滿進來幫她整理房間，握著阿滿那雙柔軟厚實的手說：「來，妳坐下，我有話問妳。」

阿滿被拉到睡榻旁的貴妃椅坐下來；老太太帶著笑容輕聲徵詢她的意見時，阿滿雙手開始輕輕抖動，越抖越厲害。老太太不得不環抱著她的肩說：「別怕，我們不會勉強妳。妳只要點頭或搖頭，讓我知道妳的意思好嗎？」

阿滿竟然點頭了，竟然把臉深深埋在老太太懷裡。這一刻，老太太心中充滿歡喜，啊！老天爺，謝謝您，謝謝您。

老太太高興到合不攏嘴，拄著拐杖跑進工作室向正在裁布料的兒子說：「阿滿答應了，願意幫我們蘇家生兒育女，這麼好的女孩，金田你不可以錯過！」

兒子丟下布料一臉怒氣說：

「不像話！不要再說了好不好，阿滿十歲就到我們家，就像我的女兒，現在也是！不要再糟蹋她了。」

前方顧店的李金采悄悄露出得意笑容。她太了解自己丈夫。雖然是個生意人，是個裁縫師傅，畢竟受過教育，從小家裡還幫他請漢學老師。來自唐山的老師是個老學究。結婚初始丈夫帶她進書房，老師教他讀的聖賢書一大落，滿滿書架都是仁義道德和禮義廉恥，果然沒有白讀。

相較於老太太的失落，阿滿一連好幾天悄悄躲在廚房忙著刷刷洗洗，藉故閃躲不見人影。

無人關心她好不好，高興或傷心；整件事就像一場鬧劇，鬧一鬧，誰勝了誰輸了都與她無關，好像她不曾參與演出過。

只有新來的小學徒陳英同常常站在廚房門口睜著一雙深邃眼眸看著她，那眼裡有溫暖，也有些許不捨。可以的話，我願意娶妳。說不出口的話，卻是英同一輩子的承諾。顯然只有他知道，阿滿像隻受傷的動物，正躲著自己舔傷口。

又過了許多年，從不放棄幫蘇家傳衍後代的老太太，又有了新的期望。

許多年不曾出現的媒人婆劉太太，突然在夏日午後來到金采布莊。

身手俐落，臉上抹著濃妝，微胖的身材穿一件有點緊的花布洋裝的劉太太，面對滿臉橘皮因為站不直而駝著背明顯矮了一截的老太太，已經不是多年前要求幫兒子牽紅線那個氣勢逼人的老人，一雙布滿白翳幾乎看不見的眼睛留著溼溼眼液。如此衰老，還在乎蘇家有無子息嗎？

「小漁村有個女孩被男朋友拋棄，鬧得風風雨雨，家裡希望趕快把她嫁掉，不反對當人家小老婆。」劉太太盡量壓低聲量，好似擔心被誰聽見。「老太太妳還想幫兒子找對象的話，這個可以考慮，對方不是賣女兒，完全沒談到錢的問題。」

急著嫁掉？會是懷孕了嗎？老太太雖老，想的可多咧。

懷孕也沒關係，欠缺子息的蘇家，老太太一度還想抱個孫子來養，只是當媳婦說要抱養娘家孩子時，不知為什麼，一把火衝上腦門就拒絕了。懷孕，表示會生，至少是個會下蛋的母雞。

「老太太妳想太多了，有的話會明講，不會騙我。」劉太太呵呵苦笑。

不只老太太懷疑，連阿秀母親阿潘嫂也害怕，才會這麼急，急著把阿秀嫁掉。

「雖然人家沒談到錢的問題，我們還是要給聘禮。」老太太很乾脆，馬上從櫃子裡取出一大疊鈔票，包了一個大紅包塞給劉太太。

哪有人這麼乾脆？劉太太雖然有點驚嚇卻也暗自歡喜。自從屏東甘蔗農場當工頭的親戚拜託她這件事，一再叮嚀「要快，趕快。」時，她就想到金采布莊。可是——

「萬一妳兒子又反對呢？下了聘就不能反悔了。」

「我知道，妳不是說那個女孩——叫甚麼？阿秀，潘阿秀在家鄉待不下了嗎？帶她來了再說吧。」

這件事才說好，隔天就傳到李金采娘家那裡。同樣居住在高雄，許多親友聲息相通。也或許大家認為這對李家是很重大事件，一下就傳到金采娘家。娘家母親說：「妳婆婆打算把一個鄉下女人娶進門，這回不再徵求你們意見。」

金采很討厭聽到這些訊息。這麼多年她和婆婆不斷劍拔弩張，最初丈夫還站在她這方一起阻擋婆婆攻勢，漸漸覺得丈夫也不那麼挺她了。

「蘇家好幾代單傳，妳阻擋也不對，當初讓阿滿進門就好了，總比外面隨便哪個女人要來得好。」娘家母親不斷嘆氣。誰不希望兒女婚姻幸福，尤其嫁入鹽埕埔如此富裕家庭，炫耀都來不及，卻因不孕而傷痕纍纍。身為母親全痛在心裡。「既然無法改變老太太不如改變自己，看開了，沒甚麼大不了。」

梅雨季剛過，炎熱夏天的高雄每個人都汗流浹背，就連流浪狗也躲在陰影下伸長舌頭不停喘氣。

午餐過後，頭家和頭家娘剛剛上樓休息，阿滿在廚房清潔碗盤，老太太原本在房間用餐，這時探出頭喚阿滿。「妳過來扶我上樓。」

老太太已經許多年不曾上二樓，尤其跌倒受傷後，樓梯對她來說更是艱難。這回——上樓幹嘛？有事不會叫他們下來？阿滿嘀咕著卻不敢怠慢，趕緊過來攙扶。

真的很難，老太太一步一步慢慢上樓，幾時老成這樣？她可是在這棟房子陪著兒子長大。尤其二樓，那裡有她太多記憶。神明廳，臥室，還有兒子的房間和書房。兒子一個人就擁有兩個房間，可以想見他在這個家的重要性，比起他那個悶葫蘆似的多桑重要，也比老太太重要。

兒子新婚那天她就把二樓全部讓給他們夫妻，自己住到樓下後面增建的套房。

「你們很快會有小孩，樓上房間都給你們使用。」當時這句話帶給金采多大歡喜啊！後來每次想到這句話金采心就一陣刺痛，痛到受不了。

現在，她要講的話會讓金采更受不了，婆媳開戰時間比二次世界大戰還要久還要長。老太太豁出去了。

好不容易走上二樓，金田和金采早已站在樓梯口看著她們。「上來做甚麼？

有事不會叫我下去？」兒子一臉不悅，媳婦趕緊過來接替攙扶，讓阿滿下樓。

「我有話跟你說。」老太太一臉嚴肅，其實很怕兒子像過去那樣拒絕她的安排。

二樓最前面是神明廳，佛案兩側點著長明燈，中間香爐一小撮燃燒過的香枝；右側供奉觀世音菩薩，左邊是祖先牌位——精緻木盒子供奉著蘇家列祖列宗，裡面裝滿各代祖先牌位。老太太小時候常常跟父親一起清潔佛案，父親把盒子裡的牌位一一取出，告訴她這是第幾代那是第幾代。「以後，我跟妳母親也會在裡面。這個家，全靠妳了。」

父親的話猶在耳際，身為獨身女的她已經老邁，蘇家竟然後繼無人，無顏面對列祖列宗，這也是她多年來不肯上樓的原因。

不用母親開口，蘇金田就明白她的來意。

早幾天妻子就一直在酸他：卡桑把你當生產工具，非要你製造一個孩子不可。都幾歲的人了，還把你當三歲小孩，隨便塞個女人給你，搞不好就是新樂街來的等等。

這已經是第幾次要他娶小老婆生小孩？

年輕時蘇金田意氣風發，家境好，學識好，人也長得瀟灑，是學校裡的風雲人物。任誰都想不到他會成為一個裁縫師傅，布料專賣店的老闆。

早知道為什麼要讓我讀那麼多書？曾經蘇金田很憤怒，不想讓母親掌控他的人生，當他尋求父親支持，父親卻站在母親那邊說：「你以為自己犧牲很多嗎？你母親犧牲更多。」

「卡桑犧牲關我甚麼事！」

父親的手突然高高舉起，像似要打他，卻又輕輕放下。從來不曾打罵過他的父親也想和母親一樣打他嗎？

蘇金田原本非常生氣，離家出走的念頭閃電般浮現，卻看見父親眼中含淚，無限疼惜的摸著他的頭說：「我知道你沒有錯，錯的是我，都是我。」

懦弱的父親，無能的父親，在去日本求學這件事情上面表現出來竟是要兒子原諒。他到底有沒有脾氣啊！

溫亭子獨自去日本，他們便失去聯絡。想必不屑跟一個被父母宰制的人來往吧。

婚後他和妻子也想生養許多孩子滿足母親的期望。雖然不懂為何母親一定要這麼做，一定要用這些框架把自己困住！萬一錯了怎麼辦？許多過去認為是對的後來被推翻的知識、道理甚至是規範。比比皆是。沒有不變的道理。蘇金田卻無法說服母親，面對一個九十歲老人的逼迫他實在厭煩到不知道如何應付。

「金田你聽我說，」老太太不曉得兒子胸腔累積的怨恨和不滿，已經如同蠢蠢欲動的火山。「那是一個窮人家女孩，被男人騙了，沒地方去，就算做善事好了。我們把她接到家裡來——」

「就算是窮人家女兒，也是有尊嚴的，妳怎麼可以趁人家有難落井下石，還說是做善事！」

蘇金田憤怒的把話說完，順手將佛案上供奉清茶的杯盤用力一摔，白色小磁杯碎落滿地。

一陣錯愕下蘇金田轉身走進臥室，用力把門關上，留下婆媳倆面面相覷。

李金采其實是幸災樂禍地看著他們母子的。老太太上樓之前，她已經或多或少透漏一些給丈夫知道。至於是用甚麼方式，奚落、嘲笑，甚至有意無意地讓丈夫覺得自己不過是個用來孕育小孩的男人。這是李金采從年輕就習慣使用的伎倆。透過長期相處，她理解蘇金田不是個體貼的丈夫，自尊心卻很強。只要嘲笑他無法對抗母親就可以激發他的怒氣。屢試不爽，力道越來越猛。李金采是那種為了爭取利益不惜用力打擊對方的女人。母子不和不是沒有原因的。雖然答應娘家母親要看開要放手了，但是從年輕爭到現在，等老人家百年以後就可以解脫了不是嗎？儘管十年過去又一個十年，婆婆想要幫丈夫娶細姨的企圖心不減反增。這沒完沒了的酷刑究竟何時才會終止啊！

老太太下樓時李金采並未上前攙扶，任由她顫巍巍扶著牆壁一步步走向樓梯，站在樓梯口，停頓好一會，回過頭望著媳婦，被白翳蓋住的雙眼透不出亮光，卻透著滿滿滿滿的絕望。李金采知道老太太的意思，上前伸出右手緊緊抓住老太太手臂，緊緊的，像似要把她掐死般，老太太伸出右腳往樓梯踩下同時，掙扎著不讓媳婦的手抓痛自己。才下到第二階突然身子因為傾斜而倒栽蔥滾下樓。一陣碰撞的聲音，阿滿驚恐尖叫：「老太太，老太太摔下來了！」

老太太被送進醫院急救，醫生診斷主要傷口在頭部，從樓梯摔下來時撞擊過鉅，頭部有一處凹陷，臉部腫脹，整個人陷入昏迷，「恐怕醒不過來了。」

「醫生，你一定要救救她。」

「年紀大的人，禁不起摔，何況是從樓梯摔下來。」醫生搖搖頭，嘆了一口氣。

那個晚上蘇金田獨自守在病床旁邊，時而跪在母親面前喃喃自語：「卡桑，妳醒來，妳醒來好不好？我甚麼都聽妳的，要生幾個孩子都聽妳的，妳醒過來好不好？」

陷入昏迷的老太太，在層層繃帶包紮下還是看得見烏青腫脹的臉，昏暗燈光下十分瘦小的身軀癱在病床上，和平時總是拄著一根拐杖用命令式口氣說話的老太太完全不同。母親幾時變得如此老邁瘦小？

母親以愛為名強制他過的人生，是母親要的人生。蘇金田常在夢中夢見一棵巨樹，盤根錯節的枝葉從四面八方緊緊將他綑綁住，直到窒息了才從噩夢中驚醒過來。在現實生活，母親真的就像一棵大樹。

大樹怎麼可以倒下來？大樹應該永遠屹立不搖才對啊！卡桑，妳醒過來，只要妳醒過來，一切都聽妳的。

老太太昏迷好幾天才過世，完全不回應兒子的祈願。

高齡九十歲，訃聞印的是長壽離世的人才有的粉紅色，訃文卻只有短短幾行。家屬欄沒有兄弟姊妹，沒有內外孫，有的只是兒子蘇金田和媳婦李金采兩個人。

蘇金田拿到訃聞時深深吸了一口氣，他看了很久很久，彷彿看見母親正在一旁唉聲嘆氣，這樣單薄冷清！母親一生懸念，終究——。

處理完母親後事，蘇金田變得很沉默，整天關在書房不出門，幸好裁縫師傅陳英同已經獨當一面，面對堅持要找老師傅做衣服的顧客，陳英同和李金采拚命陪笑臉說：「老師傅出門辦事去了，要很久才回來。」

要多久才會回神？李金采不敢催促，每天三餐親自拿上二樓書房，輕輕放在桌面，再把上一餐幾乎沒動過的食物取走。一天兩天三天——要多久才肯好好吃一頓飯？未曾梳洗的臉長滿鬍渣，衣服發出酸臭味；凹陷的臉頰說明他已經許多天未曾進食了。

「老人家算高壽了，你不要難過啦。」金采輕聲安慰。

婆婆過世，金采說不清楚自己的感受，說難過太矯情，畢竟婆媳相處沒一天好過；說歡喜也不至於，雖然心頭那塊石頭終於放下，今後無人敢再說她是不下蛋的母雞；無人敢再幫丈夫娶細姨。趕來幫忙處理喪事的娘家母親摸摸她的臉頰憐惜說：「都過去了。」

只有自己母親才懂的痛苦。說這話時輕輕的也要很小聲，不能讓別人聽見。婆婆怎麼死的她最清楚，明知道老人家行動不方便，她卻眼睜睜看著她步下樓梯摔死。雖然無人怪罪，金采還是不安，還是有一些些罪惡感。

這天金采吩咐阿滿煮一鍋丈夫最愛吃的八寶粥，想說餓了好幾天，一般飯菜一定吃不下，換個甜稀飯也比較好入口。

推開書房那扇門，蘇金田面向大門正坐，兩眼發直的瞪著前方。

金采感覺不對勁，伸手要去觸摸丈夫，丈夫卻突然站起來，朝樓下大聲喊叫：

「阿滿，阿滿。」

聽到叫聲，阿滿立刻衝上樓，一臉憂愁和焦慮。

「甚麼事？頭家。」

「妳去把劉太太叫過來。」

「哪個劉太太？」

「那個幫妳和英同作媒的劉太太。」

「喔，好。可是我不知道她在不在家，我——我去看看。」阿滿轉身要下樓。

「你找那個媒人婆做甚麼？」金采很緊張，一把抓住阿滿不讓她離開。

「卡桑找她過來，不是我。」

「找她過來做甚麼？」

「沒妳的事，不要管。這是卡桑的吩咐。」

「怎麼可能沒我的事？卡桑已經——已經不在了，金田，你不要嚇我。」

蘇金田的樣子看起來有點可怕，許多天吃不下睡不著，人已陷入混亂，兩眼發直，整個腦袋都是母親的聲音。孫子，我要孫子。母親不斷不斷朝他伸直雙手。

母子之間累積數十年的愛恨情仇都在這幾天爆發，蘇金田直覺是他害了母親，都是他的錯。

「問她卡桑交代的事辦得怎樣，」蘇金田疲累地閉上眼睛，馬上又睜開，雙眼發直嘴裡喃喃自語。「叫那個女人趕快來，卡桑希望她趕快來。」

「卡桑哪有交代？」金采急得有點語無倫次。「金田，卡桑已經死了，怎麼可能——不可能，你、你是不是病了？」

「卡桑每天都在說這件事，妳聽，劉太太也說了，卡桑交代過，不會錯。」蘇金田依舊一下閉上眼睛一下圓睜著眼大聲說話：「叫劉太太去把人帶來，去，去。」

蘇金田幾乎是用驅趕的動作把妻子和阿滿趕出書房，用力關上房門，虛脫的躺回床上。

書房外面，還聽得見蘇金田偶爾發出恐怖吼叫，李金采嚴厲地看著阿滿。「不准妳去找那個劉太太，聽到沒有。」

「頭家娘，妳親耳聽見，這是頭家自己說的。」阿滿很小聲地說：「妳注意到沒有？頭家口口聲聲說是老太太交代，頭家不太對勁，會不會是被老太太附身了？」阿滿左右張望。「老太太真的交代過，妳也知道，會不會是老人家還留在家裡不肯離去？」

李金采一下子雞皮疙瘩都起來了。婆婆去世，丈夫怪異行為的確困擾著她，連娘家母親都認為要找人來驅鬼，「一定是賴著不肯離開。」卻又怕親友說閒話，老人家剛去世就要驅鬼？

「妳不要胡說！不准去找那個劉太太，下次頭家問起，就說妳沒找到人。」

「嗯。」阿滿既擔心又焦慮，憂心地看著書房。那如鬼魅般吼叫一陣一陣，有時像怒吼，有時像呻吟。

醫生來看過，說是譫妄，打了一針，才安靜地睡著。

那個女人來了

老太太過世後，阿滿把房間整理得很乾淨，許多老太太的貼身衣物捨不得丟，全堆積在櫥櫃，卻被頭家娘挖出來摔在地面，告訴她：「看看有誰要全都給了。」

那可是老太太珍藏的衣物，許多是老先生親手縫製的衣服，老太太常常取出來一件一件告訴阿滿：這件花洋裝是我五十歲生日，老先生親手挑選布料縫製，我嫌太花，他說花才好看，現在不穿，年紀只會增加不會減少，以後更沒有穿花衣服的機會。真的以後我都只敢穿素色衣服。妳摸摸看，這布料多好呀。

老太太拉著阿滿的手在衣服上來回撫摸，被白翳蓋住的眼眸充滿回憶光彩；還有還有，那件纖細美麗，上面鋪滿豔麗花朵繽紛熱鬧如夏日花園，是老太太年輕時候最喜歡穿的長裙，已經褪了顏色也有些皺縮，老太太依然經常拿出來歡喜訴說過去穿著它到過哪些地方；而當頭家娘粗魯的把所有衣物拽出來，不小心碰到幾雙已經清洗乾淨的手工繡花鞋，臉上更露出噁心神情。「連這個也留著，妳不噁？」

怎麼會？阿滿將老太太衣物一件件包裹好，全送回五塊厝給繼母，繼母難得露出歡喜笑容。「有錢人穿這麼好。」

曾經試圖把她賣入妓女戶，只有在她拿錢回家時才會露出笑容的繼母，突然拉住她的手問說：「聽說你們家老太太是摔死的？為什麼會摔死？」

「妳聽誰說的？」阿滿嚇一跳，這麼私密的事為何會流洩出來？

「隔壁順仔女兒就在七賢路那條街當酒家女，她說的。當年妳聽我的話就可以像她女兒一樣，每天穿綾羅綢緞吃香喝辣，不用當人家傭人，拖到現在二十七、八歲還嫁不出去。我本來以為他們會娶妳當細姨呢，當有錢人細姨也不錯。」

繼母大概忘了當初她是要把阿滿賣給茶店仔當雛妓，忘了那一年阿滿還是個十歲小女孩；就在繼母絮絮叨叨下，阿滿把老太太的衣物留下就離開那個家，連進屋子看看長年喝得醉醺醺的老爸都無。

清得乾乾淨淨的房間要用來做甚麼？當然不可能讓阿滿搬進去住，儘管窩在廚房邊邊總也度過十幾個年，阿滿不敢有任何超越預期的奢望。只是頭家娘把老太太的東西全丟出去，是怕已經去世的老太太會回來找她算帳嗎？

不做虧心事，半夜不怕鬼敲門。

全家大概只有阿滿親眼目睹老太太如何摔下來的。

那一天發生的事情，不斷不斷在腦海中倒帶。老太太要阿滿扶她步上二樓，就在二樓樓梯口頭家娘接手過去，之後阿滿坐在樓梯轉角處等待，等老太太下樓；她聽到了，聽到頭家生氣咒罵以及門板撞擊的聲音。她也看見，看見頭家娘放開或者是鬆開抓住老太太的手，任由老太太從樓梯上滾下來。阿滿尖叫著衝上前一把抱住老太太，兩個人滾了好幾個階梯才停下來。而此時，頭家娘冷冷站在樓梯口看著她們。

她推的嗎？是還不是？再多的疑問也只能放在心裡。阿滿清楚自己在這個家沒有說話餘地。只是，老太太就像她的母親。生母去世時她還小，不知道甚麼叫難過。老太太去世卻有如刀在剮，一點一點地把她整顆心都挖掉。

陰沉的午後，天空烏雲密布，悶雷一聲接著一聲；潮溼酷熱的高雄夏天，儘管剛下過一場大雨還是會悶出全身黏糊糊汗臭；忙完老太太喪事，大家盡量隱藏自己的情緒，當作甚麼事都沒發生。可不是？除了聽不到半夜咳嗽聲，一切都沒改變，變的是，從老太太去世就關在樓上書房不見人影的頭家，不吃不喝。一向鬱卒的頭家娘看起來輕鬆許多，說話聲調變輕，態度也和善。只是當阿滿接過頭家上一餐盤子，總是擔心的望著頭家娘，希望從她口中知道，為什麼一口飯都沒吃？還在哀傷當中嗎？不吃飯怎麼行？阿滿最關心的人就是頭家，那個自小總是護著她的人。

就在那個打著悶雷的午後，老太太出殯，頭家吼著要找媒人婆之後幾天，「阿滿，阿滿——」英同慌慌張張跑進廚房。「那個媒人婆來了。」

那個陰沉的下午，天空烏雲密布，悶雷一聲多過一聲，媒人婆劉太太終於來到布莊。阿滿二十歲左右便常看見媒人婆的身影，臉上堆滿笑容說出一長串男人的名字要幫阿滿作媒。不要。阿滿固執的拒絕媒人婆介紹的每個對象。為什麼？不喜歡。不喜歡誰也不敢勉強。後來裁縫師傅陳英同當兵回來，媒人婆出現更頻繁，這次是幫英同介紹對象，一次又一次，媒人婆緊皺眉頭說：「到底要挑到甚麼時候才肯結婚呢？你們兩個。」

媒人婆這個時候來做甚麼？頭家喚她來的嗎？身後跟著一個穿粉紅色洋裝，

裙子澎澎的身材纖細的女子。阿滿直覺她就是——。

聽說老太太去世，媒人婆似乎嚇一大跳。「我這些天都在外縣市，怎麼會？」

阿滿趕緊上樓通知頭家娘。

李金采來不及整理儀容就下樓。媒人婆看見她，剛剛張開嘴巴要說話，李金采看一眼站在後面的女孩，迅速就把媒人婆拉到廚房去說話。

「老太太去世了。」李金采說：「妳知道嗎？」

「我剛聽說了，怎麼會這樣——」

「所以妳們的約定取消。」李金采說的斬釘截鐵。

「這怎麼可以，人都帶來了，老太太叫我去下聘，我……我負責把人帶來，其他……其他的事不歸我管。」媒人婆說完轉身要走。

「妳不可以丟下人就走，把人一起帶走，不然，我一樣會把她趕出去。」李金采一副說到做到的氣勢。

媒人婆停下腳步，轉過身，用很沉痛的聲音說：

「頭家娘，妳這是會逼死人的妳知道嗎？整個村子都知道她今天出嫁，也是我這個媒人婆帶著她坐上三輪車光明正大從家裡嫁出來，嫁到妳們蘇家。現在叫她怎麼回去？妳想逼她跳海是不是？」

李金采不接受威脅，堅定又冷酷地說：

「不關我的事，妳就別想賴在我身上，請妳們立刻離開。」

劉媒婆不依，繼續跟李金采理論。

「讓她留下來。」

不知甚麼時候蘇金田從樓上走下來，站在廚房門口用很虛弱的聲音說話。

劉媒婆看見蘇金田的樣子嚇一大跳，幾時瘦成這個樣子！滿臉鬍渣，一頭散髮，全身還散發一股酸臭味。這個家到底怎麼了？好不容易逮到脫身機會，劉媒婆哪肯錯過，立即轉身奔出，經過阿秀身旁時，連停留下來說幾句話都無，就這樣頭也不回的走掉。

我偷偷跑去告訴頭家的。

眼看劉媒婆快要被逼到死角，阿滿躡手躡腳上樓，敲開頭家書房的門，告訴他：「潘小姐來了，就在樓下。」

蘇金田無反應，只是看她一眼。阿滿急了，又說：「頭家娘要把潘小姐趕出去。劉媒婆說潘小姐是老太太明媒下聘娶進門的，不能退，退了會死人。」蘇金田總算聽懂，馬上下樓留人。

阿滿對自己及時行動很滿意，一說再說，英同總是默默聽著。這幾天阿滿和英同很勤快，有空就去搬動院子裡的植栽。過去老太太視線不良，行動不便，擔心植栽絆倒老人家，一盆盆被移到圍牆邊邊，這回兩人費心搬弄成一座小花園，潘阿秀剛好住進來。

阿滿這樣盡心盡力，英同卻疼惜在心。英同甚麼都知道，師傅在二樓發脾氣摔門的聲音，老太太從樓上滾下來的聲音，英同全都聽到，他卻裝做甚麼都不知道，只是比往常更殷勤地幫著阿滿做家事，在頭家娘看不到的時候。

那個女人終於來了。

最焦慮的應屬李金采。

李金采成天盯著書房那扇門，幾度很想衝進去跟丈夫理論。不是說好等卡桑離世就去抱個小孩回來養嗎？丈夫突然出現，把潘阿秀留下讓她措手不及，也壞了她堅持三十年的努力。娘家母親知道了急得直跳腳。

「那個女人是好是壞全不知道，這下子完了，人家小孩一生，這個家還容得下妳嗎？」

還容得下我嗎？

李金采氣到不再理會丈夫，阿滿把三餐送進書房又拿出來。「頭家都沒吃。」「不吃最好，讓他餓死。」李金采真的恨到骨子裡了。

阿滿怎麼可能放任頭家餓死，她親自把湯匙放到頭家嘴邊說：

「來，喝一口湯。」

蘇金田微微睜開眼睛，看一眼阿滿。「妳放著，我自己會吃。」

「你都沒吃，這樣不行。」

「怎麼可能沒吃，我想吃就吃。」

「好，我看著你吃，吃一點也好。」阿滿放下湯匙，就那樣站著不肯離開。

蘇金田嘆了一口氣，也許真的餓了，開始喝湯。

「那位潘小姐已經來好幾天了，住在老太太房間。」阿滿提醒他。

蘇金田吞進喉嚨的湯差點噎到，突然清醒過來；他其實知道自己為什麼如此痛苦，只是不想去面對。不想面對與母親存在多年的情感糾葛，或者應該說是，過著被母親宰制的人生，母親離世後，蘇金田開始反思，母親也只是一個長年被傳統拘禁在牢籠裡的老人啊！他在對抗甚麼呢？

從小母親像一棵大樹撐住這個家，蘇金田就在樹蔭下納涼長大。忘了是誰讓自己在這普遍窮困年代過著優渥生活，忘了的豈止這些。一切都抵不過母親在樓梯翻滾碰撞的聲音──人生如果可以重來。卡桑，我甚麼都聽妳的。

蘇金田沒辦法睡覺，眼睛一閉上，就好像看見母親在樓梯翻滾；他根本無法入睡，閉上眼就看見老人家伸出長長的手跟他要一個孫子。

「頭家，你鬍子好多天沒刮，都快長蝨子了，來，我扶你去浴室。」阿滿打斷他的冥想，雙手用力一拉，把蘇金田從椅子上拉起來。

「我自己來——」

「你進浴室，我去幫你拿換洗衣物。」

阿滿拿好衣服送進浴室，蘇金田已經開始刮鬍子。

李金采看見阿滿不僅能讓丈夫動筷子吃飯還洗澡，心裡真不是滋味；萬一那個女人和丈夫、阿滿、英同一起聯合起來怎麼辦？李金采在晚上店門打烊時，鄭重告訴他們兩個。

「你們給我看緊一點，不要讓那個女人到處亂跑，尤其不准她上樓。」至少，二樓是我的地盤。

「頭家娘，我們要怎麼稱呼她？」

「不就是潘阿秀，還有甚麼好稱呼的？」李金采恨恨地說：「叫她趕快生個小孩趕快滾蛋，生不出來也要滾蛋。」李金采氣呼呼上樓去，腳步聲踩得咚咚咚響得像打鼓。

頭家娘惡毒的口氣把阿滿和英同嚇到了。英同忍不住低聲說：「幸好妳沒有嫁給師傅。」

阿滿苦笑著看著英同，原來他也知道這件事，那麼還有誰不知道？

這天大清早，也就是蘇金田開始吃飯洗澡後隔天，金采布莊一掃過去陰霾，許久不見的老師傅又出現在工作室縫製衣服，身形略顯清瘦；英同忙著把這些天趕製的衣服拿給師傅看。

「最近做西裝的人變多了，那些阿兜仔一個接一個進來，跟進來的小姐也會挑一塊布料做旗袍。」

一九五〇年六月韓戰爆發，美國軍艦駛進高雄港，七賢三路上的酒吧如雨後春筍熱鬧登場，讓原本正常營業的商店街有了一百八十度大轉變，入夜後幾乎燈火通明直到天亮。

老太太去世不到一個月，感覺卻像過了一世紀，蘇金田看了看英同做的西裝和旗袍，點頭說：「你做得很好。」

「謝謝師傅。」英同露出歡喜笑容。

最近阿滿去市場買菜，刻意多買一些海鮮，想說來自漁村的人應該會比較喜歡吃魚蝦，但是她也知道頭家娘怕腥，真是兩難啊！阿滿把魚蝦藏在菜籃子最底層，進門時頭家娘望了菜籃子一眼。好險！阿滿做賊一般閃過身子進入廚房，做菜時做了一道香噴噴的五柳枝，這是老太太生前最愛吃的菜，也是她親自教會阿滿煮的菜。就是把整條魚放進油鍋炸得又酥又脆，三、四樣青菜切絲炒熟，混合太白粉以及又酸又辣又甜的調味料，一起淋在魚身上。這道菜自從老太太牙齒不好已經許久不曾上桌。李金采見了立刻皺眉頭。「這魚有腥味。」「人家說魚好消化，適合生病的人吃。」意思是做給頭家吃的。

蘇金田很配合，立刻夾一口魚肉，配一大口飯吃下肚。還說：「這滋味不錯，許久沒吃了，有點想念。」

阿滿很高興，往後做一些海鮮料理應該沒問題了。

如果情愛是罪惡，那麼這條街呢？

美國船入港——是當年美金淹腳目最賺錢的代名詞。一九五〇年六月韓戰爆發，高雄港成為美軍補給港，停靠在第三碼頭的美國軍艦，度假官兵一下船就是鹽埕埔七賢三路；地緣關係，七賢三路很快發展出不一樣的經濟奇蹟，這對二戰後極度想要擺脫窮困的台灣，極短時間內湧入眾多嗅覺靈敏的行業和民眾。

擦皮鞋、三輪車、酒吧、吧女、洋服店、照相館、旅社、澡堂等等，通通擠在這個區域，這對從日治時期，一九一二年日本在當時名為打狗的鹽埕埔填海造陸，以最現代化的技術把街道規劃出整齊的棋盤狀，遊愛河民眾從新樂街東邊上岸後，就是有名的風化區，許多旅社、酒家、澡堂、打金仔店從新樂街蔓延到與它成垂直狀的七賢三路；也就是說，七賢三路在日治時期就是個燈紅酒綠的所在。

因為二戰沉寂一段時間的七賢三路，此刻以不同姿態重新站起來。

青鯤鯓到高雄，雖說不用翻山越嶺，少說也有一百公里。潘阿秀在劉太太帶領下轉了好幾趟車，終於趕在黃昏之前來到悶熱的高雄。

天色未暗，七賢三路的燈火已經閃閃爍爍，三輪車在人潮洶湧的街道穿梭，有阿兜仔摟著女人閒逛，也有美國大兵聚眾在街上喧嘩，更多是賣吃食小販大聲吆喝；不曾見過如此熱鬧的都市景觀，潘阿秀在劉媒婆帶領下，在那個酷熱的黃昏來到高雄鹽埕埔。

一路上，媒人婆總是閉目養神，懶得多說一句話，潘阿秀也很沉默；當三輪車穿過擁擠人潮，看似閉著眼睛的媒人婆笑了。「熱鬧吧？今後妳就是金采布莊二太太了，高興吧？」

進入布莊那一刻，潘阿秀還是用沉默包裝自己。

酷熱夏天，縱使是黃昏一樣瀰漫著一股熱氣，路上行走的人幾乎都揮汗如雨，三輪車車夫不例外，劉媒婆也不例外。

從早上奔赴青鯤鯓再回到高雄，劉媒婆原本光整的儀容已經有些散亂，頭髮一絲絲掉下來，黏在汗水與脂粉交雜的臉頰。身上穿一襲淺藍色緞面繡著幾朵粉色荷花旗袍，與插在腦後髮髻上面幾朵紅色春花一樣，因酷熱而潮溼沾黏，倦怠又狼狽。

步下三輪車，潘阿秀一步一回頭，連自己都不知道為什麼要回頭的慢慢走入金采布莊。

那一年，潘阿秀十七歲。

沒有新嫁娘的羞澀、歡喜和期待，也無鞭炮、賀客和結婚儀式；最重要的是，連丈夫是誰都不知道。

雖然低著頭，阿秀卻利用眼角餘光掃向店裡每個角落——第一眼看見的就是陳英同，一個膚色有點黑，個子有點矮，卻長得精壯的年輕男人。被阿秀餘光掃到的陳英同不好意思的低下頭，阿秀那雙海水般清澈的大眼睛已經深印在英同腦海。

那是怎樣的一雙眼睛啊！

英同說不出自己的感覺；阿滿同樣有一雙大大的眼睛，眼裡都是笑意。老太太去世，阿滿眼裡笑意轉換成憂傷。情緒的轉變清楚明白。

眼前這個女子不一樣，那雙大海一般的眼睛暗藏許多無法揣測的情緒。冷漠、憂傷、害怕、困頓？英同分不清楚那是甚麼情緒，只覺得有一把劍直射過來。不，不對。這不像一個離鄉背井十七歲女孩應有的神情。

第二個看到的就是阿滿。

如果說人與人之間第一印象最真實無誤，那麼樸實真摯的阿滿一開始就擄獲阿秀的心。「妳們請坐，我上樓請頭家娘下來。」

「我先去後院跟老太太報喜。」劉媒婆說著要進廚房。

「老太太剛過世，」阿滿攔住去路，長著粗繭卻很柔軟的手握住阿秀，拉過一把椅子讓她坐下來。「妳們坐一下，頭家娘馬上下來。」離去時，阿滿的手重複握了又握，掌心傳來一股溫熱，好似在跟阿秀說：別怕，有我在。

不久，一個瘦小乾扁的女人從樓上下來，胸前一條黃澄澄粗重的金項鍊很像鋼索緊緊框住瘦長的脖子，臉上厚厚一層脂粉就在說話時被皺紋擠壓落下一些些粉屑。這就是李金采。

李金采不屑的看著潘阿秀，從頭到腳。那一身粉紅色澎裙長洋裝真是土爆了，李金采嘴角露出一絲嘲諷，卻又刻意略過潘阿秀那一張精緻到無懈可擊的臉，完全顛覆原來對漁村女子的想像。

初來乍到，阿秀把這個家三個重要人物都看完了，她的一顆心依舊繃得好緊，疲累的憧憬著一處可以休憩的所在，卻是那麼艱難，那麼遙遠。

李金采和劉媒婆走到後面去不知爭論甚麼，不久聽見阿滿蹦蹦蹦快步上樓，再不久劉媒婆從後面衝出來，頭也不回的跑出去。阿秀在店的前方坐很久，極像一個沒人要的孤女。終於，胖胖的阿滿伸出手挽住她的胳臂，引領她進入後院一個獨立出來的房間。

經過廚房，阿滿指著邊邊一個小角落，布幔圍起只有一張竹眠床大小空間。「我晚上睡這裡，妳有事可以隨時叫我。」阿滿所有家當都塞在這個小空間，晚上睡覺連雙腳都伸不直。

廚房後門出去另有天地，一排修剪過整齊的七里香築起一個小小院落，圍住一間漆成白色牆壁紅瓦屋頂的平房。

「夏天開滿白色小花又香又美。」負責帶路的阿滿邊走邊說：「七里香是老太太最喜歡的花。」

住在海邊少見花草樹木的小漁村，這是阿秀第一次看見七里香；第一次住進如此精緻美麗的房子。

「妳休息一下，馬上就開飯。」阿滿忙著鋪床鋪被子，將她帶來的行李放置在櫥櫃裡。

「我——我不餓，我想休息了。」一路舟車勞頓，阿秀已經有點撐不住，此刻竟然像個小女孩乞憐的望著阿滿。

「好，我幫妳把飯菜端進來。」

「不用，我只想睡覺。」

無人知道天未破曉阿秀才剛自大海泅泳上岸；無人知道那顆屬於十七歲的初心遺落在大海，忘記撿拾上岸。

阿秀把門關好，關在一個陌生房間，總比跟任何不認識的人相處好很多。沒錯，她累了，整個人撲倒在床上。

鋪著白色蕾絲軟墊的眠床好軟，阿秀躺下去那一刻，大大吐出一口氣。她把臉埋進被子，真希望人生就此停住，不要再醒來。

來到金采布莊第一個晚上，完全無人理會，阿滿有沒有來敲門，她睡死了完全不知道；第二天、第三天——一直都無人理會的阿秀，錯愕的以為阿母是不是聽錯？她不是來當細姨的嗎？

幸好還有個好心的阿滿。

阿滿真是個好姐姐，只要有空就帶著她做家事，讓她熟悉廚房裡每件事。「慢慢來，不要急。」

她不急，有甚麼好急的呢？

有錢人家的廚房比阿秀家還要乾淨明亮，鍋碗瓢盆更是多得驚人；她跟著阿滿整天洗洗刷刷，有時候，阿滿獨自上樓打掃，獨自清潔布店；這些都成了禁地，無人允許，阿秀不敢擅自走動。

許多天過去，阿秀稍稍習慣，知道頭家和頭家娘每天中午都會上樓午睡，阿滿趁這時候拉著阿秀到前面去。「妳看，這就是金采布莊。」

扣除第一天進門匆匆經過布莊的印象（其實根本沒印象），這是阿秀首次看見金采布莊。琳瑯滿目的綾羅綢緞一匹匹捲成滾筒排排站，也有攤開來放在玻璃櫥櫃展示，絢麗如海上天光不停移動變換的雲朵和彩霞，看到眼都花了；幾件已經完工嶄新的旗袍和西裝，就掛在與布匹相鄰的工作室牆壁上；工作室有兩輛擦得晶亮的黑色裁縫機，其中一輛正在車布的人就是裁縫師傅陳英同。

沒多久，阿秀已經是廚房裡的好幫手，無論洗菜切肉煎魚樣樣都行。

又過了幾天，除開煮飯炒菜，她不知道還能做甚麼。在家鄉，能做的事太多，至少到海邊吹吹風也好過關在屋子裡。

我就要在這裡待一輩子嗎？阿秀清楚明白，一輩子有多長，她不知道，卻知道這不是她想要的生活。

「不管人家喜不喜歡妳，都要勇敢活下去。」離家前阿母的話一直在耳邊繚繞。阿秀決定用自己的方式把日子過下去；像阿爸，勇敢地走向大海。

兩個青春女子很快成為好朋友，廚房常常傳出女孩的笑聲，輕盈得像鈴鐺。

布店前方工作的三個人，蘇金田、李金采，還有陳英同全豎起耳朵傾聽。

「果然是鄉下來的，一點規矩都不懂，一雙眼飄來飄去飄到人身上也不知閃躲，真是不害臊！難怪小小年紀就跟男人惹七捻八，被玩弄被拋棄活該。這樣的女人誰要啊！」李金采忿忿不平。「我們家又不是垃圾桶，怎麼不找家世清白的。」

自從潘阿秀進門，李金采一肚子氣。婆婆去世，丈夫沒事就關在書房，李金采也只能站在書房門口碎碎唸。後來丈夫一進書房門就關了，根本不理會她的感受。

那是怎樣一個女人？連娘家母親都趕來探視。「雖然有幾分草地俗，還滿漂亮的。」母親憂心忡忡，叫著金采婚前小名。「秀玲啊，無論如何，等生下小孩一定要把她趕走，不然——」

不然能怎樣？年輕時受盡委屈，丈夫還會把她摟著安慰。「老人家抱孫心切，妳不要跟她計較。」李金采也不是省油的燈，故意把婆婆的刁難放大再放大；婆婆一定覺得奇怪，為什麼她只感嘆幾句，兒子反應會那麼激烈？疼某疼對尻脊骿。只能這樣怨嘆。

十幾年過去，李金采漸漸感到丈夫沒那麼堅持了，每次受氣，向他哭訴也只是默默看她一眼。頂多說一句：卡桑都那麼老了──。

那麼老的婆婆才可怕，不只丈夫不敢忤逆，李金采也漸漸覺得有些招架不住。知道婆婆想讓阿秀進門，左思右想，她幾乎要放棄多年的爭戰，準備投降。是丈夫一口拒絕。丈夫出乎意外大發雷霆，初時李金采還很得意，以為丈夫依然和她站在一起呢。

所以當行動不便的婆婆顫巍巍走到樓梯口時，她並沒有跟上去，走到樓梯口的婆婆停下來往後張望，望向媳婦，她知道自己無能力下樓，知道需要有人攙扶。

李金采很不情願地走上前，婆婆伸出左手讓媳婦攙扶，一腳踩下去時李金采的手突然抽回來，失去倚靠的婆婆重心不穩，面朝下重重撲倒，頭部撞擊樓階梯的聲音很像一顆西瓜摔在地面，叩叩叩滾到樓梯轉角才停下來。

從轉角衝出來抱住老太太的阿滿不只滿臉驚恐，還驚嚇的看著李金采。

沒有，我沒有推她。「她把我甩開了。」李金采大聲辯解，講給從房裡奔出來從身邊跑下樓的丈夫聽。

李金采也很驚恐，她真的沒料到後果如此嚴重，更嚴重的是，阿滿誤會了。充滿責難的眼神不時望著頭家娘；李金采不知道怎麼解釋，也不想解釋。不過就是個傭人。

事情進展完全失控，丈夫認為自己害死母親，幾天不吃不睡人就陷入昏亂，竟然想用納妾生小孩這種蠢事彌補他對老人的虧欠；李金采也難辭其咎，面對自己堅持到最後卻失守，感到十分氣怒。

事情經過就是這樣。無人質問不代表無人懷疑。很多事情根據不同當事人敘述往往有很大出入，甚麼才是真相，真相是甚麼？一件事要經過多少修飾和編造，隱藏多少細節和原因，最後出來的答案就是真相嗎？

至少，討厭潘阿秀這件事無庸置疑。

從廚房傳出來的笑聲，哪怕很小聲，李金采便氣得有點站不住；這死阿滿難道不知道我很討厭那個女人？過去她是老太太的人，有老太太撐著，現在老太太不在了，還敢跟我作對！

「阿滿，去樓上把被子拿到陽台曬一曬。」

阿滿一離開，笑聲跟著停止，李金采嘆一口氣。自從潘阿秀進門，她從未正式和她照過面，丈夫也是。

李金采故意走進廚房，忙著洗菜的阿秀背脊瞬間挺直了。李金采站在她後面說：「地面那麼溼，是要讓人滑倒嗎？」

「喔！」阿秀終於抬起那雙大眼睛望過來。

那是一雙怎樣的眼睛啊！從沒見過那麼大膽的眼睛。

李金采把一塊抹布丟到地上說：「把地面抹乾淨，飯菜阿滿做就可以，不要兩個人像辦家家酒，廚房不是讓妳們玩的。」

阿秀拿了抹布立刻蹲在地面擦地板，李金采沒有馬上離開，她站著好一會，看阿秀趴著擦地板，竟有一絲絲快感。

擦完廚房地板又去擦樓梯，然後一路擦上二樓。李金采告訴她：

「以後妳負責清潔打掃，白天從廚房到二樓，晚上打烊再清掃店面，小心抹布不要碰到那些布料，弄髒了妳賠不起。」

李金采以為把潘阿秀當傭人使喚就佔了優勢；潘阿秀卻因為有了固定工作反

而安心；在這冷冰冰的房子打掃過日子至少還有一點「活」著的感覺。

也因為擦地板，潘阿秀把這個家摸得一清二楚。

知道阿滿十歲就進入蘇家當小女傭，卻不知道阿滿住的地方這麼小。

蘇家有一個大廚房，阿滿的房間就在廚房靠邊邊一個小角落，置物櫃隔出大約兩個榻榻米大空間，整個就是一張木板床，所有家當包括一個裝衣物的木箱，幾件吊掛在牆上的衣服，一個枕頭一條棉被；一塊褪色布簾把這個簡陋的房間（如果硬要說它是房間的話）通通遮蓋起來。因為被遮蓋，看不見，就無人認為阿滿不應該住在這麼小的空間，還每天充滿油煙和食物的氣味。

二樓主臥室相當奢華，床鋪是手工打造橫跨整個房間，只留下一個走道放置梳妝台和洗臉台，衣櫥嵌在床鋪一方自然形成的床頭櫃。所有木作都是紅檜木手工雕刻，十分精細，有花草鳥獸還有蝴蝶，像一座花園環繞著巨大的床鋪；床鋪上方——十分奇特的彩繪天花板滿滿都是孩子，有襁褓中的嬰兒、學步兒童，還有長翅膀的孩子。這些孩子彷彿就在上空俯瞰睡在花園裡的人。作工精細鑲嵌一面大鏡子的梳妝台，上面擺放瓶瓶罐罐的化妝品多到嚇人。那年頭吃飯都成問題，誰還為了梳妝打扮購置這麼多胭脂花粉啊！最醒目的是，鋪著柔軟緞面被子的床上面放著一個枕頭——。

一個枕頭。阿滿說頭家娘在阿秀進門那天晚上把頭家的衣物枕頭和被子全丟到書房去了。

二樓走到底就是書房，阿秀不曾看過這麼多書。三面牆壁從高出二十公分左右木頭地板延展到天花板的書架全都是書，蘇金田就睡在這堆書中間；可坐可臥的木頭地板，只要鋪上一床被褥，就是很舒服的床。一張比廚房餐桌還要大的書桌，靠在一面向北窗口，牆壁四周掛好幾幅山水字畫。

「頭家是讀冊人，」說這話時阿滿臉上充滿崇敬的神情。「他是為了繼承布店才學習做裁縫；他的同學很多是大學生，也有出國留學，回來在大學教書。」

讀冊人。阿秀腦海立刻浮現一個熟悉影子；一個差點被她遺忘的人。

才多久啊！就沒空想那個人了。記憶真是奇怪的東西。

打烊後的布莊，阿秀清潔打掃時還聽得見外面熱鬧聲響。從門縫望出去，燈火通明的七賢三路，三輪車吆喝聲不斷，還有路過的阿兜仔摟著女人大聲唱歌笑鬧步履歪斜撞來撞去，撞到布莊外牆發出轟然巨響。阿秀雖然習慣了，卻常常難過起來。她甚麼都沒做，卻被放逐到這個陌生地方。

如果情愛是罪惡，那麼這條街又算甚麼？

「妳去休息，這裡我來。」阿滿突然走過來取走她手上抹布。

「可是——」

「妳不用怕她，老太太在的話，絕不容許她這樣欺負妳。」

「我閒著也難過，多少做一點事打發時間。」

「誰規定每天要擦地板的？我來這裡一、二十年，最多隔天擦一次，不驊或者太忙，三、四天也可以；妳也是太太，不用怕她。」

阿滿一連說好幾次「不用怕她」，阿滿真的不怕頭家娘？她可是在頭家娘打罵下長大的。長大後的阿滿的確不怕了，不高興隨時可以離開這個地方；阿秀不行，阿秀反而像個失去自由的奴隸。

門外又飄進來酒醉後含糊不清的歌聲，英文歌。阿滿低聲罵一句：「卸世卸眾。」5

「甚麼？」阿秀沒聽清楚。

「沒甚麼。妳也該休息了。」阿滿把水桶和抹布一起丟進廚房水槽。

5.台文，丟臉的意思。

每一個決定都是出於愛

潘阿秀進入金采布莊那一天，蘇金田彷彿自沉睡中醒來。

如果只是因為情緒不穩而犯下的錯，那麼答案就在眼前——無法回頭。

蘇金田不想為自己的行為尋找理由，也不想正當化這件事。不想跟妻子李金采解釋，更不要任何人的意見。

母親去世，他關在書房選擇封閉，卻讓回憶到處流竄。

永遠都低著頭默默縫製衣服的父親，曾經在他年少叛逆跟母親水火不容時說：「你母親為這個家犧牲太多，你不可以把她的付出全都否決掉。」

在他眼中，母親的行為太不可理喻，偏頗的盤踞在深處的觀念是一種自私行為。父親在那種牢不可破的氛圍，一輩子做個無聲音的人，只因為他是被蘇家招贅的男人。蘇金田不想和父親一樣，從年少就極力想要擺脫身上的框架。擁有一個屬於自己的人生有這麼困難嗎？中學畢業後選擇跟父親學習裁縫，也是他對母親一種無聲抗議。蘇家唯一繼承人根本不需要親手做衣服。

就在母親從樓梯墜下那一刻，他覺得是自己親手殺了母親。從年少開始，一點一滴，他就企圖攔阻母親朝那堅定不移的目標前進。父親說那是：「每一個決定都是出於愛。」不，不對。他無法像父親那樣把人生的方向盤交給母親掌控。沒有人可以這樣對待另一個人，就算她是你的母親。

潘阿秀走進家門那一天，蘇金田才驚醒過來。事情並沒有想像那麼簡單，尤其在李金采嚴密窺伺下，蘇金田沒有勇氣面對這來自漁村陌生的女人。

忙碌是最好的藉口。因為美國船入港，布莊生意特別好，入夜後更是熱鬧滾滾，近來添購西裝的美國大兵越來越多，還有喜歡穿旗袍的吧女。布店生意已經不是李金采一個人可以應付。

一直持敵對態度的妻子，在潘阿秀進門那一晚，把丈夫所有衣物都丟到書房；沉默一陣子，最近又頻頻釋出善意。

妻子常在夜裡跑到書房門口藉口談事情，談進口布料和國產布料在價錢方面的差別，談吧女們喜歡哪種花色布料等等，最終加上一句：「你這裡好熱，要不要回房間睡覺？那裡涼快。」

母親去世後蘇金田不認為自己還能夠敞開心跟妻子回到從前，尤其心裡面存在這麼大一個問號。

生活如常在過，但怎麼可能忘記那天發生在二樓的悲慘事故，當他聽見撞擊滾動聲音以及阿滿尖叫。慘了！母子連心，蘇金田衝到阿滿身邊把母親抱起來時，李金采依然站在二樓樓梯口紋風不動。

她自己跌下去的。同樣一句話不知說了幾遍。

沒有人在乎李金采說甚麼，蘇金田也不在乎，他在意的是，為什麼老人家從樓上摔下來，妳竟然還站在那裡，紋風不動！

潘阿秀總是躲著他和李金采，卻躲不過李金采鷹似銳利雙眼，先是把她當傭人使喚，接著有意無意的責備和謾罵，就像阿滿小時候來到他們家那樣。

蘇金田並沒有像護著小時候阿滿那樣護著潘阿秀，他還在觀察，一個年紀輕輕就跟男人亂來的女子，說甚麼也不是簡單人物。

不到一個月，阿秀就跟阿滿進進出出，白天去市場買菜，回來忙做菜，清洗打掃。兩個女孩雖然相差近十歲，一樣天真好奇，喜歡私下偷看那些當眾摟抱的阿兜仔和酒吧女，畢竟這在台灣社會簡直是既荒唐又丟臉。

李金采總是以鄙夷的態度嘲笑：「沒水準。」

晚上師傅和頭家娘在飯廳吃飯，陳英同還在工作室趕工，阿滿負責顧店。

夜晚的七賢三路隨逐漸增多的酒吧和各式各樣應運而起的商店，照相館、餐廳、皮鞋店等等，不僅美國大兵，還有跑商船水手以及遠道而來逛大街的本地人，熱鬧滾滾，阿滿一個人已經無法應付，阿秀順勢幫忙，一起顧店。

「穿那麼難看的衣服，會笑破人家嘴啦。」李金采不放過任何嘲笑機會。「客人看了還以為我們這家店水準就是這樣，不馬上離開才怪。」

阿秀從來不覺得自己的衣服難看，這可是阿母特地到小鎮挑選也是她一輩子沒穿過的新衣服；反觀阿滿，身上總是一件素素的洋裝，棉質布料下水幾次就很顯舊。阿滿穿的有比較好嗎？

「別理她，她就是這樣。」阿滿在她耳邊輕聲嘀咕。

過幾天英同親手做兩件洋裝送給阿秀。「師傅叫我做的，妳試穿看看，不合身可以修改。」

這輩子從來不曾有人送過她東西，尤其是兩件漂亮衣服。阿秀內心充滿感動，她將衣服攤在床上，一件是碎花洋裝，滿天星細小白色花朵遍灑在淺藍洋裝上面，一條細腰帶束出阿秀豐滿的胸以及纖細的腰，裙襬跟鄉下帶來的衣服一樣有很多皺褶，因為布料柔順，走動時就像一朵盛開的花朵，搖曳生姿。

穿上新衣服，不只滿天星洋裝看了舒心，濃密秀髮下那一雙深邃眼眸，那一雙曾經在進門第一天大膽掃視每個人，後來又閃避每個人的眼睛，藏匿許多祕密，也是李金采最痛恨的一雙大眼睛。和滿天星一樣閃爍著美麗光芒。

另外一件粉色洋裝是改良式旗袍，無任何圖案花樣，小而精緻翻領滾上深紫色細邊，阿秀細長脖子就像一朵花從領子伸展出來；順著身形幾乎到腳踝的長度，傲人身材展露無遺。

每次阿秀穿上這件改良式旗袍必定引來眾人驚豔，吧女們搶著訂做一模一樣的衣服，有些出手闊綽，甚至每一種顏色都要一件。

金采布莊似乎嗅到生機，蘇金田一連幫阿秀做好幾件新衣，有西式有中式；

無論穿甚麼，那個晚上一定會收到好幾件同樣款式的訂製服。

最難受莫過李金采了，不斷嘲笑潘阿秀那一身粗劣庸俗的洋裝不見了，換來是一件又一件新衣服。李金采一直把潘阿秀定位在下女、傭人、草地人，嚴密觀察下，進門好幾個月了，丈夫並未與她圓房。是想怎樣？事情發展到這地步，到底要怎麼走下去？李金采完全無法控制自己的情緒。

如今潘阿秀居然變成店裡的模特兒，再多土氣俗氣貶低也沒用，李金采就算不肯承認，潘阿秀只要把那頭秀髮放下來，真的是豔光四射，連阿兜仔都會看傻眼。

李金采無法面對這不爭事實，乾脆晚餐後就上樓休息。不管了，不管夜晚的生意正熱鬧登場。

成為布莊最響亮招牌，潘阿秀從此免去打烊後的清潔工作。阿滿說的。「妳顧店太累，早點休息。」

的確累。能夠在這種環境找到立足點真的很不容易，尤其是在頭家娘充滿敵意環視下，更不容易。

打烊後的夜晚，阿秀只要聽到一點點聲響就神經緊繃，以為那個名為丈夫的男人就要進房。幾個月過去，平安無代誌。阿秀漸漸忘掉自己為什麼來到這裡的原因，便也跟著阿滿喊起頭家和頭家娘。

事情能永遠這樣多好！

時序進入秋天，不只早晚帶著一絲涼意；偶爾一場大雨，熱氣就稍稍減輕。增添秋裝的人多了，布莊生意特別好。

吃過晚餐阿秀照慣例待在店裡做生意，阿滿忙著清潔廚房堆在水槽的油膩碗盤，因用力刷洗而發出碰撞聲音；蘇金田師徒趕工踩踏裁縫車嘎嘎聲一併淹沒華燈初上來自大街人們的吵鬧聲。

顧客陸續上門，金采布裝遠近知名，店裡綾羅綢緞花色眾多，加上兩位師傅巧手縫製的衣服比別家好看；入夜後生意非常忙碌，以前還有金采掌櫃，最近只靠阿秀根本忙不過來，頭家和英同也不來幫忙，都說這是女人的工作。只能等阿滿忙完廚房的事才有幫手。

阿秀很努力幫客人介紹布料，這時間阿兜仔都還在酒吧尋歡作樂，喝到幾分醉意才會被吧女帶出來逛街，所以進門的客人多半是本地人，有來治辦嫁妝增添外出服，出手不是很大方，高檔布料不在他們考慮之列。阿秀依然賣力的把最好又不太貴的布料介紹給他們。

不知甚麼時候，店裡進來一個穿著邋遢全身酒氣的男人，不是阿兜仔，身邊也無吧女。滿口三字經，走路歪斜直衝店裡亂逛，顧客全驚嚇著一個個退出布莊，阿秀不知所措地看著工作室，工作室離她只有一面木板隔間，頭家和英同專注在踩踏裁縫車發出嘎嘎的聲音，阿秀來不及呼叫就被對方死命抱住！

阿秀驚叫著伸出雙手用力把對方推開，力氣之大不是一般人抵擋得住，畢竟是漁村長大的呀！

雖然使出全身力氣，醉客死命抱著阿秀的手並未放開，只是順著那道力氣滑到阿秀衣服前襟，用力一扯釦子一個個撕裂掉了，人朝後撞擊到櫃子，再摔倒地上。

聽到撞擊聲音，正在縫製衣服的師徒，立馬衝出來，正好看見阿秀雙手護住被撕開前襟敞開衣服的胸口，乳房全露出來！阿秀雙頰通紅，雙眼含淚，轉身往後跑，與在廚房刷洗的阿滿撞在一起，一路驚惶的衝回後院房間。

「甚麼事，發生甚麼事？」阿滿驚嚇問。

李金采冷冷的站在樓梯口，見到阿秀狼狽的樣子，一連發出咒罵。「卸世卸眾、卸世卸眾——」

被推倒在地的醉客爬起來往外衝，陳英同一個箭步上前抓住他的領子，一陣推打，英同不愧是山內人，很快將對方制伏，蘇金田冷冷看了他一會，吩咐英同。

「把他送去派出所，交給劉巡佐。」

「這條街誰沒見過酒醉鬧事？」李金采出聲喝止。「丟臉的事不要到處嚷嚷，又不是黃花閨女，到處招蜂引蝶，怪誰？」

「那妳說呢？」蘇金田冷冷地問。

「趕出去，警告他不許再來，再來就——」

蘇金田沒回應，下巴一抬說：

「去，送去派出所。」

李金采不斷發飆和攔阻，陳英同一向只聽師傅的，二話不說抓住不斷掙扎的醉漢往外走。派出所就在前面不遠處。所裡有個劉巡佐是蘇金田年少時的同學。

眼看陳英同完全不顧自己反對，把鬧事男人押送出門，李金采轉過身對準丈夫劈哩啪啦的罵。

「為了一個爛女人，你竟然不顧面子把醜事張揚出去，你們不要臉，我還想做人。」

「誰不要臉，」很少跟妻子吵架，這回蘇金田一步都不讓。「是那個酒醉鬧事的人丟臉還是我們？」

「還不是她故意招蜂引蝶？我顧店這麼多年怎麼沒遇過人家鬧事？」

誰敢鬧妳啊！阿滿站在一旁聽了不覺好笑。

蘇金田不跟妻子吵架，跑到工作間繼續車衣服；李金采一屁股坐下來，坐在櫃台裡面；才多久沒顧店，就有一種失而復得的歡喜。娘家母親說得對，怎麼可以白白把布店讓給別人？

陳英同回到布莊，已經是兩個鐘頭以後的事。

「人呢？那個酒醉鬧事的人。」李金采問。

「被放走了。」

「哼！窮緊張。」李金采不屑的撇撇嘴。

走進工作室，陳英同把一張紙遞給師傅。「這是那個人的資料，劉巡佐把人放了，已經警告他不准再接近布莊，敢再來就把他抓去關。」

蘇金田接過來看了看。何阿壽，三十五歲，單身，租住在鼓山市場樓上一個小房間，平時以打零工為業。

鼓山市場？一道閃光掠過腦際。妻子娘家不就在鼓山市場旁邊開碾米廠？這陣子吃過飯就上樓不顧店的妻子，出事當下為何剛好在一樓樓梯口？蘇金田不笨，從母親摔下樓那天開始，他對妻子早就不信任了。只是沒想到相處那麼多年，他一直保護著，當她是個善良的女人那樣保護著不讓強勢的母親欺負；這麼多年了，她竟然——。

父親曾經說過：「母親的每一個決定都出於愛，愛你，愛這個家。」

同樣身為蘇家女主人，金采呢？或許她只愛自己吧。

蘇金田把紙條遞還陳英同，要他收好。英同拉開裁縫車抽屜，放紙條同時取出一封信。

「師傅，信被退回來了，要不要告訴她？」

「誰的信？」

「二太太託我寫給她母親的信，今天退回來，要告訴她嗎？」剛剛遭遇這麼大羞辱，寄回家的信又被退回，潘阿秀還真可憐。

蘇金田接過信看一眼，收信人是阿秀母親，上面蓋的章是：查無此人。

「先不要說，我來處理。」蘇金田順手把信放進口袋。

窮苦本身就像酸腐的食物

屏東成為糖業王國，始於一九〇〇年。被稱為「阿猴城糖廠」的屏東糖廠是台灣三大糖廠之一，產量居全台之冠。戰後一九五〇年被改稱「台灣糖業公司屏東總廠」，繼續坐擁糖業王國稱號。

載運甘蔗行駛在田野的五分仔車，從遼闊的屏東平原，種植甘蔗的九如鄉、長治鄉等村落沿路穿過市集，來到高聳入天冒著濃濃黑煙大煙囪的製糖廠，不只卸下一捆捆準備製糖白甘蔗，沿途也載送許多上班族與學生上上下下。

甘蔗採收季在十二月到隔年三月，這時期農場處處都是外地來的移工。

送走大女兒阿秀，阿潘嫂並未回到農場做工，梅雨季之後是颱風季，甘蔗怕風又怕雨，跟漁民一樣。往年這時候是她們母女相聚最歡樂時光，小小阿秀不必扮演母親角色照顧更小的妹妹。今年少了阿秀，這個夏天過得有點慘澹，十五歲的阿巧彷彿一夕之間長大，日子看起來跟以往沒甚麼不同，她卻感覺不到相似之處。最明顯是他人歧視眼光。「妳姊去當有錢人細姨，妳們現在是有錢人了。」「阿巧將來也要嫁給有錢人喔。」等等不忌憚地當著她的面嘲笑。是怎樣？不把我當人看？為了證明自己已經轉大人，阿巧一夕之間變得易怒又兇悍。

阿潘嫂更是難搞，一天到晚要找進仔算帳。「我只是要他說清楚講明白。」進仔是羅漢腳，一人吃飽全家無人會挨餓。面對為母則強兇得嚇死人的阿潘嫂只能東躲西藏，只是黃湯下肚講的話更難聽；「不去找那個給她女兒破瓜的男人，找我有甚麼用？我沒錢啦，一毛錢也沒有。」

生活在保守漁村，有些想法都在同一個框架，阿潘嫂知道敵不過這股巨大力量。無人會站出來為孤女寡母發聲。這是她自丈夫去世後被不斷的不斷的打擊體認來的。

熬不到年底，十二月開始才是甘蔗採收期，農場才會廣徵工人；阿潘嫂帶著小女兒阿巧提早一個月離開青鯤鯓前往屏東農場去了。

這日中午轉車轉到高雄，想起苦命女兒不知過得好不好，阿潘嫂把阿巧放在火車站，取出大清早做好的飯糰說：

「妳坐在這裡等我，記得不要跟陌生人說話，車站有許多壞人，看妳年輕

——。」

「我不是小孩子，」阿巧不耐煩，為什麼大家都把她當小孩。「妳去哪裡？」

「我去——我去看看工頭柯桑有沒有回來，他家就在車站附近，我們去農場要跟柯桑先打個招呼。」

「我跟妳去。」

「妳——唉，妳走不快，在這裡等就好啦。」阿潘嫂不知道怎麼解釋。她其實是想去看看阿秀，看她過得好不好。阿秀已經夠可憐，她不想直接去找阿秀。不能再增加她的麻煩。

窮雖然不是罪惡，窮本身卻像酸腐食物會被嫌棄和輕視。阿潘嫂嚐夠這種滋味，知道這不爭氣娘家會為阿秀帶來甚麼結果。

從火車站到鹽埕埔有一段距離，阿潘嫂捨不得坐三輪車，只能在日頭底下趕啊趕，趕得渾身臭汗。這日頭，哪像秋日啊！分明是毒辣陽光。

午後七賢三路有點冷清，逛街人潮不多，阿潘嫂終於看見「金采布莊」大大招牌掛在一棟兩層樓高洋房。住慣青鯤鯓草厝，住慣屏東農場為甘蔗工蓋的簡陋茅草屋；面對金采布莊精緻美麗洋樓，阿潘嫂有些怯步，她在店門口走過來又走過去，多麼希望阿秀正好就在店裡面，那麼看一眼也好，或許可以問兩句話：「妳好嗎？」「妳過得好不好？」一個母親最卑微想望，竟有這麼難。

店裡面只有一個又瘦又矮的女人，面無表情坐在櫃台裡面，看她穿著打扮就知道不是普通店員，胸前那一條足兩重的金項鍊，還鑲著一塊大大玉珮，那貴氣，直衝著店門外路過的每個人呢。

阿潘嫂將頭巾取下，順手理一理凌亂頭髮，假裝成顧客走進去，頭也不敢抬的沿著櫃子布料一路看過去，希冀看見女兒的心多麼殷切啊！走著走著已經走到底，可以望見隔著一塊木板門正在工作室縫製衣服的師傅，左轉又是一整排布料，比較高級布料一捆捆放在玻璃櫥櫃，阿潘嫂無意識伸出手放在玻璃上面，一隻冰冷的手立刻伸過來將她的手擋下來。「需要哪塊布料跟我說，我幫妳拿。」

說話的正是那個原本坐在櫃台裡面的女人，此刻就站在她前面，四目交接，阿潘嫂打了一個冷顫。好嚴厲的目光啊！因為瘦而雙頰凹陷，顴骨突起，最可怕是那兩道冷森森目光，好似會看穿，喔，不，會刺穿人。

阿潘嫂有點站不住，以為心思被看見被拆穿，因為心虛，此刻反而連自己都看見，看見一個卑微的母親，如何縮小再縮小，恨不得有個地洞可以鑽進去。

「頭家娘，吃飯了。」一個熟悉聲音傳過來，阿秀從後面走出來，邊走邊把身上圍裙脫掉。

「布料很貴不要讓人家亂翻，髒了就賣不出去。」李金采邊走邊回頭瞪一眼那個鄉下女人。

「知道了，請問——」才轉身客人就不見了，只看見一個熟悉背影。阿秀愣了一下伸出手想要喊住那匆匆逃離的背影。嘴巴張開卻發不出聲音。

阿潘嫂趁機溜出布店，趁那兩個女人交談時趕快溜走。逃入豔陽底下的阿潘嫂在發抖，全身簌簌發抖。

逃離的不只是那個可怕的頭家娘，逃脫的是自己卑微不堪的情緒，她無法在這種情境下跟女兒相認；如此不堪能怪誰呢？她逃出來了，卻把阿秀留下。

回到火車站，阿巧雖然看見母親很狼狽的樣子，還是問：「看見阿姊了嗎？」

阿潘嫂沒有說話，只是搖頭。

十一月的九如農場綠意盎然，幾百公頃的甘蔗枝繁葉茂，棵棵挺直腰幹飽含蜜汁準備被收割，部分早來工人已經進駐工寮，阿潘嫂帶著阿巧清洗打掃她們要住的寮仔。這一住至少到明年三、四月。阿潘嫂期望趕快工作，忙碌又粗重的收割會把體力用盡，也會讓昏亂的腦子安頓下來。

一旦開始投入繁重工作，所有複雜人際關係會在這個人人都是甘蔗工的場域自動消失。阿潘嫂很後悔當初把兩個女兒留在漁村，那種看似為了她們好實則愚蠢的作法已經毀掉一個女兒。無論如何阿巧不能再有任何閃失。阿潘嫂認了，能夠安安穩穩過日子已經是一種奢求。

阿巧雖然沒有姊姊漂亮，臉上總是掛著一抹純真的笑。或許她的世界有母親和阿姊護著，生活當中不用算計便也少了許多痛苦。

日頭底下整個身子從頭包到腳，只露出小小眼睛；脫下工作服，阿巧跟姊姊一樣擁有美好身材，纖細的骨架卻有豐滿的胸部，柔軟腰線底下是一雙修長美腿——十五歲的女孩就像一朵清晨含苞待放的花朵。阿潘嫂有時在女兒背後凝望，慶幸自己總算做了一個正確決定，及時把阿巧帶在身邊。如此美麗散發青春氣息的女孩怎不會招引蜂蝶呢？可憐阿秀——夜深人靜阿潘嫂總是不斷的嘆氣。

不到一個月，正式進入甘蔗採收期的南台灣依舊熱氣逼人，尤其是屏東。

來自不同偏鄉移工陸續湧進占地五百公頃的甘蔗農場，採收工人被劃分為好幾個班，一個班大約五十個人，兩人一組，一個負責砍下甘蔗拖到田埂右側，另一個人負責清除甘蔗末梢枯葉和蔗頭根鬚，把仿如脫光衣服光溜溜白甘蔗順手拖到田埂左側。從遠處看就是田埂一方堆疊黃色乾枯蔗葉和綠色的蔗葉，另一邊則是一根根剛砍下來堆積如山的白甘蔗。

阿潘嫂母女一組，阿巧在母親帶領下，一個砍下甘蔗，一個去除繁雜的蔗葉；豔陽下母女揮汗如雨一刻都不敢怠懈，連工頭柯桑都稱讚。「阿巧可以領大人的工錢了。」

被蔗工尊稱柯桑的工頭，就是他請託劉媒婆介紹阿秀嫁入金采布莊；阿潘嫂來到農場第一天，柯桑問起阿秀近況。「女兒過得好嗎？」

阿潘嫂愣了一下，點頭說好同時把臉垂下來，似乎害怕被人看穿心裡的感受。

阿巧才做幾天就全身痠痛，兩隻手幾乎抬不起來，把母親砍下來的甘蔗削去根鬚蔗葉變得好艱難，不斷甩手也沒用；母親是過來人，輕聲安慰說：「慢慢來不要急，等我甘蔗砍完再幫妳。我們晚一點回家沒關係。」

為了幫阿巧處理蔗葉，母女有時做到六、七點，天都黑了，回到工寮又要生火煮飯，阿巧終於嚐到辛苦滋味。有一種快要過不下去的感覺。

習慣了就好。要不是知道農場工作艱苦，當初怎麼會把兩姊妹留在漁村。想說吃苦的事大人擔就好，誰知道——。

年輕人可塑性高，收工後阿巧很快融入這個大家庭，到處走動，認識與自己年紀相仿的朋友，一起聊天一起抱怨；當她發現許多家庭處境很不好，比她們母女還差時阿巧反而因為自己能夠幫忙工作賺錢而感到慶幸。

許多父母拖兒帶女來到甘蔗農場，白天大人工作去了，留下幼小的孩子無人看顧，工寮地處偏僻，有些孩子走遠走失，大人們工作累了一整天回來還要到處找孩子。找得到還好，找不到除了焦慮也束手無措，隔天還是要上工。阿巧總算明白為何阿母把她們留在青鯤鯓的原因了。尤其隔壁來了一個年輕母親，帶著五歲大女兒和三歲兒子。母子三人面臨的困境讓阿巧靜下來思考，自己處境並沒有很糟，甚至是幸福的。

年輕母親臉色蠟黃，身形瘦弱，空曠農地漸次吹起慄冽寒風，行在風中有些步履蹣跚，負責去除蔗葉和根鬚工作總是被遠遠拋在後面，與她搭配的工人是個粗暴的女人，不只在工作當中不斷對她吼叫，還跑去向工頭告狀。「柯桑，那個女人動作太慢，我受不了啦！」收工時間一到，年輕母親一定拋下堆在田埂尚未處理好的甘蔗，跑回工寮，回去看顧年幼孩子。

這裡的工人都很苦命，無人好奇她為什麼獨自帶兩個孩子來做工，人多故事也多，說到底就是原鄉太貧窮，期望來此改善生活。但其實，每天耗盡力氣換來的溫飽，不是每個人都承擔得起。

阿潘嫂看多這種不幸，僅只淡淡說：我看隔壁那個女人撐不了多久。

「我們不能幫助她嗎？」阿巧問。

怎麼幫？阿潘嫂不忍心澆熄還存在女兒心裡那一點善良的火花，她了解，一旦失去同情心就跟地面為了爭食毫不留情攻擊對方的流浪動物沒有兩樣。所以，阿潘嫂常在下班後多煮一點番薯籤稀飯讓阿巧端過去。

這個晚上阿巧端著一大碗有蛋有菜的番薯籤稀飯往隔壁鄰居行去，阿潘嫂故意加很多水，把鍋子煮得滿滿滿，再分出一大碗讓隔壁母子一起享用。

雞蛋香味隨熱氣蒸騰不斷飄散，想說那對小姊弟一定很喜歡，誰知敲門敲了半天都無人回應，只隱約聽到哭泣聲。阿巧輕輕一推門就開了，卻被眼前景況嚇得半死。

從外面透進來微弱月光下，年輕母親蜷曲在竹眠床呻吟，兩個年幼孩子趴在身旁低聲哭泣。

阿巧過去摟住兩個孩子，讓他們坐在長條板凳吃稀飯，果然餓壞了的小孩不顧燙熱狼吞虎嚥起來。床上年輕母親露出微笑：「多謝妳啦，我胃痛，想說好一點再起來幫他們煮飯。」

「我扶妳起來吃一點好嗎？」阿巧眼睛餘光卻看見端過來的碗已見底了。

「不用，我不餓，胃痛也吃不下。」這個剛來不到一個月，連姓名稱呼都不知道的女人，蹙著眉頭似乎在強忍痛苦，把臉埋在枕頭裡。

阿潘嫂料得沒錯，隔天母子三人悄悄離開農場，一聲招呼都無，彷彿這座農場不曾有過他們的存在。人世艱難阿巧還不懂，就被殘酷現實重壓粉碎，那留在心裡單純的想望，想要在這塊土地活下去有這麼艱難嗎？阿姊到底是在高雄哪個地方幸福過日子，還是像這個年輕母親正在吃苦受罪？從那日火車站見到阿母鬱卒的面容，心裡就有數。

時序入冬，年節雖然快到，粗重的農場工作耗盡全身力氣，望眼看去都是全身包覆頭巾草笠的工人在漫天灰塵裡揮舞著鐮刀勞動，很少人談到那即將來臨的年節；只有小孩留在家鄉讓老人看顧的甘蔗工才會想到要買一些好吃的回去給家人嚐嚐。「今年一定要早一點去買九如街頭那家香腸，聽說去晚了買不到。」「還有粿仔和肉圓，特別好吃。」「那還用說，上次買回家，連老人家都說好吃。」孩子不在身邊，對即將來臨的團圓充滿了期待。

阿潘嫂現在只希望阿巧長大嫁個勤奮工作的男人。不要像阿秀——用力砍下甘蔗同時，用力把甘蔗丟出去，青綠長長蔗葉從臉上掃過去，要不是戴著斗笠綁著頭巾，這臉一定被刮出血痕。現在她甚麼都不想，或許，這個年就待在工寮過，連家也不回。

「阿母——」阿巧站直身子伸出右手遙指遠方。「那是阿姊嗎？」

「妳昏頭了，怎麼可能？」阿潘嫂本來連頭也不抬，可是——跟著阿巧手指望過去，可不是，那個一路探看一路尋來的年輕女子，還有跟在後面看起來很體面的男人——阿潘嫂還未會意過來，阿巧已經丟下鐮刀大叫著衝過去。

阿姊阿姊——

阿巧——

兩姊妹彷彿隔世激動地又跑又跳，奔跑在已收割高低不平的農地，終於撞在一起了。

這一對自小就不曾分開的姊妹緊緊摟住對方，緊緊的，抱在一起。

阿巧幾乎像個小孩一樣哭泣，沒有人知道她藏在內心的思念，像個無底洞，每天只有增加不會減少的思念，日月累積，無人知道它甚麼時候會溢出來的思念，此刻隨著淚水終於一瀉千里。

慢慢走近的兩個人，阿潘嫂和蘇金田靜靜的看著姊妹倆，不知是歡喜還是悲痛的哭泣。

人在江湖

自從被當眾扯掉上衣扣子露出乳房，潘阿秀躲在房裡已經好幾天不肯出門，三餐全靠阿滿送進房。「多少吃一點吧！」阿滿每次進來收餐盤，看見滿滿飯菜都沒動過，很心疼。「餓壞身體怎麼辦？」

阿秀冷冷地看她一眼，甚至不知道阿滿會不會也在背後嘲笑？過去那些日子，她覺得自己就是個笑話，一個人不會因為幾件漂亮衣服就改頭換面，鄉下女人就是鄉下女人。城裡的女人怎麼可能因為她身上穿的衣服，進來購買布料多做衣服？這家店存在也不是一天兩天，而是幾十年的事了。她卻天真的自我感覺良好的度過好長一段時間。

卸世卸眾。

她被攻擊拉扯推倒地上時，那個名為丈夫的男人竟然全無作為，僅只裁縫師傅陳英同過來壓制那個滿身酒氣的男人。

卸世卸眾。她在勉強掙脫拉緊上衣護住胸部朝後面奔逃時，站在樓梯口的頭家娘冷冷的聲音如影隨形跟著她一路逃回房間。

關在房裡好幾天了。

這天晚上，阿滿利用送餐時間進來輕聲告訴她說：「頭家要我告訴妳，明天一大早，他會來帶妳出去。」

「去哪裡？」

「我不是很清楚。」阿滿從櫥櫃上面取下一個小小行李箱。這是老太太生前出門帶的行李箱，深色皮面有些剝落，還覆蓋一層灰，顯然已經許多年不曾使用。「這箱子可以裝幾件衣服，外面有點冷，冬天了，要穿暖一點。」

「幾點？」

「妳早點準備就是。」阿滿坐下來看著她一口一口慢慢吃飯，還說：「多吃一點，多吃一點才有力氣。」

阿秀不知道會被送去哪裡。出去，總比困守在這裡好。至少，這個家的女主人對她充滿敵意，男主人似乎忘記她的存在。聽說允諾她進門的老太太突然去世，現在是要怎樣？像賣不掉的布料一樣退回去嗎？

阿秀整晚睡不著，她在皮箱裡面塞幾件自己從鄉下帶過來的衣服，新衣服全還給他們，一件也不要。

時序入冬，清晨五、六點天還是黑的，待在屋子裡雖然不覺得冷，畢竟是冬天，阿秀只有一件外套。她把外套穿在身上，剛剛梳洗好就聽見敲門的聲音。

打開門，蘇金田一樣穿戴整齊，提著一卡皮箱站在面前。

「走吧。」

他們從後院那道柴門走出去。阿秀雖然住在後院也知道後面有一道門，卻是第一次從這道門走出去。

那是一條小巷弄，很冷清。跟正門口面對的七賢三路有如天壤之別。

天氣真的冷，迎面都是冷空氣，一隻流浪狗鼻子幾乎貼近路面，用力嗅著尋找可以果腹食物；早起的鳥就在屋簷上面跳躍，叫聲有些急躁；阿秀縮著脖子跟在蘇金田後面，男人步伐又快又急，阿秀邊跑邊追著趕路，只一下下鼻尖就冒出汗。

就這樣一路趕車趕路趕到屏東九如鄉甘蔗農場時，已經是午後一、兩點。

路上男人告訴她了。「我們去屏東找妳母親。」

然後呢？把她還給阿母？隨便啦。怎樣都比關在金采布莊來的好。阿秀下定決心，寧可到農場做工，一輩子不回高雄，也不回青鯤鯓。

她在遼闊的甘蔗農場見到妹妹阿巧時，忍不住淚流滿面。從梅雨季到初冬，才幾個月，卻恍如隔世。

工頭柯桑過來打招呼，本來要阿潘嫂提早收工。阿潘嫂不肯，繼續砍甘蔗繼續工作，阿秀脫下外套幫忙阿巧削蔗葉。畢竟年長幾歲，阿秀身手俐落，一下就把根鬚和蔗葉去除得清潔溜溜。只是沒戴斗笠立刻全身沾滿甘蔗屑屑，灰頭土臉。阿潘嫂看看站在遠處跟柯桑聊天的蘇金田，再看看女兒阿秀。

「妳怎麼來了？」

阿秀無從解釋，也不想解釋。看見母親和妹妹，一掃這些日的陰鬱。該解釋的應該是那個帶她過來的男人，而不是自己。

收工回到工寮，阿潘嫂忙著起火做飯。「不知道你們要來，沒甚麼菜，就隨便煮。」一方面吩咐阿巧。「去把隔壁間房子清一清，讓妳阿姊和姊夫早點休息，他們一定累了。」

阿秀從袋子裡取出一些食物說：「阿母別忙，我們路上有買晚餐了，有肉粽、肉圓，這些應該夠吃。」

「太好了，那我煮個蛋花湯。」阿潘嫂鬆了一口氣，屋子裡甚麼都沒有，就只有番薯籤和醬菜。雞蛋是捨不得吃才能放到現在。

阿巧畢竟年輕，難得吃到這麼好吃的點心，邊吃邊笑。「阿姊，這是哪裡買的？」「九如街上，」阿秀說：「我們坐火車過來，街上買的。妳喜歡，以後我們一塊去買。」「好，妳帶我去。」彷彿回到過去，在青鯤鯓，一切是阿姊說了算。

「你們明天就回去吧？」阿潘嫂看著蘇金田。「這地方太偏僻，甚麼都沒有，不方便。」

「我跟柯桑談過，他答應讓我們借住，住幾天都可以。」蘇金田笑著回答。

阿秀聽說可以留下來，滿心歡喜。雖然猜不透蘇金田用意，但至少這一路走來，他還滿和善，跟布莊裡那個拿剪刀裁布料的老師傅有些不一樣。

儘管如此，他們在阿潘嫂催促下早早回到隔壁房間，進入一個完全屬於兩個人的空間。阿秀一顆心小鹿亂撞，開始坐立難安。

說是夫妻，這可是兩個人第一次同處一室。

工寮房間很小，就那麼一張竹眠床，一條木板長凳，一張小桌子。

竹眠床上面掛著有點髒有點霉味的蚊帳。

阿巧端水進來，說是給他們梳洗用。阿秀趁機跟她走出去，說是去跟阿母講兩句話。

阿潘嫂不笨，她看出阿秀神色有異。

「這麼晚了，妳還不睡？」

「還早呢，在高雄，這時候街上正熱鬧。」

「明天一早就要起來做飯準備上工，我們都很早睡。」阿潘嫂忍不住問。「妳還好吧？他對妳應該不錯，不然不會帶妳來找我們。是妳要求的嗎？」

阿秀搖頭，她不知道要怎麼說，怎麼說阿母才會了解她的處境。

「妳有了嗎？」阿潘嫂熱切地看著女兒。一定是有了，蘇金田才會帶她出來散心。

阿秀起先有點聽不懂，緊接著大半個臉都紅了，只能摀著嘴拚命搖頭。

阿潘嫂有點失望，推了女兒一下。「早點休息，我們也要睡了。」

阿秀幾乎是被母親推出去，背後的門關上了，外頭一片漆黑，風有點凌厲，尤其是在這荒郊，附近人家都已熄燈睡覺，只好推開隔壁房間的木板門。她躡手躡腳靠近竹眠床。好險，蘇金田睡著了，整個人捲在棉被裡，面向牆壁睡著，還發出輕微的鼾聲。

阿秀沿著床的邊邊躺下來，背對著男人，身上穿著外套，怕驚動對方，不敢去拉棉被來蓋。

寒冬夜裡，阿秀越睡越冷，幾時滾進被窩裡的呢？她自己也不清楚，只知道第二天醒來，她已經躺在蘇金田的懷裡，兩人一起蓋著棉被睡到天亮。

「早。」

尚未睜開眼就聽見他的聲音，阿秀一股腦坐起來，蘇金田拍拍自己右手臂，笑著說：「整晚把我的手臂當枕頭，手都麻了。」

「對不起——」

跳下床鋪，阿秀直接衝到隔壁找母親，阿母和阿巧工作去了，屋子裡留有熱熱的稀飯，在小爐子上溫著。

一向只吃番薯籤稀飯配醬菜，阿潘嫂為了招待女婿，特地煮一鍋白米稀飯，還煎兩顆香噴噴雞蛋。

吃過早餐，阿秀想再看看母親和妹妹，蘇金田卻說：

「我們去了會影響她們工作，工頭一定不喜歡。」

「可是我還不想離開。」

「誰說要離開？」蘇金田笑說：「我們去市場買些菜回來，這樣她們中午就有熱騰騰的飯吃。」

「太好了，現在就去買菜。」

市區離工寮有一段距離，他們來時是從火車站坐三輪車，現在出去只能倚賴搭載甘蔗的小火車。

有一種叫做五分仔車的小火車是專門用來運送甘蔗，它遍布在甘蔗農場與製糖廠之間，同時載送許多上班上學的人，是很方便的交通工具。蘇金田就像識途老馬，帶著阿秀坐五分仔車去九如市場買菜，甚至遠赴屏東市區最大的北勢頭市場採買，那裡甚麼東西都有。

五分仔車行經北勢頭市場的景況是阿秀這輩子最難忘的記憶。小火車速度很慢，一大群擺在軌道上賣菜的攤販遠遠看見火車來了才不慌不忙收拾菜攤，等火車過了就又放回去。「萬一來不及搬，那些菜不都毀了。」「放心，五分仔車會停下來等，等攤販把東西搬離才會繼續開。」

北勢頭市場乾貨很多，適合儲存。阿秀故意買很多，像蝦米、魚乾、筍乾等等，買回去放在甕子裡，這樣阿母可以慢慢取用。

「買這麼多，」阿潘嫂有點心疼。「妳不要把身邊的錢花光。」

「都是他出的錢。」阿秀說：「他不讓我出。」

「那怎麼好意思，不要浪費人家的錢，以後少買一點。」嘴裡這麼說，阿潘嫂其實是歡喜的。至少，曾經懸掛在心頭的懸念總算落實下來。

蘇金田和阿秀的關係不是很正常，阿潘嫂明白，這如同商品買賣的婚姻，至今阿秀並未用等值的商品交換自己應得的地位。萬一——當初阿潘嫂害怕阿秀未婚生子，幾乎是不擇手段的硬把她丟到一個完全陌生環境。現在卻擔心她生不出孩子。都好幾個月了，不是嗎？

身為母親，總是不停的不停的操煩。

來到九如甘蔗農場已經過了四個晚上。

習慣和他睡在同一張眠床，已經是第四個晚上。

天氣冷的關係，半夜兩個人總是靠在一起取暖，農村沒甚麼遮蔽物，寒風吹的呼呼響，從屋簷縫隙灌進來，從緊閉門窗撞進來，呼嘯的風很像怪獸在野地嘶吼。阿秀總是在半睡半醒當中緊緊摟住蘇金田。

這個晚上，阿秀感覺一隻溫熱手在她的身體游移，慢慢游到她身體裡面，在胸口，輕輕揉捏；在小腹，慢慢往下移動。阿秀因為緊張，氣息變得很沉重，他的一張臉，鬍子沒刮乾淨會刺人的臉整個貼上來，吻住阿秀微張呼氣的嘴。快窒息了！阿秀下意識掙扎著想要閃避。但能閃到哪裡去呢？她的身體，他的身體，已經交纏在一起。

阿秀哭了。為什麼哭泣？不是早該這樣的嗎？還是——蘇金田翻過身子假裝睡著。他記得新婚那晚妻子金采哭得更傷心。他把金采抱著時，金采還不時啜泣。阿秀又不是第一次，媒人婆說過：她被男人始亂終棄——

隔天早上，蘇金田掀開棉被要下床，卻看見阿秀的衣服沾有血跡。他楞了一下，想了想，阿秀臉上還留著淚痕呢。

伸手把阿秀拉坐起來。他說：「起來吃早餐，吃過飯去把衣服洗乾淨。」

阿秀似乎還在害臊不肯起床。

「起來啦。」

「不要。」

蘇金田幾乎是用盡力氣才把阿秀拉下床，當她發現衣服上面的血跡時，愣了一下，整個臉像火燒雲，覺得丟臉丟死了。她連早餐都來不及吃，火速換掉衣服，跑到古井旁邊拚命搓洗。幸好這時候大人們都到農場做工去了，只剩幾個不到十歲小孩在旁邊搓洗衣物。

晾好衣物，阿秀回到工寮一臉驚魂未定的樣子。她記得第一次經血來潮，以為自己快要死掉了，身體一直一直不停的流血，阿母又不在，她躺在床上任血流淌，阿巧坐在一旁不斷哭泣。阿巧哭泣是因為肚子餓。後來她發現流血也不會死掉，就下床幫阿巧煮飯。一直到阿母從農場回來才知道，那是月經，每個女人都會有的月經。

「妳怎麼不早說，」阿秀很生氣。「害我嚇得半死，以為生病要死掉。」

「我怎麼知道妳那個甚麼時候會來。」阿潘嫂很內疚的樣子。沒錯，她忙到連女兒長大了都不知道。

這一次又是甚麼？

經血來了至少好幾天才會停，這一次又是甚麼？來一次就沒了。

第五天的晚上，蘇金田未等她睡著就把她攬在懷裡，輕輕的，在她耳邊廝磨；阿秀溫馴的靠在他的肩膀。本來就認定他是她的丈夫，只是不知道要怎麼與他靠近；大人的世界原本就不是她能理解。阿母沒有教的事，就沒有足跡可依循。

蘇金田越來越溫柔，對待阿秀的態度有很大轉變，阿潘嫂也感覺到了。

他們就像一對尋常夫妻，早上一起坐五分仔車上市場買菜，中午回來一起煮飯，晚上陪阿潘嫂和阿巧聊天，工頭柯桑也曾帶酒過來和蘇金田暢飲，兩個男人常常喝得醉醺醺，阿秀竟然也會攔阻了。

「喝少一點啦，醉了又喊頭痛。」

「好，今天就這樣，不喝了。」難得蘇金田會聽話。

「阿秀，妳的婚姻是我牽的線，妳知道嗎？」幾杯黃湯下肚，原本就口沒遮攔的柯桑大聲嚷嚷。「是我去找媒人婆劉太太，才促成你們這一對夫妻，說真的，你們小倆口應該請我吃飯喝酒才對。」

阿潘嫂立刻接口。「現在不就請你吃飯喝酒了嗎？還不夠是不是？改天有空，我辦一桌酒菜請你。」

「說定了，不可以反悔。」柯桑喝茫了，居然動起手腳，一把抓住阿潘嫂的手又搖又晃。「我真的只對妳一個人好，農場那些三八花癡好幾個自己送上門我都不要，那種隨便跟人家上床的女人我沒興趣，我只尊敬妳一個。」看來柯桑在暗戀阿潘嫂呢。

阿潘嫂很尷尬，手又抽不回來。「我知道，所以才叫你柯大哥。」

「你這個妹妹我認定了，改天帶妳回家跟我老婆認識。」

「好好好——」好不容易才掙脫柯桑的手。

蘇金田上前一把攬住柯桑的肩說：「很晚了，明天還要工作，走，我帶你回工寮。」

柯桑還要喝酒，蘇金田不讓他喝，半推半拉的把他架離。

送走柯桑，蘇金田回到他們住的工寮，阿秀和阿巧在房裡聊天，阿潘嫂獨自收拾碗盤。

「柯桑人不錯，就是愛喝酒，喝醉了會亂說話。」阿潘嫂忙著為方才柯桑的失態解釋。「你們出來好幾天了，甚麼時候回去？」

「早該回去了，我還想帶阿秀去墾丁玩，但她好像只想留在這裡。」

「那就回去吧，快過年了。」

「好，明天回去。」

「阿秀年紀小不懂事，謝謝你這麼疼她。」

阿潘嫂年紀不比蘇金田大，因為操勞、壓抑和貧窮，只能卑微地活著，卑微的說話，忘了自己還有魅惑的姿色。那是身為男人的蘇金田從喝醉酒的柯桑身上看見的迷戀。

柯桑是個五十多歲的男人，長得粗曠、黝黑，是鄰近長治鄉平埔族後代。

屏東海豐與九如鄉、長治鄉等交界地區擁有廣大的甘蔗農場，從日治時期到戰後國民政府來台，屏東製糖廠從來就是全國糖產量最多，工人需求也特別大。

柯桑出生在長治鄉番仔寮，那裡原本是平埔族居住地，戰後改名「鳳雅寮」，由於閩客外來人口越來越多越熱鬧，統稱「繁華地區」。

柯桑喜歡自稱來自「繁華地區」，卻不肯承認自己是平埔族。九族裡面誰聽說平埔族啊！乾脆從長治的甘蔗農場跨足到九如農場。換一個地方就無人知道他是甚麼族了。

一輩子在甘蔗農田工作，從甘蔗工做起，一樣是砍甘蔗削蔗葉，同行有些人進入製糖廠，也有轉去駕駛五分仔車，柯桑總也做到工頭，負責統管五十個工人。

人在江湖，不能只靠自己。阿潘嫂剛到九如還是個年輕寡婦，儘管全身包緊緊，比起一般婦女還是多了幾分姿色，尤其露在包巾外面那雙眼睛，湖水一般清激動人。農場雖然苦命人多過好命人，有人的地方就有故事。喜歡招蜂引蝶的女人以及喜歡拈花惹草的男人總是一拍即合，給苦勞大地增添不少顏色。

阿潘嫂是寡婦，無論到哪裡都會遇到心懷不軌的男人；她知道柯桑對她特別好，給她特別多優遇；她也知道分寸掌握在自己手裡。柯桑不是柳下惠，可以開玩笑吃點豆腐的女人他從來沒放過，還以此在男人之間炫耀喧染。但是對於花名遠播、喜歡投懷送抱的女人他還是會選擇的。「啊妳不是做阿嬤了嗎？」一句嫌人家太老的話，對一個不再年輕的女人很管用，馬上停止勾勾纏。

柯桑對正經八百的阿潘嫂反而十分照顧，還有意無意幫她防堵心懷不軌的男人騷擾。「她是我表妹。」工頭的表妹，自然無人敢欺負。

直到柯桑幫忙阿秀找到對象，阿潘嫂的心防才稍稍鬆懈。知道人在江湖，除了依靠自己，也需要朋友幫助。

隔天一早，蘇金田帶著潘阿秀離開工寮，坐上五分仔車到屏東車站轉車回高雄。

骨子裡藏著一把烈火

日子一天一天過去，李金采幾乎望穿布莊門口那條馬路，七賢三路。

這死金田跑哪去？帶著小老婆一聲不響跑出去，一句話都沒說。「頭家真的沒交代？」她不信，不斷向阿滿吼叫，還有裁縫師傅陳英同，兩人朝夕窩在工作室做衣服，不相信一點口風都沒露。「是要氣死我不是？有種叫他們都不要回來，不要回來！」

那日潘阿秀被一個喝醉酒男人當眾扯掉衣服露出胸部時，李金采得意了幾天，總算把看顧布莊主權搶回來；阿秀羞愧地躲在房裡不敢出來，躲了好幾天。娘家母親說：趁機將她趕出去。

怎麼趕？母女還在費心思，兩個人突然像空氣一樣消失不見。

「妳覺得有可能去哪裡？」

「我怎麼知道，這些年他跟親戚朋友沒甚麼來往，妳也知道，他是獨子，他母親是獨生女，搆得上關係的親戚很少。」

「她呢？會不會跑回娘家？」

「不會吧，」李金采露出鄙夷神氣。「怎麼可能？我看他們關係沒這麼好啦，我日夜盯著，兩人到現在還沒──妳知道，還沒在一起。金田不可能陪她回娘家，而且一去這麼久。」

「是喔！」娘家母親嘆了一口氣。「最好像妳說的那樣，不然──」

不然代誌大條了。

母女倆心知肚明，卻也不想說出來。

日子一天一天過去，李金采沒閒著，託人到青鯤鯓打聽，果然沒回去，整棟房子破得像乞丐寮，一個人也沒有。可能全家搬走，不會回來了。打聽的人這麼說。

那麼會到哪裡去？日子一天一天過去，到第十天，李金采因為焦慮，幾乎有點撐不住，她不停地不停地在店裡打轉，原本消瘦身形此刻更薄如紙片，倔強的她，只能在夜裡哭泣。氣自己命不好，氣跟死去的婆婆纏鬥一輩子如今還是輸了，輸在婆婆如鋼鐵般意志死都死了還主導出這麼一齣戲！

丈夫再不回來，恐怕她會先瘋掉。

終於回來了。

蘇金田和潘阿秀一前一後踏進金采布莊時，李金采就看出端倪。兩個人雖然一前一後，蘇金田左手拉著潘阿秀右手面無表情地走進來，完全無視妻子的存在。

潘阿秀臉上淡淡害羞神氣一覽無遺，很快穿過櫃台穿過廚房走回後院自己房間。

李金采跟著丈夫上樓，蘇金田順手將書房的門關上，只拋下一句話：「我累了，我要休息。」

李金采站在書房門口氣得全身發抖，她想發飆，想對著丈夫怒吼。但是──靠著牆壁，她不知道自己要吼甚麼？事情到這地步，她能說甚麼？他們終於結為夫妻了。他們本來就是夫妻，不是嗎？

回到臥室，暗黑又充滿詭異的臥房，來自婆婆的詛咒。沒錯，到處都是老太婆留下來的氣味。尤其躺下來望見天花板那一堆奔來跑去的小孩。為什麼有人會在自己睡房的天花板畫滿小孩，那如同嬰靈一般恐怖。新婚時她就不喜歡，可也沒勇氣表達意見。

許多事，妳以為只要努力事情就會有轉圜的一天，看來並非如此。

從被動轉為主動，阿秀不再處處避開李金采。「不被她看見，就不會惹她生氣。」阿滿從她進門就一再好意叮嚀，她真的有做到，卻還是不時吃到排頭。

不管人家喜不喜歡妳，都要勇敢活下去。

阿母的叮嚀反而比較實際。

既然要在這個家這棟房子過一輩子，生活在一個完全搆不著邊的世界，阿秀決定像農夫，用自己的力氣鋤地耕耘，像漁夫撒網捕魚。

生活會自己尋找安全的港灣。

每天面對李金采沒來由瘋狂咒罵；她做好飯菜，請他們吃飯也會被罵；她累了一整天坐下來吃頓飯也會被罵；晚上店裡忙不過來，她出來幫忙招呼也不行，不招呼更不行——總之，潘阿秀在李金采眼裡就像一根刺。

每個晚上蘇金田都在阿秀房裡過夜。

每個晚上李金采瞪著天花板翻來覆去睡不著，天花板那些小孩好像就在眼前嬉笑大鬧。那聲音轟得她整個腦袋要爆炸。

有一種想放聲大哭的衝動。

不久傳出阿秀懷孕的消息，就在年節過後，天氣逐日變好。

這日一大早，金采布莊來了三個工人，手上拿著重工具，有巨大鐵槌、斧頭、鋸子等等陸續上樓，緊接著傳出巨大敲打的聲音，那聲音大到耳膜都會震破。阿滿嚇壞了，衝上樓看見工人們正在破壞臥室設備，整片木製天花板被敲毀下來，瞬間那些壁畫上的小孩一個個支離破碎隨飛舞木屑掉落滿地；固定在牆壁的大眠床也被敲掉，連接眠床的衣櫥傾倒發出轟聲巨響。阿滿張大嘴巴發不出聲音，就連蘇金田也站在臥室門口皺著眉頭看著，李金采在一旁指揮若定。

「通通打掉敲掉，甚麼都不要，都不留。」

李金采早把自己衣物全搬到隔壁房間，蘇金田還留在臥室裡的衣物隨著工人敲打散落一地。阿滿急著要去撿拾，蘇金田拉住她說：

「算了，隨她去。」

「可是──」阿滿哭喪著臉說：「二太太剛懷孕，家裡不能動工，連刀剪都不行。」

「不要緊，那是迷信。」蘇金田轉身下樓，連問都不想問。

從屏東回來，一進門他就聞到濃濃火藥味。

這也不是第一次。

年輕時蘇金田曾經迷戀過一個酒家女，那個酒家女叫甚麼名字，一時之間竟想不起來。是老了嗎？

中學畢業，初戀女同學亭子拋下他獨自去日本求學。

不，應該說他違背諾言沒有陪亭子一起去日本留學。

蘇金田日夜關在書房不肯出門，有時走到書房陽台遠眺亭子所在的方向，想著這輩子就要老死在這裡時真的很想跳樓。

一天晚上，布莊打烊了，多桑敲開他的門。「走，陪我出去走走。」

「不想出去。」

「陪我去一個地方逛逛，你沒去過的。」

多桑表情很神祕，蘇金田想說整個城市有哪個地方沒去過？老是待在店裡縫製衣服的父親才甚麼地方都沒去過吧？多桑的手臂用力環住他肩膀時，蘇金田並沒有太多抗拒。畢竟才不久前因為多桑不肯幫忙說服卡桑讓他去日本，蘇金田狠狠地向他吼叫，說出很難聽的話。面對一向慈愛的父親，蘇金田心裡有些過意不去。

父子倆漫步在深夜的七賢三路，大部分商家都關門了，行人也少。夏日炎熱的氣溫並無因為太陽下山而稍減它的威力，走了一段路，汗水沿著背脊流下來。

轉進新樂街時，眼前又是另一番景象，昏暗燈光在每棟房子前面閃閃爍爍，更多人影在每戶門口進出，夜色如潑墨般揮灑，灑出一股濃郁的甜甜香氣。不用多桑開口，蘇金田知道他們進入一個只有男人才知道的地方。

那是一家掛著「四季紅」招牌的酒家，規模很小，就在巷弄口，不是熟客很難發現它的存在。多桑卻熟門熟路走進去，還一路傳來熱情招呼。

屋子裡燈光更暗，有人在角落晃動，依稀傳來鶯聲燕語，蘇金田跟隨多桑被帶到樓上一個小小房間，他後來才知道，這是一個專屬多桑的房間。

一直在蘇家扮演好好先生，無論妻子說甚麼都唯唯諾諾，從來沒有自己的意見。這樣的男人，到了這裡卻有不同面貌。

一個遲暮女子穿著淺紫色日本和服走進來，很自然地倒向多桑懷抱，多桑不只緊緊摟著還在她的臉親了一下。蘇金田後來知道那個叫惠子的遲暮女子是「四季紅」頭家娘，也是父親的老情人。多桑從年輕便是惠子的老顧客。「聽說酒家是你父親出錢買下來給惠子經營的呢。」也只是聽說，蘇金田不敢相信多桑有那個膽量做出如此逆天大事。接著有個名叫阿妮的年輕女子進來，端酒挾菜；惠子說一些奉承誇獎好話，然後有些酸氣的說：「做你蘇家兒子真是好福氣啊！」多桑臉上似乎閃過一絲尷尬神氣，隨即喝一口手上清酒。

阿妮一直待在身旁給他們倒酒；蘇金田第一次和異性如此接近，幾乎無距離的接觸；阿妮柔軟的身體因為不斷倒酒和挾菜與他有著觸電一般磨擦，有時酥胸還有意無意貼靠他身上。蘇金田臉色漲紅，不時偷看多桑，只見他正沉醉在惠子溫柔的按摩，按摩他的肩頸、背脊，然後往下滑動。「你太勞累了，瞧你全身僵硬。」惠子嘟著嘴說：「要常來我這邊坐，不然都把人家忘了。」

「是妳把我忘掉才對吧。」多桑看起來舒服極了，根本沒在看兒子。

父子倆喝得醉醺醺才踏著茫茫夜色回家。

多桑這招真的很有用，幾次以後蘇金田跟阿妮成為好朋友。阿妮皮膚白皙，標緻，二十出頭，比蘇金田大一點點，是店裡紅牌，不是多桑，惠子不會讓她出來招待無名小子。後來蘇金田獨自前往，也都是阿妮出來招待。兩個年紀相當的年輕人漸漸培養出一股默契，異於歡場的默契。他的初夜就在她溫柔的引領下完成。漸漸的他不再思念亭子，並且接受母親安排，跟鼓山糧商的女兒李秀玲，後來改為李金采的女子結婚。

婚後許多年，他還是跟阿妮保持親密關係。

有好幾次阿妮希望從良。「頭家娘說只要你願意，她無條件讓我出來。我做小都沒關係，做你們家下女也可以，只要能跟你在一起。」

多桑離世前曾經告訴他：「不要相信煙花女子的話，尋歡是消遣，把家庭顧好才重要。」

多桑真的沒有讓卡桑傷過心，一直到離世卡桑完全不知道他在外面其實有一位紅粉知己。或者是卡桑太自負，不認為丈夫會在感情上走私。

阿妮想要從良的心越來越殷切，年歲漸長，年齡是歡場女子的致命傷。蘇金田每次酒酣耳熱之際，滿口答應阿妮的要求：「沒問題，我娘聽了一定很高興。」回到家卻忘光光。年輕愛玩是本性，測試妻子金采的極限可不好玩。

蘇金田還未給阿妮明確承諾她就常常到布店走踏，以一種極盡曖昧的姿態讓蘇金田幫她量製新衣。

李金采本來就很敏感，因為不孕，她在這個家的地位不是很穩固，婆媳關係很緊張，她必須緊緊抓住丈夫的心，不能有半點空隙讓人闖入。所以當她知道阿妮是「四季紅」煙花女子時，就起了疑心。

「你們好像很熟，你常常去找她嗎？」

「偶爾啦，都是跟一票朋友去的。」

「你哪有甚麼朋友，」李金采一語刺進丈夫心坎。「我看你晚上都自己一個人出去。」

「男人在外面做甚麼，不用妳管。」

「我才不想管，我看她最近常常來找你，是有甚麼祕密不敢讓我知道？」

「沒啦，沒事。」年輕時蘇金田對妻子很好，總覺得強悍的母親不應該掌控兒子也想掌控媳婦，沒有人有這麼大權力，除非是上帝或菩薩。

「我娘常說，煙花女子最喜歡欺騙男人說她懷孕，目的就是要錢，你可別上當，就算懷孕也不見得是你的孩子。」

「她沒有懷孕，倒是想進我們家，她說要幫妳洗衣做飯拖地。」蘇金田終於說溜了嘴，說完便開始後悔。

果然，李金采整個變了臉，甚麼洗衣做飯，分明是有感情了才會談到這些問題。

李金采知道蘇金田有逛酒家的習慣，公公還在世時父子倆一起養成的習慣，婆婆不管，她也管不著，但是現在，野女人都侵門踏戶來了，怎麼可以不管！

晚上，李金采不睡覺卻拿一把剪刀開始剪衣服，剪丈夫的衣服，一個晚上剪個一、兩件，三天就剪掉五、六件丈夫的外出服。

剪衣服時候，她的臉色非常難看，蘇金田怎麼解釋都沒用；蘇金田也不敢睡覺，女人坐在床邊拿一把剪刀把他的衣服一件一件剪成碎布，那光景，就像夜夜磨刀的女人，他怎麼敢睡？

白天，蘇金田頻頻打哈欠，有時偷溜上樓關在書房睡覺；李金采像鐵打的身子，絲毫看不出異樣。照常做生意，絕對不讓婆婆起疑。

第四天夜裡，蘇金田徹底投降，不只發誓還寫悔過書，保證從此不去酒家尤其是四季紅。自然，還得用力把瘦得只剩一把骨頭的妻子緊緊抱著，努力的製造孩子她才願意原諒。

結婚是惡夢的開始。

蘇金田就在婆媳惡鬥中渾渾噩噩度過他的青春，進入他的中年。就連二戰末期傳來溫亭子在日本被美軍機轟炸死亡的消息也很淡定，好像跟他一點關係都沒有。

從未捲入戰火的台灣，一直提供物資給正在侵略各國的日本，紅檜木被砍伐殆盡；梅花鹿被捕捉得幾乎絕種；因為戰爭迫切需要鯨魚油，墾丁香蕉灣的鯨魚被捕獵一空，魚源枯竭了，稻米被徵收運往日本，糧食匱乏造成的貧窮變成一種常態時，美軍機緊接著無日無夜在台灣上空投擲砲彈。

一九四三年十一月十五日，美國首次派出第十四航空隊轟炸新竹，從此台灣無法倖免於太平洋戰爭的荼毒；從剛開始的零星轟炸到一九四四年十月，美國海軍第三十八特遣艦隊出動大批軍艦載著飛機，配合第二十航空隊轟炸機瘋狂攻擊台灣各地，無論港口或重要設施，甚至民宅都不放過。一九四五年起美軍飛機幾乎天天轟炸台灣，直到當年八月十五日日本投降為止。

高雄的落彈量是全台第一。

在這風聲鶴唳的一年，全台灣人民幾乎處在移動當中。城裡人往鄉下跑；鄉下人往山裡躲。

蘇金田帶著全家躲到旗山陳英同的家避難去了。

住在英同老家，城裡人才知道窮苦人家日子的難處。

那幾乎是蓋在山坳處的土角厝，門窗根本遮不住風雨；幾隻豢養的雞跟著一起住在床鋪底下；所謂床鋪，也只是用幾根比較粗的竹子架構而成，隨時有崩塌可能。

英同父母是鄉下老實人，知道來的是城裡有錢人；夫婦倆整天挖空心思想著要煮甚麼飯菜，幸好蘇家自己帶來不少米糧和乾貨，放養的雞一隻隻成為桌上佳餚，還有田裡山蔬，能吃的全搬上桌了。金采還是整天吵著要下山。

「繼續待下去我沒病也會死掉！」真的無法忍受晚上和一群雞住在一起啊！還有一到黃昏便成群攻勢凌厲的蚊子，跟美軍的炸彈一樣恐怖。

所以只待幾天就回到高雄。

戰爭末期不斷傳來毀滅性大轟炸，嘉義被炸得支離破碎，台北一樣留下歷史刻痕。高雄港因為轟炸早就失去運輸功能，附近民宅更是被夷為平地，「四季紅」消失之前，阿妮早已嫁做人婦，嫁給旗后一個再婚的捕魚郎，去當好幾個小孩的繼母。

原本在惠子手中是個精緻美麗的酒家「四季紅」，惠子去世後交由她的兒子丁炎山經營。傳言惠子的兒子就是蘇金田父親的兒子；一直寄養在惠子親戚家。

惠子原本希望他至少唸個中學，出來當個小學老師平平安安過一輩子，這個被叫做阿山的男人自小就反骨，公學校沒畢業就到處惹事生非，日本警察很兇悍，惠子經常動用很多關係才能保住他平安長大。

長大後阿山就在母親經營的酒家圍事，粗曠又兇狠的模樣倒也有些用處，只是傷了母親的心，每次遇見蘇金田的父親就嘆氣：「對不起，這孩子我沒教好。」蘇金田的父親總是不置可否地笑了笑。

這個比蘇金田大十來歲的阿山真的是多桑的兒子嗎？多桑留給他的名言，其中有一句是：不要相信煙花女子的話。

阿山不像惠子懂得經營，幾年之間店裡的小姐離開的離開，沒離開也都老了，最後「四季紅」酒家淪為茶店仔，也就是俗稱的跤騷間[6]。

所以，當「四季紅」被砲彈夷為平地、當亭子傳來死亡訊息，蘇金田已經在婆媳惡鬥中渾渾噩噩度過他的青春，進入他的中年。

人家說往事如煙，蘇金田卻覺得李金采坐在床前一刀一刀剪著衣服的情景宛如昨日才發生，無人相信瘦小的金采骨子裡藏著一把烈火，燃燒起來烈焰驚人，會把人吞噬。

所以，當工人魚貫進入臥室徹底毀掉所有裝潢時，蘇金田僅只嘆了一口氣：「可惜，衣櫃、床板、桌子椅子都是紅檜木做的，打掉就沒有了。」

二樓臥室改建期間，阿滿比任何人都緊張，不准阿秀離開她的房間，連三餐都送到房裡去。「妳就當作不知道，沒看見，萬一動了胎氣不好。」

「她是希望我流產嗎？」

「不管她啦，我們把自己照顧好就好。」阿滿的口氣和態度很像死去的老太太。

為了死去的老太太，為了頭家。阿秀現在懷的可是蘇家好不容易才盼到的孩子！

6.台文，妓女戶的意思。

從炎熱午後痛到寒涼夜晚

先是害喜，聞到魚腥味就吐。李金采酸她：「自己不就全身都是魚腥味嗎？」阿秀也覺得奇怪，從小吃魚長大，胃口怎麼全都變了？阿滿每次在餐盤放一顆酸梅竟然成為她的最愛，酸梅配飯。「妳怎麼知道我喜歡酸梅？」問題是，懷孕前她根本不喜歡酸梅啊！

「我娘懷孕就喜歡這一味，」阿滿的娘是後母，進門連生兩個弟妹，都是阿滿做飯給後母吃。「明天我上市場看有沒有芒果青，買回來加點糖和鹽，妳一定喜歡。」

還沒看到芒果青就開始流口水。阿滿寵她寵得有點離譜，阿秀害喜過程一整桌都是酸酸甜甜的食物，五柳枝食譜更是常常上桌，把腥味重的魚換成滿滿蔬菜真的很下飯，李金采不吃這一套，發飆大罵：「妳這是煮給豬吃的嗎？」

連這個也計較！

二樓臥室改建期間，家裡吵雜又混亂，阿秀躲在自己房間竟也過了一、兩個月，害喜過了，房子也整修好了，阿秀偶爾走到店門口，看看熱鬧的街市，七賢三路越來越熱鬧，滿街都是阿兜仔和叫賣東西的小販；鄰近新開商店一間又一間，竟然都是酒吧。

「卸世卸眾！」阿秀只要走出房間被李金采看見，無論站在哪，低沉的咒罵聲，敲打物件甚至踢翻椅子等等，就是不要阿秀到處走動，不要阿秀挺著一個肚子在她面前出現。

阿秀只好待在後院房間躺著睡覺，至多整理後院花花草草。

從小在海邊長大，認識的花草不多；她知道這些花樹都是老太太生前最愛。

一整排七里香種在泥土地，隔開廚房與房子的距離，也隔開從廚房飄過來的油煙。

七里香油綠葉子在五、六月開滿小白花時，濃郁香味沁入心扉，有一種甜膩的感覺。

她喜歡這種感覺，有人疼著溫暖撫觸的感覺。

她常常幫花樹鬆土，蘇金田教她：這樣才長得好。

這天，她在院子裡拔除雜草時，赫然發現七里香花叢下一小撮珠仔草。

沒錯，是珠仔草。

藏在七里香樹欉底下細細小小的葉子，綴滿密密麻麻的小珠子，纖細枝幹在一堆雜草裡面艱難的辛苦地活著，阿秀原本要拔除，頓了一下，撥開雜草，看見了它。

記憶從遠古時代回來，從心深處湧現。

她低頭伸出左手，曾經被鋟蚵小刀刺傷的手指傷疤依舊在，蚯蚓似的，明顯的盤踞在左手食指。幾乎被抹滅的記憶回來了。阿秀從角落找到一個空置小花盆，之前不知道種植甚麼植物枯掉了的小花盆，小心翼翼地挖出那幾株珠仔草移植過去。

被移植到花盆裡的珠仔草因為擺脫雜草強勢搶奪陽光和水分，出奇的活出精神來了。阿秀將它放置在窗口，隨時看得到的地方。蘇金田和阿滿也都看到，雖然奇怪她為什麼將一把雜草種在花盆裡，還放在最醒目的窗口！

懷孕的女人總是不可理喻，沒事也會哭泣，種一盆雜草算什麼。

沒有人知道，珠仔草在阿秀心裡代表的是甚麼？

一個人可以談很多次戀愛，初戀卻只有一個。

無論你喜歡或不喜歡，初戀氛圍的形成就像一團迷霧，幾時會來連自己都不知道。跟其他感情不同的是，一旦形成，你便無法改變，哪怕後悔了，不再喜歡，霧氣散了，人也已經走遠。初戀就這樣完成它階段性任務，你也不會再擁有同樣的感情。

初戀像大海，看似平靜其實有你無法想像的波濤洶湧。大浪來襲會把人吞噬，而你依舊划著扁舟，誤以為可以平安抵達彼岸。

絕大部分的人都不能。即便到得了也遍尋不著那一分初心。

無奈每個人都會經歷一場初戀，潘阿秀的初戀不只短暫，還充滿欺瞞，既可憐又可笑。

蘇金田常在布店打烊從後院帶著阿秀外出。「整天睡覺，醫生說孩子會生不出來。」

時序進入盛夏，高雄天氣又溼又熱，阿秀穿著丈夫為她裁製的寬大孕服，不是純棉就是純麻料子，淡紫色、粉色上面都是可愛圖案，蘋果、草莓、花朵，還有飛舞的蝴蝶、兔子和鳥雀。

李金采在業務送來樣品時發現這些跟店裡品味完全不同的布料，大聲抗議：「這麼幼稚的圖案誰會買啊？你叫那些吧女穿有動物和水果圖案的旗袍街上逛？不笑死人才怪。」金采當然知道，這布料是要給誰做衣服，非反對到底不可。

「店裡的客人不完全是那些趁食查某好不好，也有附近人家閨女。」

「這像睡衣圖案的布料，你賣誰？」

「那麼妳說，這些布料是做來賣給誰的？」蘇金田很久沒跟李金采說這麼落落長的話。

穿著透氣吸汗又可愛花色的孕服，還是熱，走幾步路就汗流浹背，蘇金田帶著她從七賢三路走到愛河邊散步。沿著愛河緩步走，走遠了又走回來。大約一個鐘頭，算是完成孕婦該有的運動。

這天晚上，兩個人照例沿著愛河散步，卻是朝另一個方向走。走到一個小碼頭，有人從靠泊的小船上岸，進入一條熱鬧的街道——新樂街。

新樂街是日治時代最有名的風化區，尋芳客從愛河搭船在街口小碼頭上岸，整條街都是酒家、浴堂和打金仔店。它由愛河端往西，在靠近高雄港不遠處與七賢三路成橫線交叉，最終連接壽山。

二戰末期高雄港是美軍機轟炸目標。被炸毀許多房舍的新樂街此時多已重建，尋芳客卻轉往七賢三路如雨後春筍到處林立的酒吧，只有打金仔店依然，一間比一間開得富麗堂皇，迎接出手更加闊綽的阿兜仔。

昏暗燈光下滿街都是人。阿兜仔跟酒吧女就在街頭摟抱，身體像蛇一般糾纏著；本地人三三兩兩穿插其間，暗巷裡出現廉價香水氣味的女人伸出長長手臂拉客。人客，來啊。甚至幾個香氣四溢的女子跑出來，朝一群結伴同行的男人大膽糾纏。

阿秀跟隨丈夫從愛河畔進入新樂街時，有點驚慌，以為走錯路。「我們走過頭了是嗎？這是哪裡？」

「沒有錯，這是新樂街。」蘇金田說：「這條街又叫『打金仔街』許多人都來這裡買金飾。」

蘇金田拉著她的手，怕她走丟似的緊緊拉著，穿過人群，走進一家小小金飾店。

店雖小，卻擠滿了人，尤其是來度假的美國大兵大手筆為新認識的女人購買金飾，一條項鍊、戒指或是黃澄澄金手鐲，出手很阿沙力；畢竟是剛從戰場上撿回來的一條命，度完假還是要回去打仗。那種朝夕不保不知是否還能見到明日太陽的心態，促使他們在度假期間非要把口袋裡的錢花光不可。

坐在櫃台後面一個胖胖的老闆立刻站起來打招呼。

「蘇桑，你來了。請坐。」

其實哪有位置可坐？「我的項鍊好了嗎？」

「好了，好了，師傅早就打好了。」

接過一個精緻首飾盒，蘇金田掏出一把厚厚鈔票給金飾店老闆，再把金飾盒塞進口袋，慢慢擠出擁擠的金仔店。

回家路上，蘇金田跟阿秀解釋。「我買了一條項鍊要送給我們的孩子。」

「你怎麼知道她是女孩，萬一是男孩子呢。」

「所以我打了一兩重的鍊子，男孩女孩都可以戴。」蘇金田笑著說：「妳也可以戴，反正是禮物，我年紀這麼大，還不知道能不能陪他長大，先把禮物買好。」

一語成讖，蘇金田怎麼知道自己不能陪孩子長大？多年後，阿秀常常想到這件事情。只能說，這只是蘇金田為孩子未雨綢繆的計畫之一。

回到布莊，蘇金田逕自上樓。自從金采重新裝潢二樓臥室，他就回到二樓書房睡覺。那是他身為丈夫說不出口的憂慮。外表冷漠其實內心像一把烈火的李金采，隨時都在暗處窺伺，充滿怒火的眼睛在每個角落搜尋，不知道甚麼時候會像炸彈爆裂開來。

為了減低金采妒意，蘇金田選擇上樓睡書房。

潘阿秀獨自回到房間，她將金飾盒子打開，裡面一條沉甸甸金項鍊，很像李金采脖子上掛的金鍊子，氣勢逼人。不同的是，李金采的金項鍊垂掛一塊綠油油玉珮，阿秀手上的金鍊子垂掛一個金子打造心型小盒子，打開來鑲嵌一張小小照片，蘇金田的人頭照。

果然是給孩子的禮物。

懷孕的日子並不好過，除了要避開李金采充滿敵意的言語攻擊，懷孕七個月時沒來由拉肚子，拉得渾身乏力，只好請醫生到家中看診；醫生說：可能吃到不乾淨食物。

阿滿很自責，不停嘀咕和道歉。「阿秀，妳幫我想想，到底給妳吃了甚麼咧？全家為什麼只妳一個人拉肚子呢？」

阿秀不喜歡人家叫她二太太，初始阿滿不知道怎麼稱呼，兩個年輕女子相處久了，姐妹一般親密，便也阿秀阿秀的喊起來。

「不要緊啦，我腸胃很好，以前就算拉肚子也不會超過一天。」

這次卻拉了好幾天，整個人明顯瘦一大圈。

臨盆前幾天，肚子還未宮縮，阿秀在房間門口滑一跤，身子撞擊到門板，發出巨大聲響。

那是一個炎熱的午後，天很藍，不見一朵白雲。風都到哪裡去了？空氣凝結，悶鍋一般的熱。時序雖然入秋，還是熱。阿秀昏倒前眼前就是天空那一大片的藍。醒來時肚子一陣一陣的痛。

正在廚房清洗碗盤，聽到巨響，阿滿第一個衝出去，將跌在地上掙扎著起不來的阿秀抱起來；懷孕的阿秀重得像一頭牛，阿滿再大力氣也抱不起來，幸好陳英同跑過來幫忙，兩個人一起把阿秀抱進去，謹慎小心扶到床榻上。

「快去叫頭家！」阿滿用力把陳英同推出去，一邊衝進浴室找毛巾。

鮮紅的血從阿秀雙腿間流下來，毛巾止不住也擦不乾淨，阿滿從衣櫥取出一條更大的毛巾被，墊在阿秀身子底下。

蘇金田很鎮定，他要陳英同去把住在附近的助產婆找來，原本說好請她接生，這下連助產婆都慌了。

助產婆知道這個孩子對蘇家的重要性，雖然接生無數，也不想冒那個險。「送醫院去吧，你看她流這麼多血，又是第一胎，第一胎本來就不好生，現在這個樣子——太太，妳肚子會痛嗎？」

阿秀顯然被這一摔嚇到了，久久才說出話。「會，一陣一陣的痛。」

「那是陣痛開始了，還是要先試試，生不出來再送醫院？」

「我不要去醫院。」聽說生不出來醫院會給人家剖腹，鄉下人家聽到剖腹就嚇到沒命了。

阿秀堅持在家裡面生產，雖然因為跌倒導致宮縮，幸好生產期到了，宮縮一陣一陣，從五分鐘一次、三分鐘一次、到整個痛徹心扉，痛到幾乎無法呼吸，年輕的阿秀仍然緊咬著牙齒，助產婆看她嘴唇都咬破流血了，還是不吭聲，忍不住輕輕撫著她的臉說：「哭出來沒關係，哭一哭會轉移疼痛，再不然也可以用喊的，用吼的也沒關係。」

阿秀還是咬著唇不出聲，只是聽話的照著助產婆的指示去做，該翻身就翻身，該屈膝就屈膝，把腿張開，任由助產婆的手指伸進去檢查——開五指了！

助產婆發出驚天動地的聲音，然後要她用力，用力，再用力——

那如海浪狂風一波又一波劇烈衝擊，像阿爸在暗黑大地看不見子午星時拚命划動船槳，被大浪捲進海底窒息的感覺——沉、繼續下沉、吸不到空氣了，還在下沉——突然一陣響亮嬰兒哭啼，像天使在歌唱。阿秀整個輕飄飄浮起來，浮出海面，大大吸進一口空氣。

從炎熱午後痛到夜晚，阿秀終於生下她親愛的兒子——蘇哲。

蘇金田幫兒子報戶口時，順便把潘阿秀的名字改成潘錦繡。

這年，錦繡十八歲。

滿月了，阿哲

「我娘生弟妹時都是我在照顧。」幫產婦做月子，阿滿駕輕就熟。不能吹到風，門窗都關緊緊；不可以淋浴，每天燒熱熱的水幫阿秀擦澡；不可以吃生冷食物，上市場買菜做飯是阿滿強項，一點都難不倒她。不可以在晚上出門，不可以這樣那樣，禁忌真多，有時嘮叨得像是阿秀的娘。

阿秀被照顧得無微不至，尤其在阿秀跌倒當天，英同悄悄告訴阿滿：

「我看見頭家娘在二太太房門口撿起一樣東西，很像香蕉皮。」

阿滿居然毫無訝異。「我說咧，怎麼會跌倒，二太太是很穩重的人，好好走路怎麼會摔成那樣。這幾天我可沒有買香蕉，哪裡來的香蕉皮？」

阿滿清楚自己身分，不能亂講話。幸好母子平安。但也多了一份戒心。她幾乎是用所有力氣在照顧阿秀母子，尤其是阿哲，這個從出生便有一副宏亮嗓子的孩子，哭起來驚天動地，紅皺皺的臉滿滿都是淚珠，但只要把他抱在懷裡喝奶，哭聲立刻停止，喝完奶後小小雙手伸直，一副很滿足很滿足的模樣，可愛極了。

阿滿很喜歡抱他，經常在房裡抱著走來走去，尤其是半夜，稍微聽到動靜就起床，天氣逐漸變冷，阿秀躲在被窩懶得起床，想說任由他去哭，哭累就會睡著，反正頭家娘住樓上，不吵到她就行。

同樣住在樓下的阿滿總是在第一時間跑進來抱孩子，抱到阿哲睡著才肯放下。

「妳白天要工作，晚上孩子我來顧就好。」

「不行，我娘說坐月子的女人不能抱孩子，也不能坐太久，以後老了就知道，腰痠背痛都是沒做好月子的關係。」

阿滿也不知道自己哪來的精力，白天煮飯洗衣顧店拖地，晚上還要幫忙抱小孩，都快三十歲的女人，誤了婚期的女人，不只把阿秀照顧得無微不至，每天上市場，短暫的空檔還要陳英同關照母子的安危。「只要有人靠近，你一定要注意。」

這可是難為了他，左鄰右舍還有一些親戚朋友聽說蘇家添丁，哪一個不過來道賀？「乾脆我去買菜好了，買甚麼妳說清楚我會記在紙上，不會漏掉。」

就這樣，阿滿努力建構一個舒適安全的環境，讓潘阿秀感覺這輩子再也不曾如此被疼惜過。

蘇家添丁的消息，很快成為親朋好友矚目事件。不斷上門道賀的親友，成為李金采最沉重負擔，表面上她不得不強顏歡笑，虛假面對所有人的道賀，內心卻不停咒罵；只有在面對娘家母親她才卸下心防，嚎啕大哭。

「她生小孩關我屁事，那些人為什麼要向我道賀？故意羞辱我嗎？」

「小孩子生下來就叫她走吧。」娘家母親皺著眉頭問：「現在是怎樣？」

「我不認為他肯這樣。」

「將來孩子長大，妳怎麼辦？」

李金采哭喪著臉，淚痕怎麼擦也擦不乾。怎麼辦？她真的不知道怎麼辦。目前情勢看來，她在這個家仍然握有絕對權力，蘇金田是讀冊人，不至於讓她難堪。至於以後——以後的事誰知道啊！

「妳還是要有準備，免得將來被掃地出門。」娘家母親本身就是一個女性受害者，一輩子為了維護家庭跟外面的女人爭鬥不休。「男人都一樣，有點錢就作怪，沒錢的，有機會也不會放過。妳的情況比較特殊，金田算不錯了。」

「阿母怎麼幫他講話！難道錯的是我？生不出小孩子又不是我願意。」金采一副苦瓜臉，瘦到顴骨像兩座小山一樣突起。

失去青春的女人，拿甚麼跟十八歲的女孩爭奪丈夫？人家是動一下剪刀就流產，她把整間臥室都打掉重新裝潢，釘了多少鐵釘也沒用；飯菜裡下一種叫巴豆粉的瀉藥，房門口暗藏香蕉皮，這些都是母女倆想出來的法子，一點用處都沒有。總得想個比較實際的啊！

「乾脆把妳弟弟最小兒子彥明帶來，有沒有認養不重要，等彥明長大就是妳的依靠。」

彥明是金采娘家弟弟的小兒子；當初娘家母親要她領養大哥小孩，老太太不准，否則現在孩子長大了，金采不至於如此孤單。

「彥明今年十歲，就說這裡離學校近，要轉校。阿姑就近照顧天經地義。」娘家母親一副氣憤難平的樣子。「金田敢反對，我出面跟他理論。」

家裡多了一個十歲男孩——李彥明，個子小小，臉型瘦削，單眼皮，下巴有點內縮，一看就是李家小孩，跟金采站在一起，說是她生的也無人懷疑。

多了這樣一個小孩，居然無人聞問；所有人的目光焦點全在剛出生的小蘇哲身上。小蘇哲只要一哭，第一個衝過去的必然是阿滿，再來是蘇金田，然後裁縫師傅陳英同的脖子總是伸直直，從工作室望出去，望不到小孩也沒關係，那份關注總是讓李金采火冒三丈。

小彥明來了幾天，金采故意在工作室門口告訴英同：「這是我弟弟的小孩，叫彥明。彥明，叫叔叔好。」說完眼睛故意飄向正在縫製衣服的丈夫。

英同不曾見過頭家娘這麼和氣，有點傻住，不知道怎麼回應，倒是蘇金田很快抬起頭對著彥明笑著說：「你就是那個小不點嗎？小時候我還抱過你呢。」

「彥明，快叫姑丈。」金采感動到有點想哭，他們夫妻不知道冷戰多久了，就像一輩子那麼長。以前，只要吵架，丈夫都會先示好，還說：不要生氣，除非妳一輩子都不理我了，不然總得和好對不對？

這一次，冷戰時間久到幾乎無盡頭。金采以為丈夫不要她了。

蘇金田站起來拍拍小彥明的頭時，金采覺得，那個從年輕就很愛護她的丈夫還在，還在。「彥明準備轉來我們家附近學校上學，所以──」

「很好，妳決定就好。」

看似很困難，一句話就解決。

阿滿真的有一雙溫暖的手。

初為人母，十八歲的阿秀剛開始有點手忙腳亂，時不時把手伸進尿褲，看看溼了沒？溼了就換尿布。

至於餵奶，初生阿哲胃口很小，一次只喝一點點就飽了，阿秀卻有著比一般女性更豐富的乳汁，才幾天就脹到整個乳房硬得像石頭。兩塊石頭。

硬得像石頭的乳房，小嬰兒的嘴竟然含不起來也吸不到奶水。

阿哲餓了，因為吸不到奶水放聲大哭，阿秀拚了命要把乳頭放進他的嘴巴，脹得像石頭的乳房一碰就痛。

阿滿半夜聽到孩子哭聲立刻翻身下床，當她看見母子抱在一起哭泣時嚇了一大跳。

阿滿從廚房尚未熄火爐子上取出溫熱開水沾溼毛巾，幫阿秀的乳房熱敷、按摩、再擠壓，白色乳汁泉湧而出，沒多久乳房柔軟下來，可以吸吮了。

一個月終於過去。

蘇金田沒有辦桌請吃滿月酒，只在滿月當天，讓兒子穿上外婆阿潘嫂託劉媒婆送來的白色繡花嬰兒服，請攝影師幫大家照相。

大清早媒人婆笑嘻嘻的，一路從店門口喊著走進來。「恭喜喔，一舉就生下查甫囡仔。」那神氣說有多得意就有多得意啦。「老太太在的話，不知道會高興成甚麼樣子。」

媒人婆將隨身攜帶的布包放在床頭。說是阿潘嫂託工頭柯桑轉交的禮物。

「妳娘很高興，大家都替妳高興。」

打開布包，裡面是一件白色繡花嬰兒長袍，還有一頂繡著同樣花色的帽子跟一個小小金飾盒，盒子裡是小戒指和小項鍊。

阿母為了準備這些東西，不知道要做幾個月農場工？

「我阿母人呢？還在屏東農場嗎？」阿秀問。

「應該是吧，柯桑託我送過來，沒講清楚。」除了替阿秀高興，媒人婆對裁縫師傅陳英同更感興趣。

她跑到工作室待在英同旁邊，熱切介紹某一個年輕女孩，說得天花亂墜。「哪一天有空我幫你們介紹認識，真的很漂亮，好不好？」對阿滿卻視而不見。

穿上外婆送的白色繡花嬰兒長袍，一雙眼骨碌碌轉的小蘇哲，看起來俊秀極了；身上掛滿親友送的小項鍊小戒指小手環，還有蘇金田到新樂街金子店購買足兩重金項鍊，全身金光閃閃。

改了名字的潘錦繡穿的雖然是舊衣服，披上一件老太太留下來，從遠洋商船買來的純白色長毛披肩，柔軟又溫暖，散發十足貴氣。

攝影師就在一樓為大家拍照，包括阿滿和英同；有時站在綾羅綢緞旁邊，有時是後院七里香前面，閃光燈不停啪啪作響，照片一張比一張精彩。

金采閃得遠遠，帶著彥明跑回娘家去了。

每個夜晚都是折磨

自從潘阿秀被改名為潘錦繡，李金采意識到自己已如懸崖上一顆石頭，隨時有滾落山谷的可能。

「說不定哪一天，這『金采布莊』四個字會被換成『錦繡布莊』。」金采緊蹦情緒已經到臨界點。「不能這樣一直被欺負、被侵占、被瞧不起！」

從年輕到現在，金采拒絕把不孕怪罪到自己身上，誰說一定要有小孩？生小孩的事就像一隻蚊子，沒日沒夜在耳邊嗡嗡作響，恨不得一巴掌狠狠把它給打死。

嫁入蘇家三十年，她還是搞不懂自己和蘇家到底存在甚麼關係？或者扮演甚麼角色？只覺得自己一直被迫過著悽慘的人生。

「妳是蘇家唯一女主人，」娘家母親嚴正告誡：「無庸置疑，妳是大媽，那個女人只是二媽。」

「我怎麼覺得那個家沒有我會更好。」金采一副要哭要哭的樣子。

「胡說，布莊招牌可是用妳名字取的。」娘家母親有點著急，寧可看見女兒生氣也不想看她喪氣。對自己的人生充滿懷疑時，就會失去鬥爭的力量。「女兒，未來還有許多日子要過，再苦也要吞下去！」

「娘，妳忘了，那是蘇家取的名字，不是我本名。」

不只娘家母親，連金采都快要想不起自己本名了：秀玲，李秀玲。

「別難過，妳有彥明，彥明就是妳兒子。」娘家母親拉著十歲的彥明說：「阿姑就是你娘，記住了，將來要比那個壞小孩爭氣，替阿姑爭一口氣。」

「那個住在一樓後院，剛出生的小孩子嗎？」彥明似懂非懂。

「對，就是那個小孩，還有他母親，不准他們欺負阿姑。」

每次回鼓山阿嬤家開設的糧行，彥明都會聽到阿嬤和阿姑不斷咒罵阿哲和他媽媽。

彥明是個十歲小男生，小學四年級，自小生活在一個大米倉，父親和伯父跟在阿公身旁一起經營糧行，日子很單純很好過。會到蘇家，對他來說簡直有點莫名其妙。只記得母親一臉怨恨的告訴他說：「都是你阿嬤的主意。」對於阿姑處境早就從大人那裡知道一些些，離開父母去到阿姑家的目的是甚麼？他也清楚明白。只是大人們複雜的人際關係豈是一個小孩能夠理解的？他只能以一種最直接的態度反應，下意識把潘錦繡和蘇哲當作敵人。

蘇金田遇見彥明時，都會摸摸他的頭表示善意的招呼。他其實不反對讓彥明成為蘇家孩子，只要金采提出要求。過去金采提過許多次，都被卡桑拒絕，卡桑不要李家的人進門，最主要是婆媳不和。現在卡桑不在，彥明也住進來了，就只差戶口問題。

李金采不提的事，蘇金田不會主動去問。相處這麼久，他知道她很有主見，不提，表示還有他猜不透的原因。

對付阿妮就是。

年輕時候蘇金田曾經耽溺在阿妮溫柔懷抱。多桑已經離世，他的裁縫手藝越來越受到顧客青睞，只是過去一起唸書的同學大半都就業去了，沒有人好不容易唸到中學，卻回頭學做裁縫。「當初乾脆不要唸書就好了。」

躺在阿妮溫柔懷抱，蘇金田甚麼話都敢說，阿妮除了笑，就是點頭，還拚命餵他喝酒吃菜；不然就是彈著二弦琴唱著呢喃的歌。

這段時間蘇金田並不孤單，幾個家境不錯，已經在社會上工作的同學不定時相約吃飯逛酒家，後來越聚越多，同學的朋友也陸續加入，每次至少都有十幾個人聚在一起，大口喝酒大聲唱歌還大肆批評政局。批時事，論古今，儼然成為聚會的重頭戲。

「吃個魚還要搞清楚甚麼是他們吃的甚麼是我們吃的。」曾經有人在家門口被撿到虱目魚魚刺，立刻被抓進衙門痛打一頓，只因為說不清楚魚刺的來源。

「皇民甚麼都可以吃，我們是賤民，只能吃人家不要的。」

每次說話都很激動的同學名叫孟榮，聽說是台灣民眾黨黨員，中學畢業便投入蔣渭水醫生成立的民眾黨，南北奔波，到處宣揚民眾黨的理念。

台灣民眾黨是台灣人在日治時期第一個成立的政黨，一九二七年七月十日在台中市新富町聚英樓成立；一九二三年在日本東京發刊的《臺灣民報》也在一九二七年八月一日遷回台灣繼續發行。

一九二七這一年同時有了屬於台灣人的政黨和報紙，不僅撼動殖民地台灣總督府，引起日本警察關注；也是台灣人繼一九一五年噍吧哖事件（台灣平埔族抗日事件）被鎮壓後，繼續以文化政治形式溫和對抗日本統治。

孟榮在畢業後失聯許多年，才又加入同學的團聚，激情言論十分撼動人心，卻也讓大家了解蔣渭水這個醫師的理念——

言論的自由和束縛，是善政與惡政的分歧點。

但其實大家都了解眼前存在殖民地台灣人複雜的心態，有所謂的保皇派，認同殖民統治；有主張以台灣人幸福為前提的台灣派；最激烈撼動日本殖民政府的莫過蔣渭水的祖國派。

與蔣渭水一樣自小在漢學老師教育下，對有五千年歷史文化的中國充滿憧憬的蘇金田，並未排斥孟榮的言論，卻在最後一次聚會惹來滿身塵埃。

最後一次同學聚餐正好在四季紅酒家，輪到蘇金田作東。那一次孟榮不只帶來新出爐的《臺灣民報》，還帶來一大疊油印宣傳單，上面宣導的不只是蔣渭水的理想與理念，字裡行間充滿仇恨、挑撥和鼓動。酒酣耳熱之際突然闖入好幾個帶槍警察，那個愛發表言論的孟榮以及油印宣傳單全給帶走了。

誰是告密者？

大家開始相互猜忌，誰是告密者？除了四季紅，還到過其他酒家；有可能是在座任何一個人。在四季紅被抓卻是不爭事實。一個剛成形的聚會很快就散了。

從此店門口經常有便衣警察站崗，左右鄰居紛紛接到探查蘇金田行止的問話。一九二七年在台中成立的台灣民眾黨，一九三一年就正式解散。這期間，蘇金田與外界幾乎斷了聯絡，除了家，他唯一能夠放鬆的地方只剩四季紅。

阿妮卻在臨近三十歲時積極想要進入蘇家的門。

惠子頭家娘不斷慫恿：「你真的喜歡阿妮，就娶回家吧。」說的不正是自己心裡話嗎？跟蘇金田的父親糾纏一輩子，沒有名分就甚麼都不是。

「煙花女子的話不能當真。」多桑的話立刻浮上腦海。

惠子看他無回應，臉色立刻沉下來。「不要像你多桑，喜歡又不娶回家，耽誤人家青春。罪過。」

惠子說的正是自己？多桑耽誤過她的青春？

阿妮開始到金采布莊走踏，當著金采的面和蘇金田搞曖昧；煙花女子哪個不嬌媚？金田雖然無奈還是很享受被女子這樣糾纏的感覺，他不認為自己應允過阿妮甚麼？喜歡阿妮是沒錯，真要把一個煙花女子娶進門還是大大有問題，別說金采不肯，恐怕連急著想抱孫子的卡桑也會反對。

金采想法可不一樣，怎麼可以任由他們在眾人面前眉來眼去？這裡又不是酒家。阿妮年輕，金采也不老。金采白天不吭聲，晚上坐在床前一刀一刀剪碎丈夫的衣服，剪三晚，蘇金田就投降，發重誓。「我不再去四季紅就是了。」

「其他酒家也不行。」

「好，都不去。」

見不到蘇金田，阿妮就賴在店裡不走。布店是供人逛的不是嗎？阿妮挑選布料時，金采一把搶過來說：「這是非賣品。」挑來挑去都是非賣品。阿妮聳聳肩望向布料櫃後面工作室，聽得到裁縫車嘎嘎的聲音，只是不知道蘇金田在不在？竟任由他的妻子這樣羞辱她！

阿妮很想走過去探看，金采瘦瘦小小的身子卻擋在前面，一步也不肯讓。

惠子頭家娘開始幫她物色對象，年紀大了，尋芳客嫌她老，恐怕只能淪落到茶店仔做妓女。

阿妮出嫁的消息輾轉傳到金采布莊，金采並無鬆一口氣的感覺，她還在跟婆婆爭戰，戰火並未平息。如果人生是不斷的不斷的爭鬥，無時無刻，至終只剩贏家或輸家。那麼人活著是要做甚麼？李金采孤獨地躺在床上時，常會不由自主喊出來：我不要這樣活著！

卻從年輕到現在都這樣活著。

過著連自己都不喜歡的生活，李金采每天躺在改建過的臥室，天花板一片慘白，相較於過去繪滿小孩嬉鬧奔跑的圖案，另一種蒼涼瀰漫在四周；毀掉雕花樑柱撐起的大床鋪，只剩一張雙人床孤單的放在房子正中央，衣櫃和梳妝台無法填滿這麼大空間，空蕩蕩的，好像要把睡在臥室裡的女主人吞噬。

每個夜晚才是煎熬的開始。

打烊後的夜晚，李金采躲在臥室門板後面，在熄掉燈光的夜晚等待來自樓板響起的腳步聲。

蘇金田會在打烊後到後院看看兒子阿哲，通常待在那裡的時間不一定，如果——坐在暗室將耳朵貼近門板的金采，等待的時間太久，等不到樓梯傳來的腳步聲；腦子會無端浮現身體交纏畫面，也會不由自主把手伸進衣服裡面撫摸乾扁的乳房，撫摸瘦到兩邊突起如刀鋒的小腹，枯竭不再溼潤的河床——。

每個晚上都是折磨。

「房間太大，空蕩蕩的，不像個主人房。」這是娘家母親對整修過後的臥室的批評。

金采明白，失去丈夫的家就是這樣，永遠都是空的。

抓週

大清早店門未開，阿滿已經不知道進出幾回了。

手中提的菜籃子裝著滿滿的菜，攤在廚房灶台上面，該切該洗還有醃漬等等，阿滿一向有辦桌能力，這回準備辦幾桌請客？兩桌。阿滿偷偷告訴英同。「頭家說要請兩桌客人，一桌在後面院子，一桌在餐廳。」

中午未到，陸續進來的客人都是金采娘家的人。娘家父母兄弟姊妹，一個個盛裝打扮熱鬧滾滾，姊妹們和金采一起坐在布店櫃台裡面聊天，兄弟們則到二樓書房跟蘇金田泡茶開講；小孩子和彥明在樓梯間奔跑追逐打成一片。家裡突然湧進這麼多人，出乎蘇金田預料，分明只請金采娘家父母，沒想到一早就接到通知，會來這麼多人。阿滿去一趟市場不夠，還多跑了幾趟。

錦繡心情有點浮躁，丈夫昨日才告訴她說：「明天劉太太會帶妳母親跟阿巧一起過來。」

原本內心充滿了期待，以為只請她娘家的人。怎麼可能？想也知道，雖然生兒子的是她潘錦繡，在這個家掌權的仍然是李金采。

一大早李家便以驚人氣勢進到布店，佔據家中每個角落。

到處奔跑鑽進鑽出的小孩，連平時被金采壓制說話從來不敢大聲的彥明，帶著他的堂表兄弟姊妹衝進後院房間，以一種玩笑的口氣指著床上睡得香甜的阿哲說：就是他，細姨仔囝。

細姨仔囝、細姨仔囝……

潘錦繡未及出口喝止，他們就一哄而散了。

潘錦繡呆在那裡連生氣的能力都無，想必他們背後就是這樣叫阿哲。她現在更擔心待會阿母跟阿巧遭受李家的人羞辱——我有甚麼能力保護她們？

她把房門鎖好，進到廚房幫阿滿做菜。

兩個大灶都在燉煮食物，旁邊小爐子也沒閒著，錦繡蹲下來洗菜，阿滿不斷驅趕她說：「這裡我來就行，妳去照顧阿哲。」

「阿哲睡著了，我閒著沒事，幫妳洗菜切菜。」

「他醒來看不到妳會哭鬧，去，去把手擦乾淨。」阿滿遞給錦繡一條乾淨的抹布。

自從懷孕，阿滿就寵她寵得像自己妹妹，相差十歲的兩人感情越來越好，就像親姊妹一樣。

接近中午，錦繡擔心的事並沒有發生。

「我賀喜來了，」媒人婆劉太太穿一件紫紅色改良旗袍出現在蘇家，畢竟是她為蘇家帶來這麼大囍事。頭家娘高不高興無所謂，頭家高興就好。送上錦繡娘家母親備的厚禮說：「親家母有事不能來，我代她送禮來了。」

錦繡鬆了一口氣，卻也有些微失望和難過。阿哲出生至今還不曾見過外婆呢。

吃飯時，兩桌滿滿都是金采娘家的人，餐廳那一桌清一色是男人；院子這一桌清一色是女眷，連小孩都被這樣分配著。錦繡和金采以及金采娘家母親、嫂子姊妹坐在一起。

這餐飯真的有夠難吃。雖然中間還坐了一個媒人婆劉太太，形勢比人強，面對龐大的娘家氣勢，劉太太還是矮了一截，對任何指桑罵槐的話只能當作沒聽見或者聽不懂。

氣氛實在很差，吃到一半劉太太就藉口溜走。

劉太太一走，金采娘家的人更肆無忌憚了。

「隔壁湯家新進來的細姨，不只長得漂亮，還把家中每個人伺候得好好，雖然花了湯家一大筆錢，還是很值得。」金采妹妹故意看著錦繡說話。

「查某幹要有查某幹的規矩，不可以淩駕頭家娘。」金采的嫂嫂立刻接話。

錦繡一口飯菜梗在喉嚨怎麼也吞不下去，幸好這時候阿哲醒來了，發出哭喊的聲音，她用力站起來把桌子上的菜湯撞得潑出一些些湯汁，才離開餐桌，進去房間就不出來。

「一點規矩都沒有。」金采母親輕蔑的搖搖頭。

飯後重頭戲就是看阿哲抓週。

阿滿在工作室裁衣桌上面放一個米篩，上面鋪一塊紅布，紅布上面滿滿都是精心找來抓週的東西。筆、墨、硯、算盤，還有書籍、剪刀、刀子、蔥、蒜、紙、錢幣、針線等總共十二樣物品。

為了收集這十二樣物品，阿滿真是費一番工夫，她在鋪排時，故意將筆墨硯和書籍放在最前面，方便阿哲抓取。阿哲將來絕對是讀書人，父親未完成的心願會由他來實現。

阿滿來到蘇家就發現頭家和母親之間存在嚴重歧見，無論老太太說甚麼，頭家很少點頭呼應，甚至常常站在妻子一方跟老太太對抗。阿滿覺得老太太有點可憐，不被兒子認同的落寞常常流露在臉上。

都是為了不讓他跟女同學去日本讀書的關係啦。老太太私下常抱怨：「讓他跟那個女同學去日本，就不會回來了。」

女同學有回來嗎？

怎麼可能，那是半個日本人，聽說她母親後來也回日本去了，丟下她父親一個人在台灣。

坐擁一整個藏書豐富的書房，從天花板到地面，三面牆滿滿都是書。不在裁衣工作室時，蘇金田常常在書房看書。

阿滿最喜歡在清潔打掃時看著頭家坐在書房陽台躺椅上看書，夏日陽光斜照，很舒服的樣子。阿滿輕輕打掃書房灰塵，很怕驚擾到他看書；冬日寒風蕭瑟，通往陽台的門總是關著，頭家就在書桌上寫毛筆字或看書，靜靜地，總是獨自一個人。這時的阿滿手腳更輕了。頭家總是笑著說：「妳不用像貓一樣。」

我怕吵到你看書。

我沒在看書。

沒在看書的頭家，翻著書寫著字做甚麼呢？阿滿不懂，但就是喜歡，喜歡看獨自在書房裡的頭家，那是跟縫製衣服的頭家完全不同的兩個人。

所以，阿滿相信，阿哲一定會一把抓起書或筆或硯。

剛睡醒的阿哲被放在米篩前面，四周圍繞的都是陌生臉孔，還不斷指指點點。阿哲有點要哭要哭的樣子，彥明突然伸出手指著米篩上面的東西說：「阿哲，趕快，挑一個給哥哥。」

阿哲趴下來看著眼前琳瑯滿目的東西，突然伸手一抓，竟然把放在最遠處一把亮晃晃的刀子抓在手裡。

現場立刻引起一陣驚呼，錦繡怕他傷到自己立刻把刀子拿下來。

「殺豬的嗎？」

「屠夫嗎？」

「辦桌師傅也用得到刀子。」

七嘴八舌沒一句好話，還加上訕笑。阿滿很後悔為什麼要放上那一把刀子，還有許多替代品不是嗎？

幸好蘇金田一派輕鬆地抱起兒子說：「辦桌師傅很好啊，每天洗洗切切做好料，今後聚餐阿滿就有幫手了；還是，我家阿哲將來要拿手術刀當外科醫生？」

錦繡緊蹦的心稍稍鬆懈下來；金采下巴抬高高，恨不得一巴掌打死丈夫。我家阿哲？叫得多肉麻！

一整天下來，大家都累了。

沒有兩個女人的問題

生活中常常有人問起，兩個女人能夠共侍一夫，和平相處嗎？

沒有兩個女人的問題。金采總是霸氣回應。

工作一整天的丈夫，一到夜晚就待在後院房間同那一對母子相處。

阿滿總是泡兩杯香醇的茶，切一盤可口水果，殷勤地送進送出；阿哲有時吵著要給阿滿抱，阿滿便將他抱起來到處走動；正在前方布店認真賺錢做生意的金采，周旋在全身冒著酒氣醉意胡言亂語的阿兜仔和舉止放蕩的吧女之間，看見阿滿抱著阿哲晃來晃去，那麼那兩個人呢？怒氣和妒意像把火在胸口燃燒。「去把頭家叫來！」

「甚麼事我來就好。」正在車衣服的英同立刻站起來。

「客人指定要頭家，你來有甚麼用？去把他叫來。」

蘇金田倒是一叫就出現，如果是做那回事，穿衣服都沒這麼快。那麼，他每晚待在她房裡做甚麼？

沒有兩個女人的問題。

只要布店掌握在李金采手裡，讓潘錦繡像米蟲一樣活著。總有一天——總有一天——

李金采相信，這個結，總有解開的一天。

的確，頭家娘只有一個，錦繡算甚麼？連傭人都談不上。阿滿可以決定今天的菜色，要買甚麼不買甚麼；錦繡能嗎？別說布料進貨，連櫃台金采都不准她靠近。唯一別人搶不走的，只有阿哲。

阿哲長得很快，抓週後開始學走路，錦繡就抓不住他了。

阿哲最愛爬樓梯，經常樓上樓下爬來爬去，有時手腳並用在樓梯間攀爬，有時抓著欄杆一步一步往上走往下走；蘇金田常在他爬樓梯時，一把抱起交給錦繡說：「當心他跌倒。」

錦繡不擔心他跌倒，只擔心他被彥明欺負。

阿哲喜歡跟彥明玩耍，學會講話就不斷叫哥哥；彥明卻跟他阿姑金采一樣陰沉，大人面前，尤其在姑丈蘇金田面前對待阿哲非常好，好到讓人感動。只可惜虛假面具底下藏著不應該屬於小孩的惡毒。大人視線稍稍離開，阿哲身上一定帶著紅腫掐痕哭著奔向母親或者是阿滿姨，幾次以後，阿哲看見彥明就閃，如同看見魔鬼。

後院小小空間再也關不住阿哲的好奇心，廚房不能待，做生意的地方不能去，吃飯間除了一張大大的餐桌，其他沒甚麼可以引起小孩興趣，唯一最想攀爬而且怎也玩不膩的就只有樓梯。

「我會好好跟著，不會讓他跌倒。」

錦繡真的亦步亦趨，跟在阿哲後面爬樓梯，爬上爬下；偶爾金采上樓，跟他們擦身而過時總是罵說：「不要擋路。」

這天阿哲又在爬樓梯，可能憋尿太急，一大泡尿沿著樓梯往下流，錦繡嚇壞了，要是被金采看見——又不知要罵成甚麼樣子。

錦繡急著要去拿抹布，抹布在廚房，很近。她一把抱起阿哲，抱到吃飯間才放下。邊轉身邊說：「你待在這裡不要動，我去拿抹布擦尿尿，再幫你換褲褲。」

偏偏廚房找不到乾淨抹布，錦繡只好跑向後院她住的房間，她已經用最快速度在跑，剛轉身阿哲又往樓上爬，爬到轉角處彥明不知道從甚麼地方冒出來，站在上方伸出右腳踩在阿哲頭頂——「啊！不行。」剛好走出工作室的英同大聲吆喝著奔上樓一把抱起阿哲，一臉驚魂未定的樣子。阿哲還在揮舞雙手朝樓上飛奔而去的彥明叫喊：「哥哥，哥哥。」

錦繡用力擦拭樓梯上的尿水，她不知道發生甚麼事，聽到英同叫聲跟著跑出來的丈夫臉色很難看，好像她做了甚麼天大的錯事。

「方才彥明的腳踩在阿哲頭上，差點——」回到工作室英同忙著解釋，音量放很低，故意不讓別人聽見。

蘇金田一臉嚴肅。

自從有了小孩，蘇金田比誰都謹慎。沒有人比他更了解妻子金采，尤其是卡桑從二樓摔下來那天，他親眼看見金采站在二樓樓梯口，眼睜睜看著行動不便的老人直接倒栽蔥滾下去。

那個無良的夜，卡桑興沖沖把他叫到神明廳，尚未開口他就知道又來了，重複幾十年的話都聽煩，他內心充滿厭煩，怨恨母親不斷的不斷干擾他的生活。尤其知道對方是一個被始亂終棄的漁家女更是惱怒，在用力掃掉供桌上杯盤回到房間，靠在門板用力喘了幾口氣後，他就後悔了，後悔如此粗暴對待年邁的母親。

就在他打開房門想要跟卡桑道歉，卻看見婆媳站在樓梯口的背影，看見金采甩開卡桑的手，或是鬆開讓已經踏出右腳準備下樓的老人直接滾下去。

母親去世，蘇金田幾乎無法睡眠，眼睛一閉上就出現母親哀戚的臉容。一輩子都在失望與期盼中過日子的母親，為了正當化自己行為所做的努力全被獨生子一一打回去。蘇金田不只一次懷疑自己是殺死母親的兇手。因為過度驚嚇悲傷不吃不睡而陷入譫妄，雖然金采用力甩脫母親的手那一幕在腦海盤旋不去；也曾想過母親是因為跌倒才鬆開金采的手。這是金采的說詞。

跌倒而鬆開緊握的手——鬆開緊握的手而跌倒。同樣一個動作卻因先後次序不同，天差地別。不管真相是甚麼，蘇金田已經被母親慘死的景像塞爆腦袋而崩潰。

無論如何都不能讓憾事重演。

所以，聽到英同發出驚叫並且快速奔向樓梯將阿哲抱起時，蘇金田跟著跑出去，這時彥明瘦小的身子還在往樓上跑，跑得蹦蹦作響。

蘇金田對著用力擦拭樓梯的錦繡發脾氣：「不是跟妳說了不要讓阿哲爬樓梯！」

晚上，蘇金田鄭重提出要求：「妳白天帶他出去走走，男孩子精力旺盛，關不住，老是爬樓梯很危險。」

「我真的有在注意。」

「妳怎麼說不聽，帶他出去走走，妳自己也出去散散心，別老是關在家裡。」

這是家嗎？錦繡想反駁，但是不敢。

出去走走？去哪裡走？在這個城市，雖然住了兩、三年，至今除了一個阿滿，一個英同，她誰也不認識。

隔天，錦繡將阿哲放在腳踏車前面的兒童座椅，沿著七賢三路往南行去，一會便到愛河邊；過去她和丈夫走路至少要半個小時的路程，騎車一下就到了。越過愛河，錦繡決定去找兒時玩伴陳秀里。

上次她到九如甘蔗農場探望阿母，聽說秀里嫁到高雄來了，就很想去探望。中都磚窯廠、牛車寮。阿母得到的訊息只有這些。

她事先問過英同，「過了愛河沿著河東路走，就會看到好幾支冒煙高聳的煙囪，那裡就是了。」

那裡就是。說得簡單，遠遠就能看見冒煙的大煙囪，錦繡還是多繞許多冤枉路，問了幾個路人才找到冒著濃濃黑煙的磚窯廠。

初春天氣，早晚雖然還有些涼意，臨近中午，太陽溫暖的照在冷了一季冬的身上；出門前有些忐忑的心，因為小阿哲興奮極了的神情，看見路過大車小車，用力拍手高興叫喊，錦繡也跟著高興起來。

磚窯廠附近有一小區破舊房舍，有人告訴她：「那裡就是牛車寮。」一個專屬台南北門鄉親來到中都磚窯廠工作聚居的部落。

秀里和她先生趕牛車去了。隔壁坐在家門口燒飯的阿婆告訴她：「中午會回來吃飯，妳在門口等。」

門口面對一叢又一叢雜草，還有凹凸不平的泥土地，更遠處有輕軌，從廠區沿著愛河連接到凹仔底，那裡的土質適合製磚，幾台載滿從凹仔底挖回來黏土的牛車慢慢駛回廠區。阿婆說秀里和她丈夫駛的牛車也會從那裡回來。錦繡將腳踏車停好，取出早上出門阿滿為他們準備的飯糰，或許太久不曾這樣活動，肚子餓了，竟然覺得阿滿做的飯糰特別可口。「好吃嗎？」「好吃。」小阿哲拚命點頭。

不久，一個包著頭巾戴著斗笠身上沾滿泥土的年輕女人從面前走過，隔壁阿婆告訴她：「有人找妳啦。」

「秀里，是妳嗎？我是阿秀。」

秀里一把扯下頭巾和斗笠，露出驚詫又歡喜的面容，兩個兒時玩伴熱情的伸出雙手緊握一起。

秀里趕著起火煮飯，她說丈夫還在廠區卸土，她先回來煮飯。

「聽說妳現在是鹽埕埔上大間布店頭家娘，我一直想去找妳。」秀里就在屋子門口點燃小火爐，一把米加入番薯籤，很快煮滾一鍋粥。「待會一起吃飯，沒時間上市場，幸好還有一些醬瓜和雞蛋。」

「不用麻煩，等妳的時候我和阿哲已經吃飽了。」錦繡翻出袋子裡還有剩一些食物，阿滿怕他們餓著，除了飯糰，還準備菜包和肉粽，那是一大早從市場買回來的。

錦繡把菜包和肉粽拿進去放在桌子上，房間十分簡陋，比青鯤鯓房子更窄更小，屋子裡只有一張床和一張桌子，幾件換洗衣物吊掛在牆壁。後面隔著一道矮牆大約是洗手間，沒有廚房，只能蹲在門口煮飯做菜。這時秀里丈夫回來了，一臉倦容，全身好像剛從泥地打滾回來，連個招呼都無，任憑秀里拉高音量強調阿秀是她自小一塊長大的好朋友等等；隨便喝兩碗稀飯帶著一身汗臭往床上一躺，睡覺去了。

秀里搬兩把椅子和錦繡坐在門口聊天，阿哲坐在地上玩沙子，玩得很高興。秀里臉色蠟黃，肚子微微突起。「妳懷孕了？」「嗯。」「會不會害喜？」

「哪有時間害喜。」秀里微笑。「每天跟著牛車到凹仔底挖黏土，一趟要挖八台車黏土，來來去去好幾趟，比在鄉下鋟蚵仔還累。」

秀里從小就沒有父母，是阿嬤照顧長大；兩個年紀相仿家境相當的女孩一向感情很好。秀里聽到一些謠言，來不及證實就聽說阿秀嫁到高雄去了。

「阮尪是北門人，小時候跟父母一起搬來高雄，在高雄長大。」秀里笑著說：「我聽說妳住鹽埕埔，離這裡不遠，一直很想去找妳，想說不知道妳過得好不好。」

「還好啦。」

「一定很好，看妳穿的。」秀里羨慕的看著錦繡。初春天氣，錦繡身上是一件白底粉色小圓點薄棉洋裝，外套是粉色卡司米龍，往後梳攏的馬尾把原本精緻的五官襯得更加亮麗好看，就像初春枝頭盛開的花蕾。秀里看看自己，因為找不到寬鬆衣服，勉強穿著舊衣，前面整排扣子都快蹦開，露出擁腫的五個月身孕。

聊不到一個鐘頭，秀里丈夫就起床說要上工了。

錦繡滿臉洋溢歡喜，三兩天就帶著阿哲騎車去探望秀里，她告訴阿滿姐說：「我找到同鄉好友，住在磚仔窯牛車寮。」

「啊，那是窮人住的地方，跟我苓仔寮的家差不多。」

「房子的確很破。」錦繡笑著說：「找到好朋友，我好高興。」

錦繡有點一頭熱，三天兩頭往牛車寮跑，也不管秀里懷著身孕每天跟隨丈夫駛牛車挑黏土，回家還要煮飯做家務，每次錦繡來找，對秀里來說都是沉重負擔。

戰後台灣到處都在重建，高雄中都磚窯廠年產量幾乎佔全省十分之一，曾經在一九五〇年燒製一二八五萬塊磚，整個廠區處在巔峰狀態，每座窯日夜紅通通大火燒製著磚塊，五支大煙囪冒出來的黑煙幾乎遮蔽半個天空。廠區廠外無論工人或運土運磚的牛車都十分忙碌；也因為忙碌，吸引許多來自鄉下工人跟著沒日沒夜趕工，期盼因此翻身脫貧。不曾在社會走踏的錦繡，完全不懂底層工人的難處。

錦繡以為帶兩件穿過的衣服，一些市場食物送給秀里就能討她歡心。甚至把阿哲穿不下的衣服送給她。「這些衣服正好給妳孩子穿。」錦繡趕緊問一句：「希望妳不嫌棄。」

「怎麼會嫌棄？」秀里臉頰有些凹陷，肚子明顯突出人卻顯得憔悴。她頻頻打哈欠：「對了，前幾天我遇見陳四海，妳還記得他嗎？陳四海。」

「記得，當然記得。」那麼小的村子，沒一個不認識的。「他們全家都搬走，房子一直空在那裡，可惜了那麼好的房子。」

陳四海的父親是村子裡少數擁有十馬力帆船，固定來回澎湖與青鯤鯓之間跑生意，是村子裡的有錢人。可惜二戰結束之前，一九四五年美軍瘋狂轟炸台灣，陳家的船行經高雄壽山沿海被炸沉了。陳四海的父親和大哥隨船一起葬生海底，母親只好帶著四海遷居高雄。

「陳四海在三民市場賣魚，他一直問妳住哪，說要去找妳。」

「找我？」錦繡笑了。陳四海搬走時她才十二、三歲，彼此並無太多交集。

「三民市場在哪啊？我去找他好了。」

隔天一大早錦繡騎著腳踏車遠征三民市場；坐落在中華路上的三民市場規模很大，攤販多人潮也多。錦繡第一次單獨帶著阿哲跑到這麼遠的地方。

從市場入口就能望見形形色色擺攤賣雜物的攤販；市場裡面賣魚賣肉賣菜攤子熱鬧滾滾，錦繡一眼就看見陳四海。

錦繡已經忘掉陳四海的長相，眼光卻被一位站在他旁邊賣魚的婦人身上穿的衣服吸引住——粉色純棉可愛動物圖案的孕婦裝，是丈夫在她懷孕初期親手縫製的衣服，不是送給秀里了嗎？難道還有第二件相同的手工孕服？連衣服上的釦子都一模一樣！

站在婦人旁邊那個有點黑，臉型有點方，笑起來有些靦腆又粗獷的男人不就是陳四海嗎？

走到魚攤子前面，尚未開口，賣魚的男人驚喜的笑說：「阿秀，是妳嗎？是妳沒錯，前天才跟秀里談到妳，今天就見面了。妳啊，一點都沒變。」陳四海轉過頭指著妻子說：「這是我老婆阿嬌。阿嬌，她就是我跟妳說的，村子裡最漂亮的女人潘阿秀。」

「是喔，」陳四海的妻子把客人挑好的魚包好遞出去，等客人走了才笑說：「妳知道四海本來是要娶妳嗎？去年阮大家要他娶某，他竟然指名要娶妳，還真的請媒人婆去妳家提親——」

「好了啦，再說，人家聽不下去了。」陳四海一張臉紅到脖子。「阿秀妳別聽她胡說。我搬來高雄這麼多年，只記得妳嘛，當兵回來，我娘要我娶某，我只是隨便提一下，我娘真的請媒婆去妳家提親，才知道妳結婚了。我、我、我也就跟阿嬌結婚了。」

陳四海雖然說得結結巴巴，仍舊是記憶中那個很男子氣概的樣子。錦繡雖然微微笑著，臉還是紅了起來。阿哲面對攤子上活蹦亂跳的魚很感興趣，一直盯著看著，卻不敢伸手去摸。

錦繡趁四海招呼客人時隨意誇讚。「陳太太妳身上這件衣服很好看，哪裡買的？」

「什麼陳太太，叫我阿嬌就好。這衣服是前天秀里特地跑來我家送的，說是一個有錢人家的細姨——呃——。」阿嬌突然住口，知道代誌大條了。所謂細姨八成指的是阿秀。

「這麼好看的衣服她為什麼不要？」阿秀假裝糊塗繼續問，一顆心早就沉入海底。

「就說嘛，她丈夫不要別人穿過的舊衣啦。我說有甚麼關係，這麼好的衣服，我們自己也捨不得買啊，穿起來多舒服。」

走出三民市場，錦繡腳步很沉重。

她不知道自己錯在哪裡？遇見秀里她是那麼高興，希望把好的東西與她分享，難道這也有錯？如果不喜歡她穿過的舊衣服，直接還給她就好，何必說甚麼細姨之類傷人的話！

錦繡不再出門，看起來有些悶悶不樂。

蘇金田感覺到了，問她：「怎麼不去找朋友了？」錦繡別過臉卻無法掩飾失落情緒。「到底怎麼了？說來聽聽。」

「我好不容易找到一個同鄉，從小一起長大的，她居然，把我送的衣服轉送給別人，還說，我是人家細姨。」

「那又怎樣？」蘇金田竟然笑出聲音。「這麼小的事不要放在心上，人生沒有過不去的事，只是心態而已。」

「甚麼心態？」錦繡聽不懂。

「就看妳怎麼想啦。」蘇金田總是輕描淡寫。「不一定要找朋友，出去走走，日子也比較好過。」

為了鼓勵錦繡，蘇金田親自畫地圖，把街市畫得清清楚楚，三塊厝、五塊厝、哈瑪星、寶珠溝……等等，錦繡個子高，力氣夠，一個人帶著阿哲騎腳踏車、搭公車、坐三輪車，東南西北都逛到，幾乎沒有她到不了的地方。

陳四海的妻子阿嬌從小跟父母在市場做生意長大，習慣生張熟魏，嗓門大，個性豪爽。見過一次面後，就主動跑到金采布莊拜訪。

那是一個炎熱的午後，剛收攤，阿嬌身上還帶著刮魚鱗留下來的鱗片和濃濃魚腥味，手上提著一個細藤編織的菜籃子，裡面好幾條今天沒賣完的魚，一路滴著腥臭的水走進店門大聲嚷嚷：「頭家娘呢？我找頭家娘。」幸好金采午睡去了，顧店的是阿滿。阿滿直覺這不是頭家娘的朋友，這一定是——。

「請問妳找哪位？」

「潘阿秀，她不是頭家娘嗎？」

「是啊，是。妳稍等。」第一次有人這樣大剌剌進來找錦繡，還稱呼頭家娘。阿滿跑到後院去叫人，不久錦繡出來，看見阿嬌驚喜地喊：

「四海嫂，妳怎麼有空來？」

「今天敗市[7]啦，魚剩好多，四海叫我送幾條過來。」

「喔，好好，我去——我去拿錢。」錦繡急著轉身要去房間拿錢。

「哎呀！不用錢啦，這賣不掉的魚，放著會臭掉。」阿嬌一把拉住她不讓她走。「拿去拿去，不嫌棄的話，以後有剩我還會送過來。」

從此兩人成為無所不談的好朋友。

從阿嬌那裡，錦繡認識不少家鄉移出來到這個城市討生活的同鄉，他們寓居高雄，各行各業都有，絕大部分都以販賣魚貨維生。

城市走踏，尋訪舊識。果然不到一年，高雄就像一張地圖鏤刻在腦海，無論到哪對她來說就像進出自己家門一樣熟捻。

錦繡開始有自己想法，尤其看見不同角落都有汲汲營生的人。當初，阿母為什麼只給她一條路走？才二十歲她的人生就已經支離破碎。

蘇金田進不去錦繡內心世界，錦繡也無從知道這個比她大上三十歲的男人心裡在想甚麼。一堵厚厚的牆擋在兩人之間。感覺他只在乎每天晚餐後陪兒子玩遊戲講故事；西遊記裡唐三藏、孫悟空、豬八戒等等翻山越嶺到西天取經的故事，不只阿哲聽得入迷，錦繡也對下回分解充滿期待。

阿哲兩歲時，蘇金田開始教兒子唸《三字經》。

人之初，性本善，性相遠，習相近——。

阿哲稚嫩的聲音越顯父親的滄桑。人之初，性本善——。

阿滿曾說：「頭家是讀冊人，樓上有個房間滿滿都是書。」對於從未上過學的錦繡來說，如此近距離翻看一本書，看阿哲跟隨父親一句一句琅琅上口，錦繡忍不住也跟著唸。

一句話可以改變一個人；一件事同樣可以翻轉無趣的人生。

男人總是好為人師，蘇金田也不例外；每個晚上說一段好聽的故事、教妻兒唸書寫字竟然成為他最幸福時光。

「愛河以西這一大塊土地，全是填海造陸來的。」喜歡講歷史故事的蘇金田，對自己住居瞭如指掌。「蘇家祖先原本在這塊臨海沼澤地曬鹽，很辛苦；夏天雨水多，漲潮時整塊地都在海裡，收入很不穩定。先祖父轉行挑擔子沿街叫賣布料，賺了一點錢，在愛河南邊買了一家小小布店。日本人為了把台灣各地有用資材直接船運送回日本，原來又窄又淺的港口被挖深擴建，挖出來的泥土將臨海這一片沼澤地填滿變成鹽埕埔。」蘇金田說著當年母親告訴他的家族故事時，感覺母親就坐在貴妃椅上靜靜的含笑聽著。他知道這是幻覺，卻又喜歡這種被卡桑寬恕憐愛的感覺。「金采布莊開幕時我剛好上中學，我這一生應該不會離開這裡了。」

「你是說我們現在住的地方，原先是大海？」錦繡雙眼發亮，好像聽見甚麼天大的事，完全忽略丈夫話裡隱含的憾意。

「沒錯，漲潮時被海水淹沒，就在海裡。」

「我們青鯤鯓那條聯外道路，唯一的一條路也是填海造陸來的。」從大海借路走出來的錦繡，作夢也想不到竟又住到向大海借來的土地上。

「妳想家嗎？」難得看見錦繡臉上閃動的光彩，蘇金田貼心問：「等妳娘回青鯤鯓，我們帶阿哲去找外婆。」

錦繡聽說阿母已經許久不回家了，因為自己沒來由闖下的禍，連自己都不知道闖下甚麼禍的禍，阿母和妹妹阿巧同時失去回家的路。

天氣寒涼，又是甘蔗收成季節，她們現在一定在屏東九如的甘蔗農場。

「我想帶阿哲去屏東住幾天，可以嗎？」

「當然可以，妳想去哪都可以。」

錦繡只知道丈夫希望她帶阿哲到處去玩，不知道的是，在這穿街走巷的日子裡，她已悄悄練就一身刀槍不入的功夫，還建構一個屬於自己的聯絡網。

錦繡最期待的事就是去屏東探望阿母和妹妹；甘蔗採收在每年年底到隔年春天，其他時間阿母帶著阿巧到處流浪，有時去漁村幫人家鋟蚵，有時在稻米收割季輪流在一個又一個村莊打零工；不識字的一家人，只能循季節的腳步到甘蔗農場碰面。萬一哪一天彼此有了變動，找不到對方時怎麼辦？

錦繡每次都會給她們帶一些些禮物，漂亮衣服，好吃的喙口食物，還有蘇金田給阿哲買的故事書，錦繡會在行李塞幾本帶過去，晚上在一片暗黑寂寥的工寮就著微弱燭光翻出來，說故事給阿巧聽。

這個冬季，穿過南台灣荒漠大地，錦繡抱著阿哲步下三輪車，站在空氣中飄浮甘蔗屑與灰塵的農場，忙碌的景象依舊，田埂一邊是處理過好似沒穿衣服光溜溜的甘蔗，一邊是削下來青綠枯黃交錯的蔗葉和根鬚；當她發現只有阿母在田裡砍甘蔗，和她搭配的是一個有點年紀的婦人時感到十分錯愕——

「阿巧到糖廠當工友去了。」阿潘嫂立刻拋下鐮刀走出蔗田，不等她詢問就解釋：「柯桑介紹的，當工友比較穩定，今後不用再跟著我到處流浪。」

「太好了，她晚上會回來這邊住嗎？」

「平常住同事家，星期六下午才會回來。」

錦繡有點失落，少了阿巧，總覺得少點甚麼。或許，改變才是常態，她的世界永遠在那一方小小院落打轉才奇怪。每個早上醒來鐵定就是那樣過日子。

天還沒暗，阿哲一路轉車顛簸，早早就睡著，睡得很沉。

「人家說囡仔一暝大一寸，我看阿哲親像歕風，一下就長這麼大了。」久久才見一次面，阿潘嫂無限憐惜的輕輕撫著阿哲的臉。

「阿母，這一期甘蔗收割完，妳回青鯤鯓，不要到處打工了好不好？這樣，我和阿哲隨時可以回去找妳。」

「我回去也是閒不住，一樣要工作賺錢。」

「回去可以幫人家鋟蚵啊！住自己家不是比較舒服嗎？難道——」錦繡臉色頓時黯淡下來。「難道妳還是覺得我很丟臉，不敢回去見人！」

「甚麼？妳在想甚麼？」阿潘嫂有些難過。「妳會不會想太多？」

「我前陣子找到秀里了。」錦繡非把憋在心裡的疙瘩說出來不可。

「秀里是阿嬸養大的，日子過得比我們苦。怎樣？她過得好不好？」

「她跟丈夫住在磚仔窯一個叫做牛車寮的工寮，我知道她工作很辛苦，不敢常常去打擾，頂多三五天去一次。我以為她見到我會很高興才對，誰知道——」錦繡說著紅了眼眶。「阿母，她居然把我送的衣服轉送給別人，那是懷孕穿的，沒穿幾個月，還很新，她不但不穿，還跟朋友說——丈夫不要她穿別人的舊衣服。嫌棄我是人家細姨之類的話，別人嘲笑我也就罷了，她是我最好的朋友，怎麼可以這樣！」

「我知道了。」阿潘嫂把女兒摟在懷裡。阿潘嫂很少摟抱女兒，自從丈夫過世，她武裝自己，也要孩子跟著堅強。摟抱，只會讓自己軟弱，一點用處都無。

「阿母，我真的很丟臉嗎？」

「不要亂想。」

「那妳為什麼不回家，妳已經許久沒回去了。」

「妳想太多，」阿潘嫂抹去女兒臉上淚水說：「我跟妳說實話，妳一定要相信。妳是個好女孩，該羞愧的是別人，不是妳。我回去過，那房子太久沒住人，本來就破爛，現在更不能住人了，等我存夠錢，回去把房子修好，我就搬回去，那裡面還供奉潘家的祖先牌位，怎麼可以不回去？」

錦繡這輩子從來不曾像個小女孩窩在母親懷裡哭泣，尤其母親說：「妳是個好女孩，該羞愧的是別人，不是妳。」時，心中累積的塊壘竟然一個個像雲霧消失了，她害羞的抹掉淚痕轉過身摟住阿哲，帶著微笑進入夢鄉。

週末放假回到工寮的阿巧，一把抱起阿哲親了又親，還不斷轉圈圈，阿哲被逗得笑個不停。

阿巧身材纖細，雖無姊姊豔麗，穿一件錦繡送的紫紅圓點絨布洋裝，黑色寬大中長毛料外套，腳上也是錦繡送的黑色低跟皮鞋，時髦又好看。

「呵呵，阿巧，妳真的有上班族的派頭捏。」

阿巧故意轉個身說：「大家都說我更像坐辦公桌的小姐，不像打掃小妹。」

錦繡送的衣服給來自漁村的阿巧大大加分，讓她充滿自信的在工作場所與同事行踏。

工作帶給人的差異性真大，阿巧彷彿一夕間轉變，不再是從前那個跟在母親身邊頭戴草笠全身包緊緊，風沙裡砍甘蔗削蔗葉的小女工；就連講話語氣也輕巧許多。「還說呢，辦公室的人都說我講話太大聲，像母雞，我就拚命把音量壓低，再壓低。這沒甚麼難的。難在送公文時，我常常搞不清楚要送去哪裡。」阿巧嘆了一口氣。「不識字真慘。」隨即又充滿笑意，說一推好玩的事。顯然很滿意目前的生活。

喜歡就好。

這一次，錦繡在甘蔗農場住了一個星期又一個星期，全無回去的念頭。

回去，面對金采的傲慢和敵意，錦繡又會被打回原形，回到那個被階級框住的女孩。不像阿巧，在遼闊的屏東平原終於找到自己的定位。

阿哲三歲時，二十一歲的錦繡覺得自己已經很老很老，跟丈夫一樣老。

每晚，丈夫會來後院探望他們母子，像探監。

初時丈夫還會溫柔的輕輕撫摸她的臉，還會像夫妻一樣擁有美好的接觸；不知甚麼時候開始，過年前吧，丈夫常常感冒，咳嗽咳不停，待在她房裡的時間變少了。

老了。五十出頭的丈夫常常把老字掛在嘴上。相較於錦繡自覺已老的青春，一樣老。

日子過得很平順也很重複。小小院落常常傳出歡聲笑語。阿滿似也感染那股歡喜，殷勤的幫他們泡兩杯香醇的茶，切一盤可口水果；阿哲有時耍賴不肯唸書，阿滿便將他抱起來到處走動，常常走到店門口讓他看看熱鬧街市；正在店裡認真做生意的金采，周旋在滿身酒氣胡言亂語的阿兜仔和舉止放蕩的吧女之間，隱約聽見後院傳來笑聲，看見阿滿帶著阿哲走來走去！那麼那兩個人呢？怒氣和妒意像把火在胸口燃燒。「去把頭家叫來！」

「甚麼事我來就好。」英同總是將事情攬在自己身上。

「客人指定要頭家，你來有甚麼用？去把他叫來。」金采生氣起來面目猙獰，有點可怕。

蘇金田倒是一叫就出現，如果是做那回事，穿衣服都沒這麼快。那麼，他每晚待在她房裡做甚麼？

沒有兩個女人的問題。

只要布店掌握在李金采手裡，讓潘錦繡像米蟲一樣活著。總有一天——總有一天——

李金采相信，總有一天，潘錦鏽會從眼前消失。

7.台文，滯銷的意思。

五塊厝

住在人口簡單其實關係很複雜的蘇家，陳英同一直像個外人。來自旗山的小學徒，轉眼成為獨當一面年輕俊巧的裁縫師傅，因為二二八事件，失去摯愛的大哥，陳英同深鎖的眉頭很少露出笑容。每次回鄉探親，阿嫂總是背對著他默默工作，不發一語。沉默是一種最直接的抗議。

阿嫂是英同大哥在城裡拉人力車時朋友介紹認識，家境雖然不好，總也是城裡長大，突然來到旗山，四周除了高聳的山，遼闊的山坡地，連鄰居都在幾百公尺外，上一趟旗山大街就跟進一次城差不多遙遠。阿嫂明顯消瘦的身形，在古老的土角厝進出，任由兩個襁褓中的孩子哭哭啼啼在泥地上打滾也不聞問。

「好像欠她幾百萬，從回來到現在都不跟我們說話。」母親嘆著氣說：「前些日子她娘家有人來探望，勸她回高雄，我說回去可以，把孩子一起帶走，我老了，沒辦法幫她帶孩子。」

那是大哥的孩子啊！

不到兩年。阿嫂由娘家作主改嫁去了，只帶走女兒，留下四歲的兒子。說是陳家的血脈陳家自己養。

「沒關係，等阿河長大，我帶他去高雄唸書。」

英同這麼說不是沒有原因，當初若不是大哥贊助他唸書，幫助他找工作，今日他哪能在布莊裡當裁縫師傅；今日的他，不是留在山裡像牛一樣拖磨務農，就是在城裡某個角落當苦工，每天累出一身汗也換不到三頓溫飽。

頭家娘的侄子彥明轉學住到蘇家來了，陳英同猛然想到家鄉的侄子阿河。

同樣是小孩子，卻天差地別。彥明自己一個人住在二樓客房，頭家娘把他當自己孩子，吃好穿好，才剛來就已經買了好多新奇文具，訂製好幾套漂亮衣服和鞋帽讓他天天換著穿。

阿河卻還在山裡跟年老的阿公阿嬤居住，明年開學，陳英同不知道能不能帶他來高雄。

「就算我租個比較大的房子，白天他放學獨自一個人怎麼辦？」陳英同唯一能商量吐苦水的人只有阿滿。偏偏阿滿這陣子忙著照顧阿秀母子，幾乎連說話的機會都找不到。

這天中午，阿滿難得坐下來吃頓飯，陳英同站在廚房門口一邊顧著店面一邊找她聊天。「我們鄉下住的地方離學校很遠，走路要一個多鐘頭，我想讓阿河搬來高雄跟我一起住。」

「那就讓他來啊。」顯然阿滿沒有聽清楚他的困擾，或者是根本無心聽他講話。

「我每天工作那麼晚，他一個小孩誰顧？」

「不能自己顧自己嗎？」阿滿十歲就來到蘇家幫傭，不覺得這有甚麼問題。

「唉！妳——」問也是白問了。

「不然就娶個老婆，幫你在家照顧小孩。」阿滿說完自己也覺得很有道理。

「妳願意當我老婆，我就娶。」陳英同石破天驚似的說完話，立刻閉嘴。

阿滿狠狠瞪了他一眼，就當他開玩笑。「我至少比你大五歲，你以為娶某大姐坐金交椅喔？作夢。」

一句話就被打槍，有說等於沒說。陳英同有點氣餒。為什麼有錢人做甚麼事都很容易，窮人就寸步難行？

他真的很想把大哥的小孩帶來照顧，一來報答大哥恩情，二來減輕年邁父母的擔子；還有一個深埋在心底的願望，他真的真的很喜歡阿滿，真的喜歡。

卻說不出口。

曾經他相中一塊漂亮布料，淡粉色絲綢，吧女們都喜愛豔麗色調，上面還要有許多花花草草。布商送這塊布料來時，頭家娘嫌太素，他卻很喜歡，寡言的他居然說：素有素的好看。師傅因為這句話把這塊布料留下來。果然看上的人不多。陳英同親自裁製一件洋裝送給阿滿，阿滿起先十分吃驚：「你怎麼知道我的衣服尺寸？」

「我用目測。」英同有點靦腆。「妳試穿看看，不合身可以改。」

阿滿沒有試穿，卻立刻把布料和工錢算得清清楚楚悉數給他還教訓說：「不要再幫我做衣服，我衣服夠穿了。」

阿滿只有幾件換洗衣物，洗了又洗，有些還補了又補；她對自己很苛刻，每個月送錢回家幫忙養弟弟妹妹。身邊只剩一點點零用，根本不夠這件絲綢洋裝的治裝費，但她還是東湊西湊連藏在床底下準備急用的錢都掏出來給英同。

老太太在時，曾經勸她：妳將來會有自己的孩子，要為他們存點錢。

連丈夫都無，哪來的孩子？

阿滿的父親是酒鬼兼賭鬼，天天喝得醉醺醺，口袋裡的錢賭光了才會回家。繼母也沒多好，喜歡賭小牌，賭輸了就離家出走，也真的失蹤好幾次，都是阿滿去把她找回來。

前幾年父親喝到假酒把眼睛喝瞎了，從此只能拄著拐杖到附近關帝殿閒坐，跟人家聊天喝點茶水；阿滿彷彿掙脫夢魘般稍稍鬆一口氣，雖然繼母還是需索無度。

這樣的家庭長大的小孩，怎麼會想要結婚？許多媒婆從一開始熱心介紹到後來也死心。三十歲的阿滿已經是老姑婆，很難找到對象了。

「你年輕，趕快娶個老婆，問題就解決了。」其實阿滿有把陳英同的問題聽進去。「不然先讓你侄子——叫甚麼名字？」「阿河。」「先讓阿河住我家，等你環境許可再接過去一起住。」

阿滿就是這麼好，陳英同感激到差點跪下來磕頭。至少，讓阿河搬到高雄讀書的事情有了希望。

「你家人會同意嗎？」

「沒問題，你只要每個月付點錢給我繼母，她一定同意。」世界上再也找不到比繼母更愛錢的女人了，阿滿清楚明白，很肯定的點頭。

陳英同真的不知道如何表達心意，對阿滿的愛戀，卻是從踏進蘇家一年勝過一年。喜歡她總是帶著笑意的眼睛，喜歡她勤快又溫暖的雙手。如果冬天嚴寒會讓心情跌落谷底，阿滿那雙溫暖的手正好可以把人拉上來。

對於裁縫師傅陳英同來說，生活中不只多了彥明和阿哲兩個小孩，還有寄養在苓仔寮五塊厝阿滿家的侄子——阿河。

過去英同和阿滿採取輪流休假，現在情況不同，蘇金田答應讓他們兩個一起休假。「隨時可以回去探望侄子，不必等到休假日。」這樣說時，頭家娘就在一旁翻白眼。

從此兩人常常在休假日共騎一輛腳踏車回去苓仔寮探望阿河。

蘇金田越來越像老好人，尤其有了兒子更顯慈藹，過去那個戴著一副黑框眼鏡嚴肅又愛生氣的師傅似乎不見了，工作室擺放在角落那台收音機從以前的日語節目轉換成台語節目，一樣從早播到晚。最近早上九點到十點之間多了一個台語說書節目——火燒紅蓮寺。分明是播給英同和阿滿聽。

節目主持人雖然是賣膏藥的，精彩的台語說唱演繹配合南管二弦三弦和洞簫，不只英同聽得入迷，阿滿也會在這個時間拋下手裡工作，靠在工作室門框一起聽故事。

金采抗議過幾次，罵阿滿：「聽甚麼聽！還不去煮飯！」

蘇金田卻說：「才一個小時，聽完再去煮飯。」

每個早上一起收聽「火燒紅蓮寺」，有空就閒聊故事內容和情節發展，假日一起騎腳踏車回苓仔寮五塊厝探望家人。不知甚麼時候開始，英同和阿滿關係好到有點脣齒相依。

阿滿父親眼睛幾乎瞎了，每天只能拄著拐杖到附近關帝殿找人聊天。繼母一直有賭博習慣，待在家裡的時間非常的少；幸好阿滿的弟弟妹妹都不錯，弟弟小學畢業北上工作去了，至於做甚麼，繼母說不清楚也不在意。「每個月都有寄錢回來，不像妳老爸，一輩子只知道喝酒賭博，不曾拿過一毛錢養家。」

談起阿滿的爸就一臉恨意，繼母似乎忘記是誰從小工作賺錢把這個家支撐起來？妹妹阿枝跟阿滿長得很像，白白胖胖一副好脾氣的樣子，白天在附近工廠上班，已經到適婚年齡。家裡大小事全靠她打理；阿河住到家裡來也都是她在照顧。

天氣開始轉涼，英同幫阿河裁製一件外套，深藍色毛料，很暖和。小學二年級的阿河身材瘦小，山區裡的孩子好像都長不高，一副營養不良的樣子。帶著新外套兩人共騎一輛腳踏車來到五塊厝，阿枝卻說：

「阿河跟阿爸到關帝殿去了。」

「去那裡做甚麼？」阿滿有點不高興。

「去廟埕跟小孩玩彈珠，待在家裡無聊死了。」已經胖到有點變形的繼母從後面房間走出來，甩動肥短手臂，穿著阿滿帶回來改大放寬金采布莊老太太留下來的灰色上衣，質感不錯，搭配的卻是市場買的已經起一堆毛球的黑色長褲。繼母看見英同特別殷勤，不只因為阿河寄住，讓她有些額外收入，更重要的是——她已經打量英同很多次，覺得這個男人長得體面，比起外面做苦工、踩踏三輪車，甚至在市場賣菜賣魚的年輕人都要體面許多。

阿枝二十三歲，再不出嫁就要跟阿滿一樣做老姑婆了。

繼母擠滿肥肉的臉笑得眼睛瞇成一條細縫，也不知道有甚麼事好笑；她揮舞肥短的手說：「阿枝，妳帶陳大哥去廟埕找阿河。」

阿滿搶著說：「我帶他去就好。」

「阿滿留下來幫我煮飯。」繼母轉身朝廚房走去。「妳阿爸都說妳煮的菜好吃，我煮的不好吃。」

阿滿不得不跟著繼母進廚房；英同不得不跟著阿枝走出去。

阿枝身上穿一件樣式簡單的洋裝，布料是那種不會皺不透氣的尼龍材質，乍看跟姊姊長得很像，有些膨皮，笑起來臉頰有兩個酒窩，因為年輕，看起來比姊姊好看，但是在英同眼裡，誰都比不上阿滿。

五塊厝是苓仔寮四個聚落當中最東側的一個小社區。明鄭時期隨軍來台的五個軍人，分別姓張、王、吳、方、陳一起來到此地拓荒，蓋了五間土角厝，「五塊厝」因此而得名。

相較於鹽埕埔，苓仔寮落後許多，是工人聚居地。

土生土長的阿枝，熟門熟路帶著英同轉了幾個彎，進入一條巷弄，赫然見到一座很有歲月痕跡的廟宇，上方橫匾「五塊厝關帝殿」幾個大大的字，相對應的是香煙裊繞的大金爐。

坐落在巷子裡的關帝殿有個寬闊廟埕，平時提供附近居民休閒聚會，更多時候是賣藝走唱戲班表演場域。阿河趴在地上跟幾個男孩玩彈珠，看見叔叔立刻將彈珠收進口袋，乖乖站過來；阿枝父親坐在長條板凳跟幾個老人閒話家常，聽到英同聲音，勉強張開混濁雙眼，揮著手說：「來，來這裡坐。」

「不了，我帶阿河回去。」

其他老人也殷勤招呼：「坐坐坐，喝杯茶。」

英同只好坐下聽他們聊天，難得看到年輕外地人，一個七十幾歲留著白鬍子的老人笑著說：

「你別小看我們這座廟，雖然蓋在巷子裡，至少有兩百年歷史，是台灣最古老的關帝廟。」

哇！最古老的關帝廟。

「日本時代本來要把這座廟拆掉，改作他們的神社，全村的人都反對，一起站出來抗爭才保存下來。」白鬍子老人說時一臉的神勇和得意。

最崇拜關公的英同雖然不懂歷史也不懂建築，至少看得出廟的老舊斑痕；英同特地站起來，站在正殿前面朝關聖帝君膜拜。手持春秋的關公容貌肅穆，正氣逼人。如果，關聖帝君您有靈，請保佑我和阿滿成為佳偶。英同默默許下心願。

回到阿滿的家，飯菜已經上桌，阿滿嘀咕著問：「去那麼久，我以為迷路，差點出去找人了。」

「他——」阿滿父親朝空中指了一下說：「跟那些老人很有話說，下次你來，一定要去跟大家坐坐聊聊。」

英同笑著沒有說話，坐下來默默吃飯。阿滿的家雖然破舊，跟山區土角厝相較還是好很多，尤其阿滿繼母見面總是笑咪咪，吃飯時一直幫他挾菜。這麼殷勤，是不是在暗示要多拿一點錢補貼？

離開五塊厝，車子一路顛簸，沿著愛河來到中都地區，英同提議下來走走。

愛河沿岸景觀有時明媚有時荒煙漫草，許多木材貯在愛河兩邊，合板公司進口的原木依賴小船運送，正從愛河緩緩駛過。

中都磚窯廠附近，遠遠看到高聳的煙囪不斷冒出黑煙，幾乎遮蔽半個天空。戰後台灣依靠美國船入港，率先脫離貧窮的鹽埕埔雖然人人欽羨，鄰近三塊厝從日治時期延續到戰後，因交通便利以及火力發電所成立，不斷進駐的工廠，如酒精工廠、煉瓦工廠、製罐工廠[8]、合板、鋼鐵等等，是高雄最早成形的工業區，人多就熱鬧。只是一河之隔，沉醉在酒酣耳熱的鹽埕埔與充斥苦寒移工的中都地區彷彿是兩個世界。

「錦繡有個朋友在磚仔窯工作，先前常常去看她，後來不知為什麼就不去了。」阿滿沒話找話說；「這次去屏東找她母親快兩個禮拜，不知甚麼時候回來。」

「妳想念阿哲？」

「你不想？喔，你有阿河。」

「還是想啊，阿哲比較可愛，胖胖的身子抱起來好溫暖。」英同笑說：「妳娘最近對我很好，是不是應該多給一些錢補貼阿河的花費？」

「不用，」阿滿臉上浮起一絲神祕的微笑。「知道為什麼嗎？」

「為什麼？」

「你猜，」英同搖頭。阿滿又說：「你猜啊！」

英同想了又想。「真的猜不出來。」

「她想認你做女婿啦。」

如果吃驚叫當頭棒喝，英同還真喜歡這種感覺。英同傻傻地傻傻地笑了又笑。

「她今天把我拉進廚房就是為了這件事，本來想說請媒人婆出面會比較好。怎樣？阿枝真的是好孩子，你看她照顧阿河就知道。答應的話從此你要叫我一聲大姊囉。」阿滿笑得滿面春風。

陳英同臉色卻迅速往下沉，默不吭聲。

「怎麼啦？阿枝不好嗎？」
「我以為說的是妳呢。」
「我？我比你大這麼多！」
「年齡不是問題。」
「是問題，就是問題。」
「我只想跟妳結婚，我從十二歲來到蘇家就想娶妳。」
「我哪一點好？又胖又老，阿枝年紀跟你相當，我保證她一定是個好妻子。」
「除了妳，我誰都不要。」
「那你永遠不要結婚，隨便你。」阿滿不知道在生誰的氣。「走啦，回去。」
跳上腳踏車後座，阿滿身子拚命往後傾，無論腳踏車輪胎在石子路上如何搖晃顛簸，也絕對不往前碰到英同一點點。
十歲從五塊厝來到蘇家當小女傭，第一次聽到有人告訴她：「五塊厝這地名怎麼來的，妳知道嗎？是由五位將軍來到這裡蓋了五間房子住下來開墾的聚落；

妳姓張，一定是張將軍後代子孫。」說這話的是頭家蘇金田。

二十年一晃過去，過去當小女傭的辛酸血淚有誰知道？冬日起早睡晚，小小手泡在冰冷的水裡洗衣做飯；夏日熱得汗流浹背還要蹲在火爐邊起火炒菜；最可憐是感冒發燒整個人昏昏沉沉連走路都不穩，啪一聲昏倒在地，老太太把手放在她額頭驚叫：「啊！好燙。」

抱著她在街上狂奔，把她送進診所搶救治療的就是頭家，蘇金田。

生命中最難忘的記憶都與頭家有關。她知道自己與頭家之間的距離天差地遠，從來不曾有過任何想望，只是不知道為什麼，每次英同說要娶她，就會想起頭家。這到底是為什麼？阿滿摸摸燒燙的臉頰，心中滿滿都是愛。愛阿哲、愛錦繡、愛——頭家，也愛英同甚至是有點討厭的頭家娘她都愛。總之，這樣就夠了。能夠在這個家庭生活，即便真正擁有的只是大約兩個塌塌米大的臥榻。她真的不知道還需要甚麼？

英同再好，也只佔有生命中那幾分之一。

8.最早引進自動製罐機的是東洋製罐株式會社。

離開，路更寬

咳嗽越來越頻繁時，蘇金田內心有一點點隱憂。

以為小感冒，好了又來，一次比一次兇猛。附近診所相熟的吳醫師也說：「最好到大醫院照個X光。」

「你認為是——」

「夜裡會盜汗嗎？」

「有一點。」

「那還是去檢查看看，我記得你這樣重複感冒已經一年多了吧？」

的確是很久了，初時不嚴重，還吃過中藥。最近不只胸痛，痰多，還——咳出血絲，就懷疑自己得了人人避之唯恐不及的肺癆。

過去是絕症的肺結核，自從有了特效藥，致死率已經不那麼高，但是集中在兩三個地方的肺結核醫院，才是讓蘇金田猶豫不肯面對現實的原因。

離家最近的肺結核醫院在台南，一旦證實是肺結核，就必須住院治療。這一去不知幾時才回得來，不在家時，錦繡母子怎麼辦？

蘇金田很早以前就想過這個問題，讓錦繡與阿哲離開這個火藥庫才能消除金采的敵意。

敵意是最難掌控的力量，妒意更是摧毀人性最殘酷的武器；一般人無法置外於這股邪惡力量，更何況是心胸狹窄的李金采！

蘇金田不斷地把錦繡往外推，揠苗助長的心態非常明顯。一個來自漁村沒受過教育的年輕女子如何帶著兒子自立門戶？即便他就在不遠處。現在看來連自己生命都不保了，還能保護誰？

坐落在七賢三路橫巷裡那幢日式房子原本是日人撤離台灣時，卡桑廉價買下來的，當時買了好幾間，有的出租有的閒置。這些年巷子裡的住家變商家，酒吧、照相館，餐飲一間又一間，熱鬧程度與七賢三路沒甚麼兩樣。

重要的是，整條巷子尚未有像金采布莊洋服布料兼具規模的店。

要把橫巷裡那棟日式庭園房子改成店面，不只花費蘇金田很多金錢，還差點考倒土水師傅。這裡拆那裡補的整整弄了大半年；怕被金采發現，蘇金田真的保密到家，連錦繡都不知道。

但每個人還是感受到一股不尋常氣氛，頭家得空就往外跑，一去好幾個鐘頭，是去哪裡呢？阿滿很擔心頭家健康，看他咳得厲害，身子日漸消瘦，臉頰凹陷，連眼窩都深陷進去。阿滿唯一能做就是煮好吃東西，手藝好，食物新鮮，每次英同都要稱讚幾句。

「真的好吃嗎？頭家好像不怎麼喜歡。」

「師傅胃口本來就不好。」英同也感受到了，卻不敢說出口。

只有金采對丈夫的健康與行止漠不關心，她只關心丈夫和錦繡之間互動。丈夫待在錦繡房裡的時間明顯減少。娘家母親說過，新鮮期不會太久。等著看吧，看誰撐最久。

這天下午，蘇金田要英同一起到外面走走。

「這件衣服客人趕著晚上要，」英同有些為難的攤開手上淺湖色洋裝。「裙襬還未縫好，扣子也——」

「很快就回來，走吧。」

師傅的話英同不敢不聽，放下衣服跟著走出布莊；午後的七賢三路好似剛剛甦醒過來，虛掩店門傳出流行音樂，也有女人靠在門框慵懶的哼著歌，有人走過就嬌媚的拋出一抹微笑。

逐漸有人湧進漫步在繁華街道。美國船入港帶來的經濟效益吸引更多外地趁食人[9]，挑擔子沿街叫賣吃食的小販、穿梭在人群裡的三輪車、坐在街角的擦鞋童、穿著破爛的小孩圍繞著阿兜仔伸手討錢——。

英同跟在師傅後面看見又新增好幾家酒吧，有些還在裝潢。一九五三年七月韓戰結束並未影響此地生活型態，反而因為美國與台灣在一九五四年十二月二日簽訂《中美共同防禦條約》，美國派遣第七艦隊以協防台灣海峽安全為由，從此停靠在高雄港，大量的美軍從港口下船，沿著七賢三路進入酒吧尋訪風華正勝的吧女；酒吧一間一間開張，附帶餐飲照相館和洋服店也比比皆是。

師傅走路有點傾斜，英同記得師傅一向走很快，以前跟在他後面要用跑的才追得上，現在怎麼——後腦勺一圈銀髮，頭頂髮量稀疏，才五十出頭呢。英同太注意前行的師傅背影，以致師傅已經轉進一條巷子，站在一棟房子前面，他還傻愣地差點撞上去。

「你看。」師傅指著店門口那面招牌。

「錦繡布莊」

英同倒抽一口冷氣。這是他第一次看見招牌時驚嚇反應。淺褐色上過亮光漆大大的檜木上面雕刻著「錦繡布莊」四個大字的匾額，掛在一棟美麗的庭園式店門上方。錦繡？英同看著師傅，師傅點點頭，光看店名就不言而喻。

蘇金田上前打開店門，裡面果真是布店裝潢，整排開放式櫃子與玻璃櫥窗，雖然是空的，可以想見當一匹匹綾羅綢緞進駐時會有多壯觀。蘇金田指著同樣設置在布店後方工作室，裡面有一台全新縫紉機。

「這是最新型裁縫車，比你原來的好用，我們師徒一場，沒甚麼東西給你，只能送你這個。」

「師傅——」英同還在驚嚇當中。

「明天一早，你和阿滿帶著錦繡母子搬過來，叫她們東西不用帶太多，不要讓金采覺得拿了她甚麼東西。布料商那邊我已經給錢，明後天貨就進來，其他的，你都懂，你和阿滿，一切拜託你們。」蘇金田微微顫抖的握著英同的手。「阿哲就拜託你了，能幫多久算多久。」

「師傅這這這……」

「招牌都掛出來了，金采布莊靠近港口，錦繡布莊靠近愛河，同樣在七賢三路這個區塊，相信消息很快就會傳開。」

蘇金田接著帶英同繼續參觀，工作室後面左右兩個房間，是給英同和阿滿住。「你可以把侄子帶過來就近照顧。」廚房設在後院一個獨立空間。「這樣油煙才不會飄進來。」通往二樓是一道木工打造精緻美麗的迴旋梯。

佔地比金采布莊大上一倍的庭園式房子被改得既富麗又典雅。為了讓錦繡母子住得舒服，蘇金田請木工師傅增建的二樓，全部用珍貴檜木搭建；檜木不只堅固防潮防腐還有一股好聞的木頭香味；日治時代幾乎被砍伐殆盡運回日本的檜木越來越昂貴。為了這棟房子，蘇金田不惜動用所有積蓄。

阿哲，這是父親唯一能夠給你的，知道嗎？

隔天阿滿起了個大早，天未亮就煮好一鍋稀飯，炒幾個菜，小爐子煙燻得厲害，阿滿一邊掉眼淚一邊嘆氣。從來無人問過她意見，可以的話她才不要離開這個家。

阿哲獨自一個人在餐桌吃飯，剛從溫暖被窩被拉下床，一副很想睡覺的樣子；錦繡說吃不下飯，阿滿也吃不下。昨晚聽到英同轉述，她差點叫出聲音。「噓，」英同食指放在唇上。「小聲，不能讓頭家娘聽到。」

阿滿沒甚麼東西好整理，這麼小一個睡榻，從來放不下太多東西，幾件換洗衣物，布巾包了就可以離開。

只是，這住了二十年的家，存放太多記憶，能夠打包帶走嗎？

天微微亮，彥明下來吃早餐，已經上初中的彥明個子依舊瘦小，還多了幾分叛逆。人家說青春期都是這樣。彥明不聽話時，金采只能這樣自我解嘲。

彥明上學去了。準七點，一輛三輪車停在店門口。

錦繡一手提著皮箱，一手捧著窗台上那盆珠仔草跟在丈夫後面走出來；丈夫緊緊抱著兒子，抱得有點吃力；錦繡先上車，蘇金田用力抱了一下兒子，再交給錦繡。

阿滿坐在錦繡旁邊，三輪車啟動時，阿滿回頭看著頭家，看著看著眼眶浮出淚水。

錦繡一直低著頭緊緊摟住兒子，從昨晚開始她就睡不著；五年前從「青鯤鯓」走進高雄這個工業都市，原本以為要像母親說的：「等孩子長大，妳就出脫。」那是何年何月？錦繡想都不敢想。阿哲還這麼小，幾時才會長大？丈夫雖然鼓勵她走出去，這宛如鐵籠的屋子不會因為她出去或回來而有所改變；只有現在，夜晚喧囂終於沉寂下來，天空依稀殘存的月亮被東方逐漸穿透雲層的霞光追趕；錦繡有一些些焦慮，害怕月亮若找不到歸處，會被雲層竄出來的霞光吞噬。

三輪車輾壓過馬路，愛河就在前面，越來越近，就好似要衝進河裡那般，車子突然轉進一條橫巷，嘎一聲停靠在「錦繡布莊」前面——。

「離開這裡，去過自己的生活吧。」昨晚蘇金田坐在床榻旁那張舊舊的貴妃椅跟他們母子道別。說這話時蘇金田感覺離世的母親也坐在一旁輕輕握著他的手，像小時候那樣。

街道很冷清，三輪車快速輾壓過馬路，陳英同跟在車子後面的跑步聲，還有阿滿忍不住從喉嚨發出的啜泣。

潘錦繡永遠不會忘記這一天。

看不到三輪車背影，蘇金田方才轉身，李金采就站在店裡頭冷冷的看著他。

甚麼事都瞞不過妳，是嗎？

蘇金田從妻子臉上的表情清楚明白，自己這陣子想方設法瞞著所有人悄悄進行的事，其實她全都知道。

不用解釋更好。拖著病弱身子，蘇金田上樓去準備接下來該走的路。

9.台文，賺錢過活，比喻營生的意思。

恐懼，才是真正的敵人

都說男人一旦變心比壞人還可怕，一點也不假。

李金采早就聽說丈夫在整建靠近愛河邊那棟房子。那是日本人戰敗撤離台灣時婆婆廉價買下來的房子。婆婆在時，家中經濟一向掌控在她手中，利用日人撤離台灣買下五棟房子，不僅物超所值，還因此逃過國民政府為了解決通貨膨脹問題實施的舊台幣換新台幣的經濟政策，也就是「四萬塊舊台幣換一塊新台幣」的大災難。存款越多，財富縮水越慘。蘇家真是祖上庇佑。

丈夫想怎麼處置房子她完全無法置喙。所以，當她發現銀行裡存款快速遞減；當幾個要好朋友偷偷告訴她，那棟房子正在整建，原本以為是用來金屋藏嬌，已經對潘錦繡十分厭氣的金采，想說讓她搬過去更好，不要每天在眼前晃啊晃。「再這樣下去我會先死掉。」錦繡那麼年輕，先死掉的不是她金采會是誰？

只是沒想到丈夫竟然把它改成布店，是要跟金采布莊一決高下嗎？

最讓金采吞不下這口氣的是，家中兩個重要幫手竟然都被她給帶走。

英同和阿滿就像這個家的左右手，搶了丈夫還不夠，搶走裁縫師傅和女傭，是要她日子過不下去？

丈夫居然淡淡的說：「裁縫師傅和傭人隨便找就有，門口貼一張紅紙就會有許多人來應徵。」

「為什麼不叫那個女人自己去找？」

「妳自己去問英同和阿滿，為什麼不留下來。」

笑話！那麼你呢？你也要搬過去？去啊！去啊！

金采回鼓山娘家哭訴，娘家母親居然說：

「搬出去也好，免得妳每天看著生氣。再說，她自己開店做生意，自己養兒子有甚麼不好？」

「我氣她連阿滿也帶走。」那麼好用的傭人哪裡找？

丈夫都不要妳了，還在乎一個傭人？娘家母親說不出口的話硬生生吞下去。

「我幫妳找，要十個都沒問題，現在鄉下一堆人往城裡跑，都在找工作。」

果然裁縫師傅和傭人幾天內都找到了；這幾天丈夫很認命，不停地待在工作室車衣服，也不停的咳。金采這才注意到他病得不輕。

「咳這麼厲害，要不要去看病？」那個女人在時，不是沒聽到丈夫咳嗽，而是聽了卻在心裡詛咒：咳死算了。

「我明天去台南看病，可能要留院治療，這個家就交給妳了。」還是淡淡的說，像在說別人的事。

金采感覺到事情不對勁，卻又不知道哪裡不對勁。婆婆去世，夫妻關係突然進入寒冬。難道他以為婆婆是我推下去的？不、不可能。

「為什麼要住院？我陪你去。」

「我自己去就好。」

「我知道，那個女人要陪你去。」金采瞬間又武裝起來，像刺蝟。

「我是去台南肺結核療養院，不是去玩。」蘇金田語氣有點沉重，轉身上樓整理行李。

這一去回得來嗎？蘇金田去過大醫院檢查，肺部已經嚴重受損，醫生說有點晚了。肺結核在一九五〇年代鏈黴素尚未出現之前幾乎無藥可醫，染病的人除了療養只能靜靜等待死亡。是當前最棘手，致死率高又容易傳染的毛病，後來雖然有了鏈黴素，住院仍是唯一選擇。

金采聽到肺結核，一張臉馬上刷得像牆壁慘白，一時說不出話。

先前那股恨意有一些些淡了，她甚至憐憫的看著消瘦如風中殘燭的丈夫。總以為他會拋下她去和那個女人窩在一起。卻沒想過——金采想再問個詳細——丈夫卻逕自上樓。

沒有人生下來就是壞人的好不好？做了壞事才會被當壞人看待。金采是有錢人家的女兒，她也想獲得婆婆疼愛丈夫憐惜，也想兒女成群子孫繞膝。到底哪個環節出錯，她竟變成一個工於算計的壞人！

但是沒關係，丈夫不在家，金采獨自經營布莊，獨自面對彥明進入青春期的頑逆。最初以為孩子會是最大心靈慰藉，有了彥明才知道，孩子不是玩偶，不會隨妳起舞，不會告訴妳為什麼，卻用一連串叛逆表達不服從，不接受妳的掌控。

這使得金采回想丈夫和婆婆之間的緊張關係，或許不用那麼費心，不用一次又一次想方設法，他們母子早就存在可怕的嫌隙。

婆婆去世，她發現老人家很會理財，銀行存款不多，房子好幾棟，遍布在城市各個角落。二戰結束初期，新台幣一塊錢換舊台幣四萬塊的政策如狂風掃落葉，一大袋舊台幣只換來幾張新台幣，有錢人財產大失血；金采布莊沒這個問題，金采還是以五鬼搬運手法把大部份存款移到自己戶頭，蘇金田用在「錦繡布莊」樓房改造的錢就有點捉襟見拙。也幸虧是這樣，不然金采真的會氣死。

夜深人靜，總有一股莫名恐慌襲來。

孤獨，是孤獨嗎？

相較於金采的孤獨，錦繡呢？

躲在暗處無用的男人

天未亮就聽見厝角鳥在枝頭鳴叫，小小的一隻隻身形敏捷地在菩提樹剛長出來的闊葉叢上下跳躍。

窗外這棵菩提樹歲數不輕，冬日幾乎掉光的葉子，此刻一片片長回來，向天空高高伸展開來的青翠枝枒一般護著整個後院。土水師傅原本建議要鋸掉這棵大樹，蘇金田執意保留，只因為他在一次清晨勘查房子時，聽到厝角鳥站在菩提樹上歌唱，像一場歡樂的演唱會。他要錦繡母子每個早晨都在厝角鳥快樂的歌聲中醒來，包括自己。當時的蘇金田還不知道自己病情這麼嚴重，以為，三不五時就能從金采布莊來到錦繡布莊，他的第二個家。

現在是潘錦繡的家。

每天早上從鳥叫聲中醒來，錦繡緩緩睜開雙眼，有一種還在夢中的感覺。隔壁是阿哲的房間，剛開始學習自己一個人睡覺的阿哲，半夜都會跑進媽媽房裡。阿滿常常取笑還在母親床上睡覺的他：「我們阿哲還在吸ㄋㄟㄋㄟ喔。」「沒有。」三歲阿哲已經懂得害羞了。「阿河哥哥可以跟英同叔叔睡，我為什麼不行跟媽媽睡。」

陳英同把侄子阿河接過來一起住，窮人家孩子早熟懂事，凡事都讓著阿哲。難得有個疼他的哥哥作伴，多好。過去彥明老是欺負阿哲，不是掐他就是打他。

二樓是木造房子，蓋在漆成白色水泥磚牆上面的檜木特別香，橢圓形窗子製作精細，聽說是請老師傅專門製作的；從窗子灑進來的陽光帶著菩提葉婆娑身影，望出去正好看見後院一整排七里香油油綠綠的葉子；還有與七里香種在一起的珠仔草，雖然從二樓看不清楚，錦繡知道它們依偎著七里香，越來越青翠美麗。

建構一家新的布莊難不倒潘錦繡、陳英同和張阿滿；資金到位，布料齊全，原本就滿滿滿的人潮，從七賢三路碼頭滿到愛河邊，從打金仔街溢到每一條巷弄，美麗的頭家娘潘錦繡穿著英同裁製合身旗袍站在櫃台裡面吸引許多路過的女人，以為只要穿上同樣衣服就會像她一樣美麗動人。不用打知名度，錦繡布莊的生意很快超越金采布莊。

這樣的景象蘇金田卻看不到。

躺在台南肺結核醫院病床上的他只能靠著一枝筆寫信給英同，英同再把信唸給大家聽。

「──我的病已經開始好轉，很快就可以回家跟大家見面。」

同樣句子不知寫過多少次，最後一定加上註記：「幫我抱抱阿哲。」

於是不論錦繡或英同或阿滿看完信都要抱一下阿哲，連阿河也要抱。

「我們要去探望他嗎？」錦繡有些徬徨。

「師傅說不可以去看他。」英同解釋：「肺癆是一種傳染病。」

「會傳染，我們早就得了。」阿滿有些鐵齒。「頭家就是不想麻煩別人，寧可自己受苦。」

「那，我們偷偷去看他，帶阿哲去，他就不會罵人。」錦繡真的掛念丈夫。

「不行，」阿滿搖頭。「去了會惹他生氣，不好。」

嘴裡說不行，阿滿卻偷偷的獨自一個人跑到台南去探病。

阿滿利用休假日搭車去台南。從客運總站轉乘公共汽車，還要再走很長一段路到達被隔離在郊區的結核病防治院，已過中午，初夏陽光正豔。

日治時期就已成立，原名「清風莊肺病療養所」，戰後改名「省立結核病防治所」的醫院建築，坐落在台南永康近郊。

阿滿躡手躡腳穿過醫院長長廊道，靜悄悄仿如穿過荒漠大地，投射在廊道陽光被阻隔在病房外面，緊閉窗格子傳出幾聲劇咳之外，不見半個人影。人呢？都躺在病床上，一張張失血的臉凹陷的眼眸滿滿都是絕望。

轉角處一間向著庭院的單人病房，被陽光曬得又悶又熱。阿滿見到瘦得只剩一把骨頭的頭家閉著眼睛似乎睡著了。阿滿靜靜坐在一旁，無法形容腐敗的味道盤據整個房間。頭家衣襟依稀沾有鮮紅血漬。

病房四壁慘白的油漆有些剝落，小電扇發出吵雜聲音，無法趨逐夏日豔陽帶來的熱氣；這間病房的陽光肆意揮灑穿堂入室，都說肺結核病人要曬太陽，這太陽未免太毒辣，阿滿伸出雙手稍稍遮掩，陰影落在頭家臉上，凹陷的眼倏地睜開。

「阿妮，是妳嗎？」蘇金田發出囈語般含糊聲音。

剛還在睡夢中的蘇金田，夢見愛河邊打金仔街「四季紅」的阿妮懷抱二弦唱著詩歌小調，飄落在纖細白淨脖子上烏黑如絲綢的長髮，掩不住的美麗容顏，掩不住悲涼，就在他驚醒過來時，如同一陣風輕輕掠過，空氣裡溫婉的吟哦還在——。

大半時間，隨日漸消瘦的身子力氣一點一滴從指尖流失，像沙漏，無法倒轉的沙漏。蘇金田大半時間都在沉睡，沉入迷離夢境。阿妮最常出現在夢境當中。甚至以為阿妮一直陪伴在側，不像亭子說走就走。

初見阿妮就愛上她的纖細白淨，蘇金田丈量過許多女子身材，肩頸越是纖細身材越好；他真的喜歡阿妮，喜歡她白皙纖細手指在二弦琴絲線上輕輕彈跳的樂音，透過林投木製作的音箱傳出窒息又纏綿，汗溼衣襟後歡愉的吟唱，聞著七里香與花露水混雜的味道；耽溺在整好儀容阿妮繼續吟唱小調時那種說不出來的絕美和滄桑，如此喜歡阿妮的他卻在她想從良時選擇逃避；蘇金田知道不只是被妻子夜夜拿剪刀剪碎衣服嚇到，也不只是痛恨舊時代男人三妻四妾的思維。阻擋他面對問題的重要原因是甚麼？曾經他走到港邊眺望大海，想的竟是坐船離去的亭子。亭子選擇去過自己的生活，他卻只能被迫選擇不要過的生活。

最不可思議是，年輕時候和同學在「四季紅」酒家聚餐時一群警察衝進來抓走孟榮的情景，不停的重複再重複。那個總是講得慷慨激昂甚至跳到桌上大聲疾呼的孟榮，最後去了哪裡？

遺忘許久的往事，在這漫長等待死神的時光裡重新冒出火花，蘇金田不曾忘記那個在他青春正盛的年代，一九二一年成立的「臺灣文化協會」，蔣渭水等人創立試圖喚起台灣人自省的協會，他的許多同學都聽聞也加入了，沒加入的如同他自己，也曾經非常熱烈的互相傳閱新思想雜誌；這也是開啟他以不同視角看待台灣被殖民的處境。他心胸彭湃不輸任何人，卻一直躲在最灰暗角落看待大家的激情，置身事外的冷漠讓他逃過那一次逮捕，卻也親眼目睹這個開啟台灣文化啟蒙運動的協會，最終難逃分裂與解散的命運。日本人走了，中國人來了，更早還有西班牙、荷蘭、鄭成功等等等等，台灣這塊土地留下多少歷史傷痕？

每天躺在病床孤獨面對死神召喚，蘇金田有的是時間，在呼吸停止之前，蘇金田有的是時間。

年輕時他在母親與妻子無止盡爭戰當中，躲進阿妮溫柔懷抱；卻又在母親意外去世時完成她的遺願，讓一個毀在荒謬流言無辜女孩為蘇家誕下兒子。這是甚麼樣的人生啊！咳血、胸痛、盜汗，陷落在千絲萬縷如蜘蛛網的往事孤獨的面對死亡的蘇金田總是無法明白自己痛恨的是甚麼？那個一直躲在暗處無用的男人嗎？沒錯，就是那個一生都在過著被自己厭惡的生活，躲在暗處毫無作為的男人。

不曾在夢中出現的阿滿，此刻卻站在床前溫柔地看著他。

「是我啦，頭家。」阿滿聲音壓得好低。

「天亮了嗎？」蘇金田依然有些糊塗，不敢睜開眼探看刺眼陽光。

「日頭正中央呢，頭家，你餓了沒？我帶好多吃的來，我半夜起來燒菜，就為了帶吃的來。」

阿滿半夜起來做菜，趁大家都還在睡夢中，她把做好的菜放進瓶瓶罐罐——，用一只籐製籃子裝著，一路舟車勞頓，真怕不小心摔了，頭家就吃不到她費心做的菜。

她將瘦成紙片人的頭家扶坐起來，一靠近就聞到腐臭味道，也不知多久沒洗澡了，身上穿的衣服皺皺黃黃，上面沾染新的舊的血漬。阿滿從籃子裡取出帶來的瓶瓶罐罐，打開：藥膳雞湯、芋頭肉丸、清蒸魚還有素菜，每一樣份量都少少，剛好夠頭家一個人吃。

蘇金田聞到菜香終於清醒過來，望著阿滿皺起眉頭。「妳怎麼來了？我不是說——」

「你說很快就回家，已經好幾個月了，我不放心，只好來看你。」阿滿挾了一口魚肉硬塞進頭家嘴巴。

蘇金田根本嚥不下，魚肉腥味一下衝上腦門，吐也不是吞又吞不下，梗在喉嚨引起一陣劇咳。咳咳咳，蘇金田整個身子扭曲滾動，突然吐出一口和著鮮血的濃痰，才慢慢靜止下來。

阿滿嚇壞了，相較於劇咳後的頭家，她更加狼狽，手上拿著辛苦帶來的食物站在那裡不知如何是好。

「妳別費心，我中午吃過了。」頭家閉上眼睛，似乎不想說話。

阿滿沒有閒著，她去醫院附設廚房裝滿一大罐熱水，倒進臉盆調好溫度，沾溼毛巾，溫柔地緩慢地幫頭家擦拭，從臉頰到脖子；從胸口到後背；凹陷肚腹兩旁高聳如刀背，瘦長雙腿已經見骨，尿溼的褲管發出可怕的味道。阿滿不只擦拭頭家身上每個地方，連腳趾頭都不放過。臉盆的水由清澈轉髒污；最後從櫃子裡取出乾淨衣服換上，躺在床上的又是那個嚴肅好看的頭家，阿滿心目中神一樣的男人，難得舒展的眉頭，露出一抹慘澹的笑容，睡著了。

——我很快就會回家，回去看你們。這是蘇金田最大的想望。

金采布莊貼出白紙上書「嚴制」兩個大字，是在阿滿探病回來之後兩、三天。一早阿滿上市場就聽說了，回去告訴錦繡，錦繡立刻吩咐英同也寫了一張「嚴制」白紙，貼在店門口。

名為丈夫的男人死了！

過了好幾天，金采布莊那裡靈堂都布置好了，早晚也請師父來誦經，親戚朋友都收到訃聞，也知道哪一天出殯，錦繡卻像個局外人，連一張訃聞都無。

「真的不通知我們嗎？」阿滿很生氣：「蘇家就這麼一個兒子，怎麼可以這樣！」

「不通知，我們能怎樣？」錦繡已經好幾晚睡不著，頭痛得快裂掉。

「至少阿哲要去靈堂上香，那可是他父親，」阿滿說：「頭家最疼阿哲，不去怎麼行？他們可以昧著良心，我們不能讓頭家死不瞑目。明天我帶阿哲去。」阿滿從來不曾這麼生氣，尤其面對的是自小就很懼怕的頭家娘。

隔天一早，阿滿帶著穿一身黑色衣褲的阿哲走向金采布莊；清晨的七賢三路半個人影都無，商店都還未開門營業，只有金采布莊大門敞開，店裡頭櫥櫃被移到兩邊，靈堂佔據正中央，阿滿紅著眼眶逕自走進去。

「誰啊？」彥明從裡面走出來，剛上高中的彥明依舊瘦瘦小小，嘴唇上方一圈細細軟軟鬍鬚，看起來有幾分小大人模樣。

「是我。」阿滿一向不喜歡彥明，卻不得不低聲下氣。「我帶阿哲來給頭家拈香。」

彥明似乎有些吃驚，攔著不讓他們下跪，一方面朝後面大叫：「貞嫂，去叫我阿姑啦，趕快。」一方面緊盯著阿哲看。分開不到一年，兩個孩子都有驚人改變。彥明嘴上長鬍鬚，阿哲個子長高高。阿哲一眼認出這個曾經住在一塊的哥哥。

「哥——」來之前，媽媽已經跟他說明白，雖然不懂死亡是甚麼，阿哲還是有點緊張的喊了一聲就打住。

金采很快下樓，冷冷看著他們。「她呢？不敢來？」

「阿哲來跟頭家拈香。」

「我為什麼要讓他拈香？」金采一臉不屑。

「阿哲是蘇家唯一的兒子。」

「那又怎樣？」

金采橫起心腸無人能敵，何況是阿滿，一個從小被她打罵著長大的傭人。阿滿無畏的看著尖酸刻薄的頭家娘，伸手一推就把金采推開然後拉著阿哲跪下。「妳——」金采尖叫著擋也擋不住阿滿粗壯手臂，那自小做家事練出來的臂力豈是金采擋得住？

「頭家娘，妳讓阿哲現在就祭拜頭家，否則出殯那天，我一定帶他來，當著眾人的面看妳怎麼做人。」

金采衝向阿滿狠狠甩了一記耳光。啪一聲，阿滿白皙臉頰立刻浮現一個紅色掌印。彥明趕緊擋下阿姑怒氣，將她半推半拉的往裡面走。

蘇金田的黑白照片放在靈堂正中央，戴著黑框眼鏡露出微笑，看起來年輕許多，很像阿滿十歲剛從苓仔寮來到蘇家初見頭家的容顏。眼淚刷一下狂奔而出，阿滿淚眼模糊，到旁邊取了幾枝香，蘇家新來五十多歲女傭貞嫂上前幫他們點香。

跪在靈堂前面，阿滿哭倒在地，額頭叩叩叩往地面猛砸。貞嫂趕緊過來攙扶。「妳——妳是二太太嗎？請節哀。」

阿滿搖著頭擦掉眼淚，從阿哲手中取回香枝，親自插進香爐，最後一次深情地看著頭家遺照，才默默帶著阿哲離開。

頭家已經去到那個她到不了的地方。

阿滿失了魂連走路都不穩，隱藏在內心深處的哀怨此刻泉湧而出，也不管路人異樣眼光，一路走一路哭。那個來自苓仔寮十歲小女孩跟著一路消失在路的後頭。妳可是張將軍後代。蘇金田賦予她的唯一驕傲，不見了。

丈夫突然辭世，無人告訴錦繡要怎麼辦。阿滿帶著阿哲去金采布莊拈香回來，右臉頰紅腫一片，阿哲說是彥明阿姑打的。

丈夫出殯那天，遠遠聽見送葬隊伍嗩吶敲鼓的聲音從巷口經過。錦繡在二樓客廳望著牆壁上丈夫的黑白照，沒有佛案沒有香爐，錦繡只能雙手合十拚命唸著心經，心緒不停地閃過丈夫每晚溫暖的陪伴，竟然說走就走！送葬隊伍尖銳的嗩吶像風箏朝天空飛去。帶走的豈止是蘇金田的七魂六魄？錦繡望著丈夫遺照，淚流滿面。

失去那雙有力的臂膀，是否也會失去生存的動力？

你的存在驚醒他的感覺

好像甚麼事都沒發生。

錦繡、英同、阿滿，像個鐵三角，緊緊護住蘇金田這個用心打造的家；不僅小蘇哲在這個堅固如磐石的家快樂成長；「錦繡布莊」很快獲得舊雨新知的青睞，不是沒有原因。裁縫師傅陳英同在繁華的酒吧一條街原本就擁有許多死忠顧客，吧女們知道他徙位，遷到同一條街的巷子裡，哪有不跟過來的道理？陳英同從小就在布莊接觸形形色色的人，不只學到精湛手藝，也了解顧客的喜愛，眼光精準，洞察哪塊布料會受到顧客青睞；哪塊布料看似討喜其實會成為賣不出去的貨底。過去在金采布莊，一切都是金采做決定。

一意孤行是金采最大毛病。進貨不當致使店裡存貨累積形成相當可怕的數量。為了停損刻意拉高其他布料價格就是一大敗筆。雖然進來交關顧客不是吧女就是阿兜仔，不會計較多幾塊幾毛，在地顧客來一兩次發現金采布莊賣得比人家貴，就不來了。

錦繡不只是店裡掌櫃同時也是活動招牌，英同為她裁製的旗袍一件比一件貼身好看；有時典雅有時豔麗，更多像是從雲端蓮步走出來的仙子；那雙迷人的眼眸飄移不定閃爍幽微星光。哪個女人不想像她這麼漂亮？更何況錦繡布莊的售價比別家實在。

錦繡布莊的生意好到英同日夜趕工，也無法應付不斷追加的訂單。他把希望放在侄子阿河身上。「阿河小學畢業跟叔叔學裁縫好不好？」

「好。」阿河與英同一樣有一副響亮亮的嗓子。應聲同時眼裡充滿了興致。讀書真的不是他所愛。儘管如此，阿河還沒畢業，眼前急需人手，英同不得不另外聘請助手幫忙裁製衣服。

新來的助手是個年輕女孩，二十歲，剛學成出師，名叫羅美如。

美如跟阿滿一樣是在地人，美如成長的年代正值台灣經濟復甦，在基督教家庭長大，讀完小學後便在親戚家學習一手好裁縫，錦繡布莊是她的第一份工作。勤快是她的特點，驕傲也是。

錦繡布莊是一個奇怪組合，老闆娘只管穿得美美站在櫃台招呼客人，阿滿管家務，英同負責縫製衣服。阿滿要她稱呼錦繡頭家娘，她不要，那是老式的稱法，就像現今很少人稱呼自己父母卡桑多桑一樣。阿滿是女傭，為什麼可以直呼老闆娘名字，卻要她喚甚麼頭家娘，真是莫名其妙！

華燈初上，七賢三路最熱鬧時段，人潮擠得滿滿滿，巷子裡一樣熱鬧滾滾；錦繡忙著將一匹匹綾羅綢緞攤開來往身上披掛；阿滿忙著將一匹匹量過尺寸布料剪成一塊塊布料；英同忙著跟客人商討衣服款式以及測量肩寬衣長和三圍——蹦一聲，一塊布料狠狠甩在櫃台，伴隨一個粗暴的女人衝進店裡尖聲咒罵。

「你們生意是怎麼做的？人家同樣一塊布料才多少錢，你們居然賣我幾百塊！吃人也不是這種吃法，我要退錢。」

穿一身廉價衣服頭髮散亂黏膩發出可怕臭酸味的婦人，怒氣十足衝進來，錦繡記得她是昨日白天進門的客人：「哪一塊布料最貴？」

哪有這種問法？就真的挑一塊最貴布料出門去了。

現在卻當著許多客人的面要求退錢。錦繡不跟她爭執，很乾脆說：

「我可以退妳錢，但是我們沒有賣貴，不相信我拿進貨單子給妳看。」

「我管妳甚麼單子，別家店就是便宜，比你們便宜，黑店，妳們這家是黑店。」臨出門，婦人故意拉高聲量罵：「誰不知道你們這家店是跤騷間，細姨仔店。」

黑店、跤騷間、細姨仔店。婦人拿了錢一路走一路罵。

來鬧場不只一次、兩次，都選在華燈初上最熱鬧時段上演同樣戲碼；錦繡每次聽到「細姨」兩個字臉色就發白。真怕樓上寫功課的阿哲聽到。阿滿氣得要找金采理論。英同攔下來說：「沒有證據，會被反咬一口。」

英同悄悄去找派出所劉巡佐，師傅生前交代過：有事就去找他幫忙。

金采跟劉巡佐是舊識，蘇金田在時他常來布莊喝茶聊天；現在是怎樣？丈夫死了就偏向錦繡那邊？

午後七賢三路好似剛剛自沉睡中醒來，陸續有人開店營業，行人攤販慢慢聚攏；劉巡佐穿著警察制服出現在金采布莊時，尚未開口金采就知道他來意，故意臭著一張臉不甩人。

劉巡佐笑呵呵說：「大嫂，最近好嗎？」

「託你的福，還過得去。」金采話中有點敵意。

「沒有人故意找麻煩吧？」

「幹嘛找我麻煩？我又沒得罪人。」

「沒有就好；最近有人常去錦繡布莊鬧事。」劉巡佐老神在在，金采臉色很難看。「我準備要抓人了。」

「跟我說這些幹嘛？沒做虧心事，不怕鬼來鬧。」

「是，金田兄雖然不在了，我答應要幫他照顧家人，妳若有事一定要通知我。」

「清清白白不偷不搶會有甚麼事？」金采露出尖酸刻薄的神氣。「搶了人家東西才會有事吧？照顧那種人不覺得沒天良嗎？」

果真是伶牙俐嘴，劉巡佐苦笑著離開。

金田兄啊！在天之靈你不覺得耳噪嗎？

鬧事的人雖然不再出現，好長一段時間錦繡卻像隻刺蝟，客人聲量大一點，她就敏感的瞪著大眼睛作出防禦姿態。妳、你在嘲笑我嗎？

日子過得有點緩慢，幸好每個人都在自己的位置盡心盡力，也獲得相對的酬報。尤其是阿滿，傾盡所有力氣照顧這個家；阿河、阿哲她都一樣疼；兩個孩子像親兄弟，一起吃飯一起玩耍，阿哲升上三年級時，阿河從國小畢業了。

畢業了，阿河無意繼續升學，英同正想教他學習裁縫，失聯許久的阿河母親突然出現。

許久不見，阿嫂穿的粗布衣服有些髒污陳舊，看起來經濟狀況不是很好，身體倒是比以前健壯。一開口便說：

「我來帶阿河回家。」

「回──家？」英同有點驚嚇到。

「回我的家。」

阿嫂有點霸氣，和以前那個陰鬱守寡女子截然不同，多了一點年紀也多了幾分自信。她逕自進入房間收拾阿河的東西，就這樣把孩子帶走。

阿滿幾乎無法忍受這樣的別離。「你怎麼可以讓他走？怎麼可以！那麼小的孩子，誰知道把他帶去哪裡？」阿滿不曾如此生氣責罵任何一個人，此刻卻瞪著英同不斷的罵。

英同就像一個做錯事的孩子任由阿滿責罵，喃喃的不知說些甚麼；一向寡言的羅美如說話了。

「妳憑甚麼罵英同兄？」

「我為什麼不能罵他？我還想打他咧！」阿滿氣頭上口不擇言。

「憑甚麼？妳只是一個傭人——」

「羅美如——」潘錦繡喝止。「沒妳的事，妳閉嘴。」

羅美如被老闆娘罵得有些不甘不願；她在錦繡布莊總也待了幾年，是老員工了。不知為什麼，就是看不慣阿滿的行事作風，好像她是這個家的二老闆，甚麼事都要管，連工作室不小心掉落地面的布屑也要管，打掃不就是傭人的工作嗎？居然管到裁縫師傅頭上，偏偏英同兄好欺負，甚麼都聽她的，這也是羅美如最不爽的地方。裁縫師傅比較大還是下女？無論問誰獲得的答案永遠是裁縫師傅比較大。

被老闆娘喝止萬分委屈的美如，趴在裁縫車哭泣。

英同站在她前面不斷安慰。

「別哭，老闆娘沒有責備妳的意思，她只是不要我們為了一點小事吵架。」

「你們三個聯合起來欺負我！」美如盡量壓低哭泣的聲音，鼻涕眼淚卻糊了一整張臉。

「怎麼會——」

「就是會。」

英同有點慌，在他眼中，美如是個年輕小妹妹，擁有精湛裁縫技巧深得他的賞識；尤其這幾年，美如經常從家中拿她母親做的好吃點心比如菜包、米糕等塞給他和阿河當宵夜。不要給阿滿吃。為什麼？就是不給她吃。那麼阿哲可以吃嗎？阿哲是老闆娘兒子，要甚麼有甚麼，不用給。

哭得像淚人兒的美如，突然站起來撲向英同懷抱。英同錯愕中不知道要把雙手擺哪裡，美如雙手卻緊緊摟著他的脖子。

「英同兄，我們離開這裡一起出去創業好不好？」美如在英同耳邊廝磨著輕聲說：「出去賺的錢一定比這裡多。」

陳英同用力扳開美如雙手。「我不會離開這裡，永遠不會。」

「為什麼？」美如的聲音既失望又哀傷還帶著憤怒的情緒。

為什麼？師傅將錦繡布莊鑰匙交到他手裡時那種託孤的神情一直撼動著他，深怕能力不夠辜負了師傅的託付都來不及了，怎麼可能離開？何況還有阿滿。

羅美如失望的收回搭在英同肩膀上的雙手時，阿滿那雙水汪汪大眼正好看過來，看到這一幕。

隔天羅美如便離職了；不久聽說她成為金采布莊首席裁縫師傅。再不久，美如和彥明結婚，一個基督教信徒嫁入拿香拜拜的道教家庭，跌破眾人眼鏡。

畢竟，李金采不是那麼容易溝通的女人。

阿潘嫂常到高雄幫忙照顧孫子，錦繡布莊生意越夜越熱鬧，常常忙得團團轉，喝口水時間都無，更別說看顧孩子。「妳有空就來陪伴阿哲，不然，我樓上樓下跑好累啊！」

阿哲成長期間，阿潘嫂大半時間都住在錦繡布莊。

住在錦繡布莊，阿潘嫂常會想起那年自己一個人從車站走到鹽埕埔，進入金采布莊所遭受到的屈辱，金采頭家娘的勢利眼就像一根刺狠狠刺進阿潘嫂心坎。只要想起女兒跟那種人過日子心頭就一陣苦寒。幸好一切都過去了。

裝潢華麗又大氣的錦繡布莊，舒適典雅的木造樓房。阿潘嫂從來不曾妄想過甚麼好日子。女兒今日能夠擁有錦繡布莊全歸功她當年所下的決定。至今，阿潘嫂仍然這麼認為。

裁縫師傅陳英同跟張阿滿終於攜手去法院公證結婚。這之前習慣早起的阿潘嫂撞見阿滿穿著睡衣從英同房間走出來時，兩個人都嚇一大跳。

阿滿白裡透紅的臉脹得像關公，支支吾吾不知在說甚麼，應該是在解釋自己為什麼大清早從英同房間走出來，還穿著睡衣。

隨後出現的英同靦腆地告訴阿潘嫂。

「我們兩個今天要去公證結婚。」

「恭喜恭喜，阿秀知道嗎？」阿潘嫂問。

「現在就去跟她說。」阿滿推了英同一把，迅速跑回自己房間換衣服。

錦繡說不吃驚是騙人的，卻又替他們高興。兩個從十幾歲便相識相熟，經過這麼多年還願意成為一家人多好！錦繡擅自作主，等他們公證結婚回來，晚上到附近江浙菜餐廳訂兩桌酒席。七賢三路不只酒吧多，餐館也多，尤其是來自江浙外省菜更是道地的好吃，吸引許多外地人前來嚐鮮。

英同父母早已去世，兄姊大都散居偏鄉，只有改嫁的大嫂住高雄，英同只請大嫂一家，也是為了看看好多年不見的侄子阿河。當晚大嫂全家都來了，總共六個人，佔據半張大餐桌，剩下四個位置剛好給新郎新娘和錦繡母子坐；阿滿繼母和已婚的弟妹則是坐在另一桌，也是坐滿滿。

席間，阿滿忘記自己是新嫁娘，不斷招呼大家，還幫忙挾菜倒酒。最高興的是阿哲和已經成為土水師傅的阿河。兩個自小生活在一塊的孩子依舊沒忘記曾經相處過的時光，互相扯出對方小祕密，然後笑到差點跌坐地上。

長大的阿河越發精壯結實，黝黑的臉閃著一層油光，長年太陽底下挑磚頭揹沙袋，練就一副魁梧好身材。阿河突然舉起酒杯向新郎新娘敬酒。

「叔叔嬸嬸，謝謝你們在我那麼小的時候照顧我。」

說這話時阿河母親微微低下頭，故意餵食年幼的孩子。正在埋頭喝酒吃菜的繼父突然粗聲粗氣說：

「幹恁娘，你的意思是我們沒有養你啊！你全家，你娘你妹還不都是我在養？講啥小？」接著劈哩啪啦一連串三字經五字經，聲量又大，罵得全桌都愣住。

英同大嫂一張臉白的像牆壁，細聲細氣講：「好了啦，我知道你沒惡意，講話不要那麼愛幹譙，人家還以為——」

「我講話就是這樣，我是青暝牛，毋捌字，按怎？見笑喔？」

「好啦好啦，汝緊食，食飽咱來轉。」英同大嫂嘀咕。喝醉了，喝醉了。

道地江浙菜不能免俗的在最後一道菜上魚丸湯，宣告菜上完了。英同大嫂和阿滿繼母忙著打包剩菜，阿哲纏著阿河要他一起回家看他收集的玩具。阿河望向繼父，沒得到回應，便很識趣地說：「改天我休假，一定來找你。」心裡明白，哪來的假日，跟著繼父做泥水工，沒日沒夜的忙。「你是替你老母和小妹賺口飯吃，不是為我賺錢。」這是繼父的口頭禪。

辦過喜宴也登記戶口，阿滿可以名正言順和英同住一起了。

回到布店，阿滿習慣性整理廚房，錦繡攔住她的手說：

「今天新娘子最大，不要把手弄髒。」

「還新娘子咧，都這麼老了。」

「哪會老，妳若不漂亮，英同兄哪會等妳等這麼久。」

錦繡喜歡調侃阿滿。「你們兩個什麼時候相好的我竟然不知道。」

「哎，」雖然年紀不小阿滿還挺害羞。「都是美如害的。」

「怎麼說？」

「妳看不出來？美如喜歡英同，卻被拒絕了。女孩子被拒絕怎麼好意思留下來。」

「我竟然不知道！」錦繡笑著說：「這又跟妳有甚麼關係？」

「啊我不嫁給他他就一輩子不結婚！」阿滿臉紅紅的。「我不想誤他一輩子。」

「是喔，」錦繡忍住笑。「難怪佛家說：與你有緣的人，你的存在就會驚醒他的感覺。你們倆都是互相有感覺才會送作堆啦。」

錦繡取下阿滿手裡鍋具，半推半送的把阿滿送進門楣張掛喜幛的新房。

與潘阿秀有感覺的人在哪裡？

小女兒阿巧跟糖廠工作的同事結婚，嫁入屏東農家，不久辭掉工作全心照顧孩子，生活還算順遂，雖然跟同住的婆婆長期格格不入，畢竟人與人之間想要和平相處就必須有一方忍讓，才不會產生太大衝突。阿潘嫂自認外家不宜介入，許久不去探望阿巧了。現在所有心思全放在阿秀身上。

經濟上阿秀擁有極大優勢，生活只要在既定模式運轉財富的累積就相當可觀；但是人不能永遠這樣過一輩子，有錢沒錢都不能。

「妳還年輕，應該為自己找個伴，像阿滿，找個喜歡的人。」

布店打烊，母女有時候會在客廳看電視閒聊。聊阿巧，聊鄉下親友。自從阿滿結婚，阿潘嫂有意無意會聊到感情這個話題。

「那個經常坐公務車來店裡拿衣服的男人，長的人模人樣，雖然年紀大一點，五十歲有了吧？感覺還不錯。」

「哪會不錯？上班時間坐公務車來幫老婆拿訂製衣服，一來就跟我聊自己的偉大事蹟，我聽都聽煩了。」男人的老婆們經常來做新衣服，男人藉口來店裡次數多到數不清，有時帶幾顆水果說是老婆請大家吃，坐下來跟錦繡一聊就是整個下午，班都不用上喔。

「有老婆了喔！」阿潘嫂嘆一口氣。

「還四個老婆咧，一個公務員哪來的錢養四個老婆？也不知錢從哪裡來，阿母妳就別操心了。」

阿潘嫂不死心又想到一個：「那個常常送我們新鮮海魚、透抽甚麼的，做海產批發叫甚麼海的，陳四海。」阿潘嫂很高興在這常常忘記人家名字的年紀，還記得陳四海這個名字。「他老婆幾年前不是生病死掉了嗎？我看他很喜歡妳的樣子。」

轉行做海產批發的陳四海這幾年的確走得很勤，在中華路上經營一家頗具規模海產批發店，老婆因病去世好幾年，幾個長大的孩子是他的好幫手。

錦繡喜歡聽他聊今日進來的海產，比如紅甘、石荖、金線等等新鮮魚貨，來自澎湖居多。「為什麼不進我們青鯤鯓的漁獲？」錦繡真的喜歡跟他聊天。也不嫌棄他身上特有的氣味，阿滿說那是臭腥味，錦繡說是大海的味道。

「甚麼叫大海的味道？」「就是集合海裡所有魚類的味道啊。」錦繡覺得很好聞呢。

「那個陳四海，」錦繡雙眼望向窗外，難得憶起一件美好往事。「聽說年輕時曾經請媒人婆去我們家提親，那時我已經到高雄來了。」

「我就說嘛，他喜歡妳，不然不會三天兩頭送海鮮過來。我們請劉媒婆——」

「阿母！」錦繡聲量出奇大，不只阿潘嫂嚇一跳，自己也嚇到。「妳不要管我好不好？事情變成這樣，還不是妳造成的！妳到底還要怎樣？再把我塞給另外一個男人？」

「啊妳——妳怎麼可以說這種話！」阿潘嫂驚嚇中有點結巴。「妳今天——有好日子過還、還不是——我——」

「對，我今天變成這樣，都是妳害的。」

錦繡不知道自己到底吃錯甚麼藥，怒火就是不止息；因為阿滿跟深愛她的英同結婚的關係嗎？不，早在妹妹阿巧結婚她就很難過。不是忌妒，是難過。

阿巧一直到二十五歲才說她要和男同事結婚。這之前阿潘嫂不知拜託多少媒婆介紹多少對象，都被阿巧拒絕。為什麼有對象卻不說？害阿母白操心。阿巧說：「萬一感情生變怎麼辦？我要多觀察幾年。」男人不離不棄是阿巧的福氣。錦繡只感嘆：他們都可以跟自己喜歡的人結婚，為什麼只有自己必須嫁給一個陌生的年長的男人當小老婆？她經常回顧最初來到蘇家的日子，過得比阿滿還不如，阿滿可以決定今天買甚麼菜煮甚麼料理；可以在蘇家自由走動。她卻要在金采惡毒輕蔑不屑眼光和無情謾罵中討生活！

至於名為丈夫的男人，她甚至不知道自己在他心中佔有甚麼位置，兒子的母親？被始亂終棄的女人？錦繡永遠無法忘記她的第一次，在那間破舊的甘蔗園工寮發霉骯髒蚊帳裡面，背著已經熟睡發出鼾聲的丈夫懷著比疼痛還痛的心情茫然睜眼到天亮。

那是初夜留下唯一印象。

錦繡不曾怪罪任何人，何況是母親；但是就算一個孤獨無助的人也會有自己喜歡的生活方式。錦繡這輩子最想要的是擁有自己，而不是任何人為她設定的人生。至於愛情，已如被大海吞沒的船隻，不再是她人生的選項。

「我若是想找對象，那也是我的事情，好嗎？」

尋找一個不再後悔的人生有這麼難嗎？

阿潘嫂有點受傷，女兒說的夠明白了。討厭當初的決定——並沒有因為時日遷移而有任何改變。

如果不是這個決定而是另外一個決定——如果時間能倒流——屬於阿潘嫂的世界太狹隘，她真的不知道自己還能怎樣處理橫在眼前迫切的問題。

隔天，阿潘嫂藉故回鄉下去了。回去那個原本快要傾頹，被野草覆蓋的老房子，因為阿巧要出嫁，阿秀花一大筆錢請人整個打掉重新蓋一棟漂亮的別墅，二樓一整個觀景台可以眺望台灣最西端的天空。

阿母，妳可以在這裡尋找天上那顆最亮的星星。

那顆子午星啊！

不記得多久沒在天空尋找那顆最亮的星了。也不記得短命的丈夫到底長甚麼樣子。阿潘嫂站在觀景台看到的是周遭比他們家更矮更破的房子。漁村並沒有跟上台灣經濟起飛的腳步，有的只是午後回航漁船從船上卸貨，以及來自附近魚販批貨的人潮，在青鯤鯓唯一魚市場熱鬧一下下。

阿巧出嫁時多熱鬧啊！身上的白紗禮服是阿秀請店裡裁縫師傅量身訂製，進口蕾絲布料整匹都是精緻美麗的花朵；步出新房子，坐上閃亮亮轎車時多麼光彩。一九六〇年代誰出嫁如此風光？阿秀大手筆租了一輛轎車從青鯤鯓把阿巧送進屏東新郎的家。說轟動絕不為過。阿潘嫂一方面心疼阿秀花的錢，一方面又像吐了一口悶氣。為自己這麼多年流落他鄉不敢回家的委屈找回一點點面子。

回到自己的家，鄰居陸續來探看。

阿潘嫂忙著應付老鄰居，大家都想聽她說說外面的世界有甚麼新鮮事。沒甚麼啦。異於往常熱情。阿潘嫂就像牆角那叢許久未曾澆灌的蘆薈，病懨懨提不起精神。

如果還有甚麼值得歡喜的事，那就是看見阿哲的成長。

「老太太在的話，一定很欣慰，阿哲跟他父親簡直一個模子印出來的。」

阿滿常常看著成長中的阿哲發出讚嘆。初中就戴眼鏡的阿哲，選擇和他父親一樣戴黑框眼鏡，一樣白皙清秀，不說話時自然流露的神情和他的父親十分神似。

阿哲功課很好，錦繡從他上小學就跟著一起學習國文課本裡的字，阿哲是盡責的小老師，或許因為這樣，阿哲從小成績都是班上第一名，一路以優異成績升上初中高中，最後考上中部某間大學醫學系，是意料中事。

所以，當錦繡知道阿哲帶回家吃飯的女朋友林玉芬是林滄生的女兒，不堪的往事——如同碎片散落一地。錦繡忙著撿拾和拼湊，失常的爆發不禮貌行為不是故意的。

經過一整個不眠的夜，還是無法釋懷。

道謝與道歉

一九七五年四月越戰停火，美軍撤出越南，七賢三路情色酒吧等不到來台度假的阿兜仔，只剩停泊船員零星消費，生意開始蕭條，一家一家關上大門停止營業。

曾經夜夜笙歌現在卻人走茶涼，到處都是貼上「租售」紅紙條的店家；當金采布莊同樣拉下鐵門貼出紅紙條出售時，受到震撼的不只老顧客還有錦繡。

那可是蘇家祖先的起家厝，金采剛去世不久彥明就要把房子賣掉！

金采的一生在畫下休止符之前，怨氣充滿整棟房子。

她怨恨丈夫無情，居然建構一個比「金采布莊」更新更好的「錦繡布莊」給那個女人，以致「金采布莊」生意越做越差。

她怨恨彥明的叛逆，叫他往東他偏要往西，書唸不好就學裁縫嘛，將來布莊還不是他的？不肯！還把母親也就是金采的弟媳婦叫來抗議。我們彥明可是碾米廠小老闆，不是車衣工人。

娘家母親去世，弟妹就不似過去那麼支持金采了。

不斷更換煮飯阿嫂和裁縫師傅差點要了金采的命，相對上門訂製高級服裝的人變少了，阿兜仔雖然不清楚哪家師傅比較高明，那些吧女可是精得像鬼，金采把嘴巴笑得抽筋也沒用，還是一窩蜂往錦繡布莊跑。藏身巷子裡的錦繡布莊生意好到讓人生氣的消息不斷傳來，不斷的——金采每個清早到二樓神明廳上香供茶時總是一肚子氣，曾經差點把供茶的杯子往丈夫的牌位砸過去。

長大的彥明經常給她捅出大簍子。

那個叫羅美如的女孩，來應徵裁縫師傅時金采就不喜歡，站在冰冷又傲慢的李金采面前，羅美如一副無所謂的樣子，看了就討厭。但是聽說她上一個工作在錦繡布莊，她和彥明對看一眼就錄取了。

這是錯誤第一步。

錯誤第二步是，金采準備為彥明挑選合適對象時，發現年輕人已經陷入熱戀，時不時躲在工作室交纏著無法分開。

金采驚嚇程度破表，娶一個裁縫師傅當媳婦沒甚麼不好，問題是——羅美如是每個星期日要上教堂作禮拜，從不拿香拜拜的基督徒！那那那——蘇家列祖列宗將來怎麼辦？她李金采將來也會是上頭的徒子徒孫啊！

「我來拜就好，阿姑擔心甚麼？」

彥明拍胸膛保證，婚後不久卻跟美如一起上教堂成為虔誠的信徒。

爭鬥是金采天性。鬥過婆婆丈夫潘阿秀，再來一個羅美如又怎樣？大權在握，誰怕誰？姊妹們不斷獻計，要她把這個眼睛長在頭頂不知死活的媳婦鬥死鬥臭，就像當年她跟婆婆爭戰一樣。可是不一樣，美如從來不肯正面迎戰，金采的拳頭老是揮空，太用力反而傷了自己。

到底是怎樣？美如完全不甩金采，堅定的按照自己的方式過生活，到後來連彥明也不甩金采；更後來他們生下兩個女兒就跑去做結紮手術，完全忘記曾經答應要生一個兒子過繼給蘇家的承諾。

金采被孤立了。每日坐在神明廳面對蘇家列祖列宗，嘴裡喃喃咒罵著。透過窗子陽光由亮轉暗慢慢慢慢投射在披散的白髮，偶而張開缺牙的嘴發出非常模糊的聲音；原本枯瘦身子此刻更像縮皺橘皮，整個綣縮在寬大椅子裡。

重病時，金采躺在床上睜著空洞的眼睛甚麼都不想，內心深處那把火焰漸漸在熄滅，微小的火苗照不到心中黑暗的角落，昔日臥房天花板繪製的嬰兒圖案就在她最脆弱時會跑下來，圍著她團團轉，嬉鬧歡聲不斷。孩子，我的孩子。金采伸出雙手想要擁抱他們，突然，老太太頂著一顆腫脹的血肉模糊的頭顱蹦出來，雙手一攬，把那些孩子通通抱進懷裡，一個也不留。她在驚駭中清醒，在強烈悔恨中認為自己就是不夠狠毒才會落到今日地步。於是，她在去世之前。把蘇家列祖列宗牌位移靈到鹽埕埔興源寺。

「我的骨灰要和你鼓山的阿公阿嬤放在同一個靈骨塔。」金采話說得很沉重。「記住，是鼓山，不是鹽埕。」死了只想奔赴母親懷抱。這是金采最後遺願。

一九七五年真是多事之秋，四月五日總統去世，整個社會如喪考妣；四月三十日越戰結束，美國軍人不再來台度假，七賢三路情色一條街注定從此沒落蕭條；現在金采也死了，原本生意就不好的「金采布莊」，喪事過後不久就貼出「吉屋出售」大紅紙條。

才剛剛跟兒子賭氣不久，錦繡沒閒著，她知道這件事不能拖，去晚了萬一房子被買走——那可是蘇家在祖先留下來的土地上蓋的起家厝。總覺得背後有一股力量在催促。是你嗎？還是您？不管是丈夫還是老太太，身為阿哲媽媽，不能漠視這件事。

「你知道我的來意吧？」天氣非常熱，南台灣太陽毒辣出名，錦繡穿一身秋香色改良式旗袍，裙長在膝上好幾公分，露出修長白皙美腿。在這迷你裙逐漸取代長裙的時代，不只趁食查某，尋常女子也是裙子越穿越短，習慣過膝旗袍改成這麼短的衣服實在——但是英同說他們家布裝站在流行線上，一定要跟上時代，一口氣為她裁製好幾件迷你裙和短洋裝。

李彥明站在潘錦繡面前一直都有的壓力還是在。瘦小的他高高抬起下巴看著那張美麗的臉，幾歲了還是那麼好看。

「不會是為了房子來的吧？」

「就是。」錦繡答得很乾脆。

「妳明知道我阿姑不會把房子留給你們，吵也沒用。」

「不是留給我，是賣給蘇家人。你也知道這是蘇家的起家厝。」

「妳能代表蘇家嗎？」可惡的彥明，毫不客氣揮劍殺過來。

「你認為誰比阿哲更有資格代表蘇家？」錦繡不客氣回擊。至少，阿哲是蘇金田的兒子。

彥明臉色有點難看。沒錯，姑丈在的話，這房子理應是阿哲繼承。那又怎樣？阿姑好幾年前就把所有房子都過戶給他。

「如果妳是為了樓上神明廳那些蘇家列祖列宗牌位才想買下這棟房子，那就免了。」彥明依舊不改尖酸刻薄，這點倒是跟金采相似。「我阿姑早就把他們請去興源寺。」

「連阿哲他老爸也請走嗎？」錦繡有點吃驚，直覺彥明又在測試她的底線。不是蘇家明媒正娶，難道連這種身後大事置喙餘地都無？「知道了，我會轉告阿哲。」她放下身段好聲好氣的說：「你跟阿哲就像兄弟一樣，這房子你不要了，讓阿哲買下來不是更好？當然決定權在你手上，你考慮看看。」

轉身要離開，一直默不作聲坐在一旁的羅美如突然出聲喚住她。

「老闆娘，」美如沒忘記自己曾經是錦繡的員工，帶著客氣的口氣說：「我這裡有一樣東西要給妳。」

接過美如手中鐵製生鏽的餅乾盒子，打開來，映入眼簾的是一副黑框眼鏡，幾張阿哲不同年齡留下的照片，白底青色條紋衣服頭戴三角帽的小丑布玩偶，是蘇金田親自為兒子縫製的玩具；還有一張充滿污漬發黃摺疊起來的信紙，就在這些雜物最上層。

「我們整理阿姑房間，從壁櫥裡面找到這個，」美如望了彥明一眼，繼續說：「上面那封信是姑丈寫給妳的，我們正想找機會送過去，既然妳來了就交給妳了。」

丈夫去世多少年了？至少二十年，這些東西居然藏在金采的壁櫥！她到底想怎樣，討厭的人不是應該早早拋到腦後去嗎？錦繡哪會知道，金采每隔一段時間就取出鐵盒子裡的信看一遍。只有這樣，心中那團火焰才不會隨時間流逝而熄滅。怨恨，是燃燒火焰的柴薪。

回錦繡布莊的路上，阿滿一臉焦急地把她攔下來。

「那個人來了。」

「誰？」

「玉芬她老爸。」

像一記重拳，潘錦繡被打得有點暈眩。事情來得太快太亂，房子的事還未解決；丈夫留下來的信還未閱讀；阿哲不知躲到哪裡已經好幾天不見人影。現在還要面對一個已經消失在記憶裡的人？誰？誰派他來的？阿滿適時扶住她。「要不要——叫他離開？」

「我想想，」錦繡豈是那麼容易被打敗？「妳帶他到後院涼亭，就說我還沒回來。」

日正當中，天氣好熱，越戰結束才幾個月附近酒吧關掉一大半，沒歇業的也都還未開門營業。有些店家拆掉招牌就那樣閒置著，門窗被街友破壞，門口堆滿垃圾。尤其是巷子裡這條街，更顯冷清頹廢。

回到錦繡布莊，匆匆上樓，放下鐵盒子，洗了一把臉，坐在梳妝台前面瞪著鏡中那張蒼白的臉，顴骨兩旁聚集許多淡褐色細小斑點，縱使面無表情，眼角那兩把魚尾紋還是很囂張。錦繡已經不是過去那個阿秀。

錦繡換個位置坐在臥室窗邊，從這裡可以看見一樓後院涼亭。這棟日式建築翻修的房子，總面積至少一百坪。前面是店鋪，後院保留十幾坪地種植花草樹木，以及一個休憩用涼亭。林滄生就在涼亭焦慮的或坐或站，或者背負雙手來回走動。那個曾經是青春印記裡的男人，在平行線上已經走遠的人，錦繡毫無跟他見面的想望。

打開生鏽鐵盒子，從裡面取出那張被隱匿超過二十年的信紙，攤開薄如蟬翼的信紙，感覺它會在手中一瞬間化為灰塵。

阿秀，謝謝妳。

伴隨著模糊字跡的是好幾灘已經變成黑褐色的血漬。

在那孤獨咳血，除了聽見來自胸臆劇烈咳嗽之外早已脫離人世間的混亂、憂慮、恐懼甚至是對於母親一生懸念的諸多不滿，都在這無邊際空間因為思考而改變，變得不是那麼重要。在這樣的時刻，蘇金田內心竟然還記掛著來自漁村的阿秀，一個偶然遇見美麗又無辜的女子。

丈夫的感謝，深深感動被改名為潘錦繡的阿秀，人世間還是有人記掛著的感覺真好。這是愛嗎?不是愛又是甚麼?「阿秀，謝謝妳。」最終蘇金田還給她一個真正的自己。

不知經過多久，林滄生終於站起來離開，走時一步一回頭。阿秀依然紋風不動的坐在窗邊，望著那個陌生又熟悉的男人走出視線。

晚上，林滄生又來電;讓他空等一個上午，空跑一趟高雄;阿秀已經調整好心情，不再那麼生氣。

「你們家好漂亮，」林滄生不提他的等待。「七里香白色的花開得滿滿滿，坐在那裡聞著濃郁花香暑氣全消，只可惜沒遇見妳。」

「我剛好有事出去。」

「我知道。」林滄生話中隱藏一股喜悅。「妳有沒有發現，七里香樹叢間長滿珠仔草，珠仔草，那是一種過去常被拿來治病的藥草，現在很少見，不，幾乎找不到了，尤其在城市。」

「喔，你還記得珠仔草。」那可是阿秀認真呵護才會在後院與七里香共生共長的青草。

「我當然記得——」

「找我有事？」阿秀不讓他繼續敘舊。

「沒事，沒事。這些年常會想到妳，總覺得欠妳一個道歉。」

錦繡拿著話筒的手有些顫抖，靜靜聽他解釋當年回到家立刻去軍營報到的事。「我有寫信給妳，因為不知道妳家詳細地址，只好託中藥店嬸嬸給妳送信，她去了嗎？沒有是不是？一定是沒有。」不然怎會跑去嫁給別人？「當兵三個月後才放假，我跑去找妳，卻聽說妳嫁到高雄去了。」

他道歉了，道歉就好。阿母說的沒錯：「錯的是他們，不是妳。」自從她學會看書寫字，發現漁村中藥店先生娘，也就是林滄生的嬸嬸交給阿母一封殘忍的訣別信，信的背面是一帖中藥方。先生娘隨意拿一張店裡用過的處方簽寫了一封訣別信，就將一個無辜女孩推落萬丈深淵。

她早就不想計較，聽到林滄生親口道歉，心中那股怨氣就像海水退潮，退到大海的盡頭。事情對她來說已經不重要。傷害林玉芬也不是她的本意。突然爆發的怒氣嚇壞年輕女子，想想也是很慚愧。丈夫常說：不要用大人的力量欺負小孩。

這是蘇金田最在意的課題。

「暑假玉芬可以來我們家玩。」不中斷話題，大家都會溺死在往事，浮不出水面。

「真的？她媽媽聽了一定很高興。」林滄生忍不住說出內心話。這件事，女兒的媽比誰都著急啊！

才擱下電話不到十分鐘，阿哲就打電話回家，說暑假到了要請玉芬來我們家玩。

「可以嗎？媽媽。」

「當然可以。」

原來躲在女朋友家裡！錦繡還在生兒子的氣；這幾天兒子一通電話都無，現在卻馬上來電，分明就在玉芬家。但是又怎樣？能怎樣？她漸漸不知道自己在氣甚麼，恨甚麼了。

再過一個星期，李彥明委託房屋仲介上門討論金采布莊房價，開出來的價錢高出市價許多。阿秀立即付出訂金。

「這孩子不老實，吃人啊！」阿滿很生氣，總覺得那應該是阿哲的房子才對。「不要以為我們甚麼都不知道，老太太留下好幾棟房子，有的在火車站附近是黃金店面。」阿滿說，過去她跟老太太一起去收租，看過那些房子。

阿秀淡淡的說：「那也是金采的房子。」

孤獨的旅程

「阿秀海產店」嶄新明亮招牌取代已經掛了幾十年斑剝又陳舊的「金采布莊」，高掛在店面時，路過行人無不側目。

美國軍艦雖然不再出現，許多東南亞國家商船照常進出，特種行業依然是七賢三路商圈主流，在這充滿異國情調的街道突然出現一家鄉土料理小吃，與附近江浙菜館和港式茶樓實在格格不入。

阿滿私底下嘀咕。「切仔麵大腸頭不是都擺在人家屋簷下小攤子賣的嗎？那麼熱鬧地段賣小吃，會有人進來？」

沒錯，鹽埕埔許多著名小吃，像米糕貢丸湯黑白切等等，都擺在人家屋簷下，阿秀海產店卻在七賢三路熱鬧登場。

開幕當天，店門口來了不少賓客，都是阿秀這些年在錦繡布莊結交的好朋友，這些貴婦帶著好奇也帶著看笑話的心情來捧場。走進新裝潢的店鋪就像進入時光隧道，從繁華都市進入純樸的草地所在。時下餐館極力以華麗演繹餐廳特色同時，阿秀海產店卻以原木打造簡單桌椅待客；時下餐館在牆上掛著世界名畫複製品同時，阿秀海產店卻將牛車輪、簑衣、船槳、牡蠣殼還有一張張放大土魠魚、旗魚、烏賊、螃蟹、蝦子等等照片張貼在牆壁。

貴婦們一邊吃著簡單食物一邊偷偷點頭，新鮮就是好吃。

所有食材都來自大海，供應商就是陳四海。

自小在青鯤鯓成長，二戰末期親身經歷父兄被美軍飛機砲彈砸中船毀人亡的悲劇，母親不要他和父兄一樣在海上行船走踏；帶著他移居高雄時，陳四海已經十六歲。

十六歲的少年心中暗藏潘阿秀美麗的身影離開青鯤鯓，那雙大海一樣時而湛藍時而暗鬱的眼眸，一頭飄散長髮沿著海灣在風中飄揚的美麗的倩影啊！在少年心頭徘徊，沾一點海水鹹鹹滋味，永遠忘不了的滋味。來到高雄依然跟大海脫離不了關係的陳四海，從市場魚攤賣魚維生到如今是海產店中盤商。生意關係，認識不少專門辦桌的師傅，誰的廚藝最好口碑最棒都在陳四海的口袋。於是，潘阿秀負責店面裝潢和人手調配，陳四海負責聘請最會煮辦桌菜的師傅和食材供應。

兩個來自漁村的好朋友就這樣大膽在情色一條街開起鄉土味，俗閣好食的海產店。

為了照顧海產店，潘阿秀把錦繡布莊以象徵性價錢盤給英同和阿滿，不收取租金，但也不再支付他們薪水；她知道他們兩個人為了信守對蘇金田的承諾，把自己青春全奉獻給這個家。商圈雖然不再繁榮，英同的手藝還是擁有不少死忠顧客，繼續撐個幾年沒問題。

海產店生意不錯，最主要還是便宜，吸引不少中下階層食客，許多工人喜歡在晚上三五好友一起來喝酒吃菜，划拳吆喝聲不斷，阿秀負責櫃台收錢，遇到借酒裝瘋的客人也不怕，陳四海長得魁梧兇悍，就算是流氓看了也不敢隨便鬧事。

生意好的時候，打烊回到錦繡布莊住處都快午夜了。阿滿心疼她這麼辛苦，整天打扮漂漂亮亮待在布店當頭家娘不好嗎？為何要去碰那些油煙？那是像阿滿這樣的人才會做的苦差事啊！

妳不懂。阿秀沒辦法解釋，就像不再使用錦繡這個名字是一樣道理。錦繡穿的是綾羅綢緞，阿秀穿的是粗衣布服；錦繡每天帶著像牆壁粉刷過厚厚脂粉的臉，跟那些有公主病的上班小姐和少奶奶周旋，一昧的迎合卑微地活著。以為這樣就可以擺脫偏見跟大家平起平坐嗎？錯！阿秀知道她們都在背後說三道四，從沒少過一句。

落腳在這塊向大海借來的土地，阿秀每天將長髮紮成馬尾，穿一身寬鬆，因為幫忙收取碗盤而沾上油漬怎也洗不乾淨的棉質衣服，穿梭在幾乎滿座的餐館大聲喊著：二桌的菜怎麼還沒上？叫廚房快點啦！五桌客人要加點，誰來幫忙啊？人手忙不過來她就離開櫃台去幫忙了。誰管誰是老闆娘還是員工？都一樣。

找到一個完全由自己支配的人生，做自己想做的事真的很不容易。

一台二十吋黑白電視吊掛在牆壁，店裡的客人喜歡看新聞節目，尤其是社會事件，某些黨外人士因為不服從政府政策所衍生的行為和言論，被新聞大肆報導為暴力事件。來吃飯的客人絕大部分都是碼頭工人都在罵那些驅趕群眾的執法者。「去死啦！×××」三字經五字經都出籠。陳四海一旁還贊聲。

「啊你怎麼跟人家起哄！」阿秀扯了他一把。「吵吵鬧鬧的，不怕社會動亂？」阿秀皺著眉頭。好不容易台灣才脫離貧窮，只要肯工作就有飯吃。這樣的政府有甚麼不好？「吃飽太閒！」

陳四海卻笑著說：「放心，他們只是在爭民主。」

民主。

這兩個字常常掛在阿哲嘴巴。

高中時期，阿哲曾經因為代表班級參加壁報比賽，畫了一朵向日葵被教官叫去罰站訓話「差點被當作罪犯打入地牢。」當年的阿哲就已經展現對體制內不合理規範的抗拒。

學校哪來地牢？錦繡認為他講話太誇張，但是畫向日葵有甚麼錯？錦繡到處問，幾乎無人懂，問到劉巡佐臉色一沉說：「那是對岸用語啦，向日葵代表太陽。」太陽天天從東方升起，被譽為東方太陽的對岸領導人。相對封閉島內小老百姓，誰知道啊！為什麼不能畫？錦繡還是不懂。

高中畢業那一年，最後一次校慶運動會，阿哲為了幫自己班級加油打氣，特地請英同叔叔裁剪製作十面紅色旗子讓同學們在觀眾席搖旗吶喊。紅色代表勝利，代表勇氣，代表希望。哪裡又錯了？十面紅旗當場被沒收，導師鐵青著臉說：

「蘇哲，你不能因為成績好就亂來，這是要判刑，被關的。」

原來紅旗是共匪的國旗。

阿哲很鬱卒，書本上沒教的他都不懂，從小就琅琅上口「反共抗俄」，怎麼可能公然拿著共匪的國旗在運動場上揮舞？是因為父親早逝無人提點的關係嗎？

考上醫學系到中部就讀，接觸的老師同學更多元，逛書店買來的書都跟政治有關。有時候，蘇哲覺得自己應該去唸政治系。

五年級開始到醫院見習，從這科到那科，日子過得既辛苦又緊張。休假卻都用在黨外活動的參與。他和唸藥學系的玉芬就是在那些活動擔任義工時認識。

一九五〇年代台灣就有零星的黨外活動，他們的訴求不外反對一黨獨大戒嚴，體制下所制定的黨禁報禁限縮言論自由等反民主作為，藉由一次又一次選舉，在選舉當中印製傳單海報勇敢的表達追求民主自由的決心，獲得廣大迴響，投入為民主努力與發聲群眾越來越多。自然也有反對的聲浪；黨外活動所造成群眾集結、警民扭打等畫面在電視媒體擴大喧染與報紙口硃筆伐之下，人們普遍感到不安與反感。

一九七一年中華民國被逐出聯合國，為了鞏固民心，一九七二年蔣經國擔任行政院長，提出「革新保台」主張，開始重用台灣人；一九七五年最大震撼不是越戰結束阿兜仔不來台灣消費，也不是蔣介石去世。雖然電視畫面整天都是掩面哭泣的台灣民眾，電視機前面更多台灣人淚流滿面；就連阿秀也紅了眼眶，阿滿更是哭一整天。

一九七五年最重要的事是——阿哲畢業了。

畢業了。幾年之間看著阿哲經過學校與醫院完熟訓練，穿著白色短袍掛著聽筒在醫院診間走動的身影——心中那股喜悅取代了怨氣。

但是，對於小倆口老是在假日參與群眾運動非常頭痛。

彼時南部推展民主運動以台南學甲吳三連和高雄橋頭余登發最具代表性；吳三連（台北市第一位黨外市長）因為創辦《自立晚報》關係，影響力遍及全台灣；被稱為黨外第一位縣長（一九六〇年當選高雄縣縣長）的余登發，從戰前到戰後一直固守在南台灣建立一個堅強的民主運動灘頭，他和他的戰友所累積的能量反映在選票上面讓執政黨不敢輕忽，同時帶動一群理念相同的人。阿哲跟玉芬魅惑於這股力量，幾乎只要有活動他們都不缺席。

「我們只是去聽演講。」阿哲總是這麼說。

孩子大了，書唸得比誰都好；阿秀謹守丈夫生前叮嚀。不要勉強孩子做他不喜歡的事。那麼不該做的事呢？

曾經深夜等不到孩子回家，阿秀急得像熱鍋裡的螞蟻，偏偏電視整晚都在報導高雄縣警民衝突事件。陳四海和英同為了讓阿秀放心，各自騎機車到外面尋人。一直到凌晨不知幾點，才傳來阿哲和玉芬從店門口旁邊那道小門一起上樓的腳步聲，兩人身上多處擦傷，披頭散髮十分狼狽。「你們——受傷了？」阿秀瞪著雙眼。

「我們只是去聽演講，誰知道——現場有人鬧事，警察衝過來棍棒驅趕，我們跌跌撞撞也不知道被甚麼東西K中腦袋。」阿哲摸摸頭，流血了。

幸好玉芬讀藥學系，立刻幫阿哲包紮。但其實玉芬也好不到哪裡，因為跌倒，膝蓋手肘到處都是傷，傷口還在滲血。

這樣的等待和焦慮一再重複，阿秀不知道自己還能承受多少驚怕。

「你就要去當兵了，答應我，不要再聽演講了好不好？」

「媽，妳別怕，不會有事，民主都是這樣來的。」

「不要跟我談甚麼民主，囝仔人有耳無喙，不要讓我像狗吠火車頭，無採工。」阿秀有點氣惱，在她小小世界，她要的不多，兒子的平安是唯一不可侵犯的界線。

時序入秋，阿哲當兵去了。

送阿哲去當兵的那個早上，不只玉芬，連她爸媽都來送行。

這是阿秀和林滄生自青鯤鯓一別三十年後第一次正式見面。

這之前他們在電話中談過幾次，林滄生很想跟她見面，阿秀故作矜持與傲慢，不作正面回應，感覺她和他的距離非常遙遠，遠到海角天邊去了。沒錯，就是要林滄生明白，她已經不是從前那個漁村女孩，他也不是從前那個白衣少年。站在同一個天秤上面，林滄生的優勢完全不見。

所以，阿秀眼裡林滄生只是一個初老微胖的男人，長期待在中藥鋪被諸多藥草薰得有些十全四物蒸煮的味道，再見面已無從前那個感覺，甚至沒有記憶中那麼高大，站在陳四海旁邊還有點矮呢。

人生沒有過不去的事，只是心態而已。阿秀直到現在才明白蘇金田說這句話的意思。

玉芬媽媽比較直率。「聽說你們年輕時就認識。」

玉芬媽媽是典型家庭主婦，多肉身材，穿一件百貨公司買來綴滿蕾絲花朵灰色洋裝，挽著丈夫的手緊抓著黑色皮包，腳底是一雙黑色平底鞋。阿秀很仔細地從腳底往上看，看到那張充滿笑容的臉，圓圓的帶著幸福的笑容，不知為什麼，內心竟有一絲失落感。

火車慢慢駛離月台，一向待玉芬如未來媳婦慈愛親切的阿秀，此刻連一聲招呼都無，帶著英同、阿滿、四海一夥轉身離開火車站；林滄生趕緊找台階下，朝阿秀後腦勺大聲喊：「下次再到府上拜訪。」一手牽著妻子一手拉著女兒也轉身朝不同方向去搭前往台南的火車。

「啊不是要——」玉芬嘀咕著看著阿哲媽媽越走越遠。不是說好去蘇家拜訪順便談她和阿哲的婚事嗎？父親卻一把將她拉走了。

掉落歲月的河再泅泳上岸的愛情就再也不是愛情了。

一九七五年年底，陳英同終於把錦繡布莊庫存布料以特價方式全部出清。他告訴妻子阿滿說：「我們離開吧。」

「甚麼？」阿滿十分吃驚。

「這裡已經不需要我們了，難道妳看不出來？」英同笑著拍拍阿滿的手。「工作一輩子，可以退休了；尤其是妳，從十歲做到現在，還不累？」

「我沒做甚麼事啊！」阿滿有些錯愕。退休？離開？這是她從未想過的問題。阿滿一直把這裡當作家，從未想過要離開。英同也才五十出頭，菱角分明的臉煥發一股熟齡男人的魅力。沉穩內斂的他知道遲早要離開這個家，這個由師傅親自把鑰匙交到他手上的家。

「我們搬去阿河在澄清湖畔蓋的那棟房子。」

多年前，阿河決定和幾個認識的土水師傅合夥蓋房子，販厝。跑來尋求叔叔支助，英同二話不說把身上所有積蓄全給了他。完全不擔心萬一生意失敗怎麼辦？血本無歸啊！

「我們沒有孩子，阿河就是我們的孩子。」英同知道阿滿不會反對。

天公疼憨人。隨台灣經濟起飛，建築業一枝獨秀，阿河和朋友小本經營蓋了幾處透天厝竟也賺了不少錢，不只還清向英同叔叔借來的錢，還特地留下澄清湖畔一棟二層樓透天厝，用員工價賣給叔叔，便宜市價很多，阿河說是分紅。

英同離開的理由是，老了，眼睛老花，不適合再做縫紉。

這也是事實。

阿潘嫂偶而會來探望阿秀，每次來都帶一桶剛剛鋟好的蚵仔，碩大肥美的蚵仔有的來自蘆竹溝，來自東石，也有遠從澎湖搭船過來。全都見證阿潘嫂流浪足跡。

鋟蚵已經變成一種專業，會的人越來越少，阿潘嫂這一輩有點老的婦女最搶手，只要願意，永遠有做不完的工。

停不下來的身影，在兩個女兒家打轉，給阿秀帶一桶最新鮮的蚵仔；給阿巧塞一些私房錢，讓家庭主婦也可以有一點餘裕。

不能多住幾天嗎？每次看阿母蹣跚離去的背影，總有一種孤獨的感覺。

陳四海依舊是「阿秀海產店」好夥伴，雖然有時會因為他想結婚阿秀不肯嫁，屢次求婚被拒負氣不來幫忙。「我批發店裡的會計小姐說要嫁給我啦，今後不來妳這了。」氣個幾天保證又會聽到他中氣十足的吆喝聲，在阿秀海產店指揮若定。陳四海留在店裡的時間越來越長，生意做到凌晨才打烊，兩個人乾脆住在二樓不回家。員工都稱呼他倆是老闆和老闆娘。

每個人都是自己的主人。

阿秀已經學會如何看待自己。想要過甚麼樣的生活並不重要，重要的是，如果人生注定是孤獨的旅行，行走在這條向大海借來的道路，無論海上是湛藍無波寂靜的航道，還是迷離黑霧驚滔駭浪，內心深處那盞幽微燈光會如子午星，會像阿爸慈愛的手穿越薄霧牽引她靠岸。

後記／曾經在這塊土地生活的那些人，那些事

周梅春

最近返鄉都會繞道去看那座曾經孤獨躺在台灣海峽懷抱的青鯤鯓，海浪日夜像一雙母親的手輕輕搖晃推動的搖籃，那些風裡浪裡長大的村民，都知道自己與生俱來與大海拚搏的宿命。

度過不知幾世紀搖船擺渡的生活，民國二十三年，跑商船的村民陸續從澎湖載運三角石回來，全村動員一塊一塊將石頭投入內海，歷經兩年時間，建構完成一條聯外道路，它就像母親不肯鬆放的臍帶緊緊拴住青鯤鯓與台灣這塊土地；有了這條向大海借來的路，從此不用搖船擺渡就可以前往任何想望的地方。

這座小小漁村，在我們返鄉的路上，像鮭魚，總要一次次洄游，試探著回家的路。海風很大，撐不住傘也戴不了帽子，裸露在烈日下的臉燒燒燙燙，站在堤岸面向台灣海峽，大海一如往昔湛藍清澈；海浪一波波拍擊岸邊石塊，那是夢裡

千古流傳的聲音。

許多聲音訴說著許多故事，聽起來很單純，宛如山川綠林，花開花落，但在時間淘洗下漸次清楚明白，去除加諸在事件本身的註解，露出它原來的面貌，發現，一切並未隨時間改變，它還在那裡，在幽微燈光裡。

所以，當青鯤鯓漁村少女潘阿秀單純的愛戀卻被喧染成諸多不名譽的指控，十七歲就從青鯤鯓那條向大海借來的道路走向另一塊向大海借來的土地——高雄鹽埕埔，俗稱情色一條街的七賢三路。從此展開不一樣的人生。

自古至今，社會透過一種名為規範，卻是不斷變動的規範框住許多人。從前不被允許之事，今日卻稀鬆平常（比如未婚生子或同婚等等），到了他日肯定又會有所改變？

一九七五年代，看盡鹽埕埔情色一條街從興盛逐步走向沒落，被改名為潘錦繡的潘阿秀，為何擺脫穿金戴銀，換回粗衣布服，其間心路歷程，也只有一步一步走過來看盡南台灣農漁村女性卑微宿命的人自己心裡明白。

而我只是想寫個故事，和大家一起看看曾經在這塊土地生活的那些人，那些事，陷入泥淖被困住時可以再想想，人生不會只有一條路，就看你如何選擇。

於是我開始構思和書寫；一個字一個字慢慢書寫，如同潛入大海深處無人知曉的魚，久久才浮出水面深吸一口氣。

書的完成，疫情仍在地球肆虐，祈願生活早日步上常軌，大家都平安。

二〇二一年寫於立秋

評論

越來越芬芳、堅強、有力的女性鄉土小說——女性勝利英雄誕生的前奏曲

宋澤萊

先談國藝會補助的這件事

近年來，由國藝會主辦的長篇小說補助徵文競賽越辦越旺，前來徵文的小說高手如雲，素質甚高，而且許多作品都以台灣歷史為緯，充滿歷史想像，使得小說比賽變成彷彿是一種描寫過往時代風貌的競技，有許多小說顯得格外精彩。

由於一篇長篇小說的完成往往廢日曠時，沒有寫一兩年是很難寫完的，所以參加徵文時，大半的參賽小說都尚未寫完。不過按規定，想要參加徵文的作者必須先繳來部分已經寫好的小說內容，或者是先繳交全部的一半，或者三分之一，或者更少，可以讓評審們在審查作品時有所依據，能事先預估該篇小說完成時的

可能優劣，以便能迅速決定作者是否應該獲得補助款。

二〇一八年，筆者有幸擔任初審工作，在審查時，突然被一篇名為〈大海借路〉的片段小說所吸引，作者是周梅春。該篇小說內容牽涉了一個來自台南青鯤鯓貧窮小島的女性叫做「阿秀」隻身到高雄七賢三路奮鬥的往事，故事發生的時間大抵落在一九三七年～一九七五年之間。作者雖然只繳交了一部分內容書寫，但是筆者一眼就看出這是一篇類似八〇年代的女性鄉土小說。因為作者的文筆極為合乎鄉土小說的標準，其文字相當寫實、精準、節儉；情節合理有序；結構嚴密整齊，還帶有一種醇厚的鄉土風味，看起來小說功力十足。筆者有點驚訝，心裡頭不禁說：「想不到八〇年代的鄉土小說在沉寂了三十幾年之後，在接近二〇二〇年的今天又再度出現了。」

在初審會議的席上，筆者就說：「這是難得一見的純鄉土小說，應該讓作者有一個機會，把全部的小說都寫完。」席間有幾位評審們也附議了筆者的提案，於是這篇小說在投票表決時就通過了初審。

之後，筆者依然擔任這篇小說的複審工作，作者必須陸續把她所寫的全文都繳來，以備審查。作者的書寫速度似乎很快，她在很短期間就把這本小說通通寫完並且由國藝會轉給筆者。當筆者閱讀完整篇小說後，才感覺到當初的判斷有些錯誤！原來這本小說並不全然類似一九八〇年代的女性鄉土小說，它已經超出了原來女性鄉土小說的窠臼，往一個全新的鄉土女性世界揚長而去了。對於一個非常大男人主義的筆者而言，讀這本女性鄉土小說時，特別感到心驚膽跳。這篇小說已慢慢離開父權壓制的小女性世界，走到了類似母系社會的大女性世界的邊緣來了；它遠非八〇年代女性的悲劇文類書寫，而是來到了浪漫派的文學風格的起跑線了。估計不需要再經過幾年，女性將吹奏起眾多浪漫的勝利女性英雄曲，而我們的兩性社會將會一改舊觀，來到了女性非常堅強有力足可以南面而王的時代。

於是，筆者迅速地讓這本小說通過了全額補助。

小說大略

如果要更仔細來分析這本書所蘊藏的重大意涵，那麼我們就必須對這篇小說的內容先有一個大略的認識。

這篇小說的重要人物不下有七、八位之多，由於作者似乎有意藉著這些人物，把當時的台南青鯤鯓與高雄七賢三路的底層社會狀況與地景都寫出來，所以這些人物都寫得頗具體，甚至不惜筆墨仔細寫到了這幾個人詳細的家庭出身背景，看起來都十分飽滿。但是，所有的人物仍然以主角阿秀最重要，阿秀的故事大綱是這樣的：

潘阿秀大約在日治一九三七年出生於台南北門郡將軍鄉外海青鯤鯓沙洲上，沒有能到公學校唸書，戰後當然也失去唸書的機會。小島上住的都是捕魚人家，生活貧苦。早期小島並沒有路可以通到台南郡的陸地，若要去陸上，就必須擺渡。日治昭和九年（一九三四），開始有人利用退潮時，填石造路，在一九三六年完工，方才有了一條通達到台南陸地的石頭路。這就是小說名稱的由來。

母親潘嫂是一個寡婦，三十歲時，丈夫便在海上失事喪命。她一個人必須單獨撫養阿秀與妹妹阿巧兩個女兒。除了錴蚵賺些錢外，潘嫂不得不到台東、屏東等地的農場辛苦地劈砍甘蔗，有時一去就是一個月，好賺錢養家。稍長，當潘嫂去農場做工時，阿秀就必須在青鯤鯓照顧妹妹阿秀，有時這兩個姊妹也替人錴蚵，不過偶而不小心會刺傷手指，流出鮮血。

戰後，經過了數年，阿秀已經十七歲，青鯤鯓來了一個陌生英俊的台南陸地年輕男生，叫做林滄生，長得頗英俊。當時，潘嫂又去遠方做工，不在青鯤鯓，阿秀與這個男生開始談戀愛，至少是摟抱接吻過，終於引來風俗保守的左右鄰居的閒言閒語，甚至有人散播謠言說阿秀懷孕了。後來林滄生的兵期到了，必須入伍服役，雖然這位男生曾答應過一定會回來娶阿秀，但是終歸一去不還。

閒言使得回到青鯤身的潘嫂很難做人，依當時的風俗標準看來，阿秀的確已經是名譽受損的女人。於是，潘嫂託了媒人劉太太，把阿秀嫁給高雄七賢三路「金采布莊」的老闆蘇金田當姨太太。

這位蘇金田的男人差不多五十歲上下，在日治時代受過高等教育，在學生時代接受過「文化協會」運動的啟蒙，是個開明人士。本來他想要到日本留學深造，父親並不反對，可惜他是孤子，在強而有力的母親操縱下，只能放棄雄心，留在家裡繼承祖業，學習當個稱職的裁縫師，沉默地經營布莊生意。但是從此他與母親有了心理上巨大恩怨。他生性也不太管事，在父親死後，裁縫之餘，偶而到附近的新樂街去與酒女喝喝酒，平常的閒暇就是躲在二樓的大書房，閱讀不少的書籍。

蘇金田的妻子叫做李金采，來自一個相當有錢的人家，娘家人丁興旺。這位妻子長得乾乾癟癟，卻相當強勢，很能經營店面生意與家庭經濟，布莊就以她的名字為名。她善於家庭鬥爭，對於強硬的婆婆絲毫不讓步，蘇金田似乎有一點怕她，甚至故意護著她來對抗母親，她幾乎操縱了蘇家的產業，最起碼後來蘇金田死後，李金采幾乎是擁有了整個蘇家的祖傳產權。不過，李金采有一個最大的弱點，就是不孕。

在阿秀來到蘇家之前，李金采的無法懷孕常常引起婆媳之間的緊張。由於蘇家都是單傳，蘇老太太害怕蘇家絕後，在她將九十歲的時候，託了媒人劉太太，要找另一個媳婦進門。婆媳之間的鬥爭更加厲害，最後蘇老太太沒有如願，因為她突然從二樓摔下來死了，到底是否李金采謀殺了她，家人各有看法。蘇金田開始對母親的死感到萬分悔恨，覺得自己不孝，於是為了完成母親的遺願，終於叫來媒人，讓阿秀進入蘇家。

十七歲的阿秀來到蘇家當姨太時，蘇老太太早已經死了。因此，她沒有了靠山，只在瞬間她變成李金采第二個要鬥爭的對象。阿秀成長在海邊，身材高大有力，而且相當美麗，當她穿起裁縫師為她打造的衣服時，頓時變成絕色的模特兒，足以讓人神迷。當時正值越戰期間，高雄的七賢三路是美軍度假的熱點，酒家林立在街道兩旁，街面上走動著許多吧女，當吧女來到金采布莊，看到阿秀的穿著，就紛紛訂做同樣款式的衣服。雖然如此，阿秀仍然很難面對李金采分分秒秒對她的監視和怒罵。她要做下女的工作，包括洗衣、拖地、煮飯。幸好蘇家有一個女傭很護衛著她。這位女傭叫做阿滿，很小的時候就在蘇家當女傭，來自高雄的苓仔寮，家裡有一位愛喝酒的無用老父、一位很愛錢的繼母，還有幾個弟妹，使得她必須幫忙賺錢養家。不過，她生性樂觀，雖然沒有很漂亮的臉蛋，卻長得胖胖白白的，很有力氣，很懂人情義理，能打理好蘇家的一切家庭內外，並有權決定蘇家每餐的食物。阿滿並不完全認同李金采的行為，倒是比較能同情老闆蘇金田。所以在阿秀來到蘇家後，她想辦法處處保護阿秀，讓阿秀能盡量逃離李金采的虧待。同時有一個比阿滿小五歲的裁縫叫做陳英同，他來自旗山的窮人家，很小的時候來到蘇家學習裁縫，本性溫和沉默，算是蘇金田的裁縫徒弟，也很聽蘇金田的話。他小阿滿五歲，自小受到阿滿的照顧，很依賴阿滿，甚至決定要娶阿滿為妻，只是阿滿有家要養，始終不願意接受陳英同的追求罷了。

蘇金田在阿秀入門後，仍然很尊重李金采，也許更多的是害怕李金采，所以並沒有與阿秀同床過。阿秀住在老太太住過的花園後院，像是一個小媳婦，與住在金采布莊豪華二樓的蘇金田夫妻算是隔離的。時間一天一天地過去，阿秀仍然做著下女的工作，仍然天天承受冷言冷語。直到有一天，阿秀的母親潘嫂到屏東的九如農場劈砍甘蔗，蘇金田利用這個機會，帶著阿秀去偏遠的農場找潘嫂，每次蘇金田就跟阿秀住在農場的工寮裡幾天，甚至有時一去就是十天不回布莊。這種事看在李金采的眼裡，就更加怨恨阿秀，把她當成眼中的一根刺，恨不得除之而後快。不過，阿秀卻因此而懷孕了。

懷孕後的阿秀就完全住在布莊後院了，努力避開李金采的譏諷眼光與語言。在阿秀臨盆之前，李金采還設計使阿秀在後院門前跌倒，險些流產，不過在助產士努力地幫忙下，終於把小孩生了下來。小孩竟然是一個男生，取名叫做蘇哲。

小孩的出生使得阿滿與陳英同更加細心照顧阿秀與小孩，當然同時也引來李金采更加的惱怒，她回娘家，把她兄弟的一個十歲叫做彥明的小孩帶進金采布莊，並收養了這個小孩為兒子，用來對抗阿秀所生的兒子蘇哲。彥明的來到帶來了蘇哲的麻煩，彥明常欺侮他，有時竟然無端下手擰他。如此一來，蘇金田只好叫阿秀單獨騎著腳踏車，帶著蘇哲到高雄的各地遊玩，稍稍離開這個充滿鬥爭的家庭。

阿秀從此開始把高雄各個主要街道的方位都記熟，並與前來高雄打拚的青鯤鯓同鄉見面，能夠初步建立起一個旅外的人際網。特別在這時，她見到一位來自青鯤鯓的海產中盤商叫做陳四海的男人，這個中盤商幼年與阿秀一齊長大，長大後曾經央媒婆去阿秀的家說親要娶阿秀，不過阿秀很快嫁到高雄，他只好另娶他人。

當蘇哲還一歲時，有一天蘇金田開始咳嗽，身體突然間萎壞了，後來經過診察，被懷疑得了肺結核的病，當時雖然有治療的藥，但是仍然算是一種致死的重症。蘇金田預感到自己的身體的確不行了，必須遠離高雄長期住在醫院。在住院之前，唯恐李金采更加虐待阿秀和蘇哲。他傾盡阮囊，在七賢三路附近的一個小巷子裡，開始祕密打造日治時代留下來的一棟舊房子，甚至用了名貴的檜木翻新二樓，把這個房子改建成一個布莊，並且命名為「錦繡布莊」，叫了阿秀、阿滿、陳英同都移居過來，開始經營這個新布莊。然後，他才安心住到台南永康的清風療養院，家裡的人除了阿滿以外，沒有人敢去探望他。

「錦繡布莊」從金采布莊獨立出來，地點靠近愛河，面積比金采布莊要大了一倍，當阿秀三人搬遷到這裡做布莊生意後，三個人馬上變成鐵三角，阿秀美麗的穿著吸引了顧客，舊雨新知都來光顧這個布店，不僅蘇哲能安全地在這裡長大起來，阿秀也變成了這個布莊相當稱職的老闆，賺了許多錢，算是富裕起來了。

蘇金田不久死了，由李金采發了訃文，舉辦喪事，當中並沒有邀請阿秀母子參加葬禮。

逐漸地，年復一年，金采布莊跟不上錦繡布莊，自從走了阿滿與陳英同後，李金采必須不停更換女傭與裁縫師，她的脾氣也不好，使得布莊的生意下降，失去很多的顧客。

阿滿與陳英同後來就去結婚，有情人終歸成為眷屬。潘嫂這時就有膽量來到錦繡布莊照顧孫子，還鼓勵阿秀再嫁，以免孤單，只是阿秀不願意罷了。

這樣過了二十年的時間，來到了一九七五年，這時越戰結束了，美軍離開了高雄的七賢三路，不再在這裡出入。燈紅酒綠的天堂世界頓時沉靜不少，許多行業開始蕭條，到處貼出了「出租」的紙條。李金采終於在哀怨中死了，財產由彥明繼承，開始拍賣金采布莊。阿秀用了許多的錢，才把這丈夫生前的布莊買回來，算是祖厝沒有落入其他人的手裡。

蘇哲也長大到二十歲，能考上醫學校，準備從醫，甚至也交了女朋友，而阿秀也來到了中年歲數了。這時，她突然想要告別從前的人生，準備進行轉業，就把錦繡布莊都交給了阿滿與英同經營，不再管布莊的生意。然後她回到金采布莊，把布莊內外都改裝一番，不久就變成一家海產店。這時的七賢三路雖然不再那麼繁榮，但是依然有許多商船靠岸，人口出入仍然頻繁。她的海產店內外多用鄉土的圖騰做裝飾，變成一家在繁華街道上具有鄉土味的海產店，而且以新鮮作為海產店的號召，她化身為非常有活力的海產店女老闆，不停招呼店裡的客人。此時，已經喪妻的海產中盤商陳四海常常會來海產店用鄉土的大嗓門幫忙拉攏客人，新鮮的海產貨物都由他供應，有時他們兩人沒有回家，就住在海產店的二樓上。

與八〇年代台灣女性鄉土文學的差異

《大海借路》一書遠非上述的簡單大綱可比，它的幾個重要人物的事蹟超過這個大綱的十倍、二十倍，更加立體詳實，在小說裡彼此牽扯，構成一個不停運動的龐大人事網絡；作者並且借著這些人的足跡所到之地，傾全力描寫台南青鯤鯓小島與高雄的七賢三路、鹽埕區、苓仔寮一帶的地景，這些地景都是一九七五年以前的景象，諒必現在大部分都消失了，只在這本書裡獲得保存，這實在是這本小說所蘊藏的極大價值。不過，如果我們以這個面向來看《大海借路》，那麼還不足以顯現這本小說更深刻的價值和特殊性，因為幾乎八〇年代的鄉土小說盡皆在鄉土人物和鄉土地景做出傑出的書寫，目的將台灣底層社會實相呈現出來，好讓台灣人了解自己，當時的女性鄉土小說也是肩負了這種任務。

因此，我們且用一九八〇年代廖輝英所寫的《油麻菜籽》與李昂的《殺夫》這兩本小說來與《大海借路》做一個比較，在對比之下，就能看出《大海借路》的另外種種價值與特殊性了。

提到《油麻菜籽》與《殺夫》兩本都是在一九八三年出版的女性鄉土小說，

幾乎同時成為台灣文學名著，在國外也很有名氣，它們是那個時代女性小說的最好代表。

首先，眾所皆知，《油麻菜籽》與《殺夫》在當時都不約而同地控訴了台灣鄉土女性在丈夫威逼底下所受的虐待和綑綁，對於狂暴的台灣父權提出了最嚴重的抗議。比如說《油麻菜籽》裡的那位主角母親，可說是典型的受虐婦。丈夫常常對她橫眉怒目、摔東摜西，忘了自己已經是三個孩子的父親，還在經營自己未婚時的春秋大夢。主角母親則是整天披頭散髮，呼天搶地，終日與丈夫爭吵。不但如此，丈夫還在外面混女人，只能賺很少的錢回家，甚至在與妻子口角時，丟出了刀子，插在妻子的腳踝，流血不止，實在是極兇狠的丈夫。然而主角母親從未想到要離婚脫離這個家，她繼續受虐，在家庭一天過一天。至於《殺夫》則是控訴一個當屠夫的丈夫，控制了妻子的行動、食物，讓妻子變成他的洩恨與洩慾的工具，讓妻子陷落在慘無人道的天地裡。這種書寫就是一九八〇年代女性鄉土小說的最大特色。但是到了二〇一八年的這本《大海借路》，這種夫虐待妻的現象突然都不見了，絲毫沒有再被提及。更為不同的是，凡是小說裡的男性都變成了格外地懦弱與沉默，不管是阿秀的丈夫蘇金田、裁縫師陳英同，甚至是日治時代蘇金田的父親，盡皆如此，他們退居在家庭的一個小角落，或者成為無為者，或者早死，對於家庭不再產生負面的影響。相反地，所有的女性幾乎都格外地壯大，像阿秀與阿滿都是孔武有力的女性，即使是乾扁如四季豆的李金采都很兇悍，不懼鬥爭他人。她們已經不再是丈夫手下的被虐者，男人已經不是她們的對手，她們想要爭取的是家庭的財產權和控制權，具有非常獨立的個性，並且對於經營事業很有概念。假如說《大海借路》裡的所有女性能捐棄前嫌而和衷共濟，那麼她們簡直可以組成一個女性軍團，足以南征北戰，主宰一片天。整篇小說看起來《大海借路》的社會就是一個小型的類母系社會，在這個社會裡都是女性說了算，男性並不一定有主導權和說話權。這就是說，在台灣小說的歷史裡，一九八〇年代的鄉土女性作家專寫女性的孱弱，揭出若干女性在男性的暴力下存活的事實；而到了二〇一八年，鄉土女性作家已經轉向女性的強悍面來書寫，顯示女性的堅強自主面已經被發現了。筆者相信，這兩種女性的面向一直都存在於台灣鄉土女性的身上，一九八〇年代，女權比較低微，讓女作家比較沒有自信，所以小說就那樣寫；而二〇一八年的女權已經高張，女性作家比較有自信，小說家就這麼寫，乃是時代給了她們不同的書寫。

上述就是第一個差異。

接著另一個差異就是：一九八〇年代，《油麻菜籽》與《殺夫》所寫的女性，到最後都是失敗的女性。女性不管如何受辱，到最後幾乎都走上毀滅的道路，偶而才有善終的現象。比如說《油麻菜籽》裡的母親在晚年時，靠著長大的女孩賺錢回家，生活改善不少，但是她的精神狀況已經毀了，她開始罵人，家裡老老少少都常被罵，整天喊命苦，簡直不可理喻。至於《殺夫》裡的受虐婦，最後終於拿起刀子，把丈夫殺了，毀掉了一切，連獲得一點點人生的補償都不可能。可是《大海借路》就不是如此，小說裡的人物最後都勝利成功了，阿滿也結婚了；阿秀的母親最後能夠有好的房子在青鯤鯓終老；而即使是喜歡虐待阿秀的李金采還是保住了她的家庭與經濟的控制權，並不完全失敗；更不要說在事業上相當成功的阿秀。這些女人都成了能克服惡劣環境的女英雄。這些就是一九八〇年代與二〇一八年女性小說的第二個差異。

從這兩個差異看來，《大海借路》可說是反叛或超越了一九八〇年代的女性鄉土小說，往另一條新的浪漫的道路而走遠了。

當然，筆者知道將會有人對《大海借路》提出質疑，認為這是作者過分浪漫的寫法，尤其是在一九七五年以前，台灣鄉土女性的命運並不如此幸運光明。

不過，筆者倒是認為，台灣女性並不只有少數幾個人，最少還在千萬以上，這個群體裡有一部分人的命運不好，但不見得所有人的命運都不好。命運的好壞共存在這個大族群裡，要寫黑暗的一面或者是尚有光明的一面，由作者天然的個性偏好做決定[1]，並不見得一定要把一九八〇年代以前的女性寫成無比沉重與黑暗才算正確，讓女性有一些好運與光明仍然沒有差錯。另外《大海借路》是二〇一八年的作品，它並不只反映了一九七五年的現實，更重要的是，作者其實也是在反映當前鄉土女性比較有展望的現實；我們知道，經過了三十幾年，女性的命運不可能永遠停在失敗的一九八〇年代，三十幾年後功成名就的女性越來越多，因此想要告訴每個人說：「當前女性越來越成功了！」，應該是作者寫這本小說的本意。同時這本小說也是預言未來的小說，它在預言將來的台灣有可能會走入勝利女英雄的類母系社會！

從整個台灣女性文學史來看

在世界各國的可見的漫長的文學發展史裡，存在這一個明顯的規律。這個規律是這樣的：每個族群在某個長時段裡，或者兩千年，或者三百年，或者一百年不等，其主流文學家群所書寫的文學類型「文風」會發生一種嬗遞的現象，就是先進入一段時間的「春天：浪漫時代」；然後再進入到一段時間的「夏天：田園‧喜劇‧抒情詩的時代」；然後又進入到一段時間的「秋天：悲劇時代」；最後進入到一段時間的「冬天：諷刺時代」，先完成第一輪循環。之後，又來到另一個長時段的「新春天：浪漫時代」，以備進行第二輪的循環。

如果我們把文學作品中的主要人物視為「英雄」，大凡在「春天：浪漫時代」就會出現勝利英雄；「夏天：田園‧喜劇‧抒情詩的時代」就會出現安居英雄；「秋天：悲劇時代」就會出現失敗英雄；「冬天：諷刺時代」就會出現英雄已死，由小人物當道。

台灣的各族群文學發展史也是這樣。

按常理來推測，台灣女性族群的文學（包括歌謠）至少已經有千年以上的文學歷史。由於最早有一段很長的歷史，是屬於平埔族的母系社會時期，女人普遍控制了家族財產權，並且普遍有了婚姻自主權，活得必然十分快意。所以估計有幾百年的母系社會期的女性族群文學必然就是「春天：浪漫時代」與「夏天：田園・喜劇・抒情詩時代」，作品裡也必有許多的女性勝利英雄與女性安居英雄的存在。可惜，就我們目前所能看到的平埔族歌謠，大半都屬男性口傳的歌謠，很少是屬於女性口傳的歌謠[2]。龐大的女性浪漫與田園歌謠文學都不存在了，這是很大的遺憾。

就在距今三百多年以前，漢人陸續來到台灣，人口眾多，逐步將台灣變成漢人社會。由於漢人社會是一個父權十分高張的社會，從唐代女詩人魚玄機或宋朝女詩人李清照的詩開始，漢人女性的文學就充滿了悲劇氣氛。因此即使明鄭統治與清治時期，台灣並沒有留下女詩人作品，但可以估計台灣的女性文學必然很快轉入了「秋天：悲劇時代」。在日治晚期，台灣則有三個女詩人：石中英、黃金川、蔡旨禪就留下了許多表現女人不濟的詩歌。戰後，女作家的悲劇意識更為強烈，像林海音的《城南舊事》（一九六〇年出版）裡的每篇女性小說都是一個悲劇，而聶華苓的《失去的金鈴子》（一九六〇年出版）裡竟然描寫了一個叫做玉蘭的女子必須嫁給一個剛剛夭折死去的小孩的可怕故事，悲劇氣氛濃厚到不行；

更不要說是一九八〇年代廖輝英的《油麻菜籽》與李昂的《殺夫》這兩本小說也都是萬般的悲劇，可以說悲劇操縱了台灣女性文學相當持久而堅固，故事裡的女性也都是失敗的女性。到了一九九七年，李昂才寫了《北港香爐人人插》這本短篇小說集，才將台灣女性文學推入了「冬天：諷刺時代」，此時女性英雄已死，主角被換成不正經的男男女女，演出一幕幕極為不堪的丑劇，從此以後，台灣女性文學就停留在「冬天：諷刺」的階段，不再前進分毫[3]。

但是現在《大海借路》這本小說出現了，女性成為勝利英雄，男性退場，都顯示了女性的文學正漸漸來到另一個循環的「新春天；浪漫時代」，雖然《大海借路》還是有諷刺味道（比如說男性都是懦弱畏縮），但是女性大抵都很強勢，能主宰與創造光明的未來，顯然已經宣告台灣的女性文學就要脫離冬天時代，往春天而走了，兩性社會也開始要有母系社會的味道了。

當然，筆者還不至於幼稚到說現在台灣已經進入母系社會的階段，從當前台灣的兩性權力結構看來，雖然我們現在已經有一個擁有最高政治權力的女總統，但是就以全國最基層的國小校長名額來看，女性只佔有四分之一，人數還是很不足。假如台灣真正要進入母系社會，那就非得全國的女校長名額佔一半以上不可，同時全國各級的女議員、女縣市長也要佔一半以上，最好有一半產業的老闆也由女性擔任。如此，台灣才能邁入真正的母系社會。

不過，如今的《大海借路》這篇女性小說已經如此寫出了類母系小社會，由於女作家也是社會的女性成員之一，她的潛意識與全體女性的潛意識是一致的，背後必有龐大的女性已經感到新社會正朝著小說所寫的路向而走，那麼台灣真正母系社會的來臨還會遠嗎？

再給女性三十年或者頂多五十年的發展吧，台灣的社會必然會全面到達如同《大海借路》所描寫的：男性退場、女人掌權的地步。這是完全可能的！

二〇二一年九月十七日　完稿於鹿港寓所

1.在一九八五年，周梅春曾經出版過《轉燭》這本台灣女性鄉土長篇小說，裡面的女主角叫做「認仔」，生活在極為貧窮的南部農鄉，度過了一生。但是她的一生命運並不像廖輝英《油麻菜籽》與李昂《殺夫》的女主角內麼黑暗與絕望，勿寧說存在著不絕的光明。這一點說明作者的本性決定了作品的內容怎麼寫。

2.參見宋澤萊著：白話翻譯《番俗六考》（台北：前衛，二〇二一年）裡面所有的「附番歌」。

3.有關台灣女性文學發展史的更詳細論述，請參見宋澤萊著：〈論台灣女性文學的過去、現在與未來〉《台灣文學三百年續集》（台北：前衛，二〇一八年）頁四〇七～四七九。

評論

從青鯤鯓到鹽埕埔：周梅春《大海借路》中的城鄉語境

國立屏東大學中國語文學系教授　林秀蓉

探察台灣文學史中女性作家鄉土書寫的脈絡，從「鄉土」穿越到「後鄉土」，各擅勝場。周梅春是資深的鄉土寫實作家，從一九六六年開始發表作品，迄今仍持續擴寫版圖，具有堅韌的創造力。創作文類除了小說、散文，也跨足兒童文學，其中以小說最具代表性。已出版短篇小說集：《純淨的世界》（一九七五）、《夜遊的魚》（一九八六）、《天窗》（一九八八）、《黃昏的追逐》（一九九三）、《蝸牛角上的戰爭》（二〇〇三）等；長篇小說：《轉燭》（一九八五）、《看天田》（一九九三）、《暗夜的臉》（一九九五）、《大海借路》（二〇二二）等。周梅春出生於台南市佳里區，定居於高雄市左營區，小說大多以她最熟悉的南部城鄉作為空間場景，時間軸線從戰前跨越戰後，反映默默耕耘的勤勞大眾面對社會變遷的衝擊及困境；特別刻劃傳統女性受父權壓迫的圖像，從中彰顯女性剛毅堅強、奮力求生的意志，發出鄉土書寫更邊緣的聲音。相較於新世代作家兼融魔幻、後設、解構等當代技巧的後鄉土書寫，周梅春選擇向來精擅的編織手法，從女性視角出發，鎔鑄寫實技法、城鄉敘事、性別議題為一爐，稜照出鄉間市井黎民的生活。

周梅春鄉土小說的特色，主要場景往往打破了局限於農漁村傳統社會的格局，擴建現代都會的空間，讓鄉土想像與現代都會進行匯流對話，開啟一條結合城鄉經驗與地方認同的路線。《大海借路》中「大海」意象貫串全書，從台南「青鯤鯓」到高雄「鹽埕埔」，以同是填海造陸的城鄉場域，搭起一九三〇世代潘阿秀的生命舞台，塑造大海兒女與命運搏鬥的韌性。全書對於地誌書寫上的考究比之前作品更為用心，大幅增加地理變遷與特殊景觀的描述，透過地景凝視以召喚歷史情境與風土民情，時空敘事梳理分明。

小說敘寫「青鯤鯓」村民和大海互為依存的關係，這個漁村原本為孤島地形，屬於北門郡將軍鄉，從昭和九年（一九三四）至昭和十一年（一九三六），在當地聞人陳天賜的號召下，利用來往澎湖之間的商船載運三角石，並動員全村男丁趁海水退潮時砌岸鋪石造陸，從此村民進出不用再划船擺渡，生活大為改善。村裡這條「大海借路」，一方面投射女主角成長過程的陰影，如父親被海吞噬的哀痛，初戀男友違背誓言的怨恨，以及抵抗母親安排南嫁的衝突等等；另一方面則指涉漁村通往城市的象徵，寄託女主角對未來愛情與婚姻的美好憧憬。小說中「青鯤鯓」的空間語境，透顯著鄉土意識並非走向一條封閉保守的傳統老路，只是一昧歌頌舊有的倫理道德觀念、美化農村的人情，或構設一個鄉土伊甸園；相反地，作者不忘披露傳統鄉土社會中的性別議題，如歧視寡婦、反對自由戀愛、婚姻門戶之見等封建觀念，體現寫實主義的批判精神。

周梅春的城市書寫大多環繞於另一個故鄉「高雄」，如《轉燭》中曾描寫戰後鹽埕一帶生意熱絡、繁華喧囂的市景；而《大海借路》則藉著潘阿秀的婆家金采布莊，見證「鹽埕埔」最輝煌的歲月。就潘阿秀而言，「青鯤鯓」曾開放初戀甜蜜的花朵，卻被流言蜚語與門戶之見所摧殘；最終體念母親保護女兒清譽的苦心，倉促之間嫁入蘇家為細姨，負起傳宗接代的重責大任。初到「鹽埕埔」，二女共事一夫的家族環境，戒慎恐懼，唯有大海安頓孤女不安的心靈；丈夫平日靜默無聲，幸而貼心為其生活細算，使她免於淪為元配惡鬥下的犧牲者。年輕即守寡的「潘阿秀」一夕之間蛻變為「潘錦繡」，成為「錦繡布莊」帶動時尚潮流的女主人，獨立撫養兒子長大成人。從「青鯤鯓」到「鹽埕埔」，潘阿秀歷經現實婚姻的磨難、人情世故的鍛鍊，使其生命格局更為提升，有如大海般寬容看待人事，作者再次鮮明塑造一位力爭上游的女性形象。

這部小說以鹽埕蘇家先祖的創業歷程為敘事支線，透過庶民的小歷史佈示「鹽埕埔」的大歷史。「鹽埕埔」位居高雄出入門戶，也是城市發展的核心地區，從日治時期歷經築港工程，填鹽田、造市鎮，即逐漸邁入工商繁榮的盛景，呈現蓬勃的民生產業發展。小說描寫五〇至七〇年代之間七賢三路「酒吧一條街」夜夜笙歌的盛況，街道巷弄間旅社、酒家、澡堂、布店和打金仔店到處林立；韓戰（一九五〇～一九五三）、越戰（一九五五～一九七五）期間，台灣成為美軍度假必來尋歡的樂園，七賢三路打造了「美軍即美金」的經濟奇蹟。直至一九七五年越戰停火，美軍撤出越南，七賢三路燈紅酒綠的景象才走入歷史。小說回顧「鹽埕埔」酒色財氣的荒唐戲碼，藉此諷刺當時社會彌漫崇洋拜金的扭曲價值。

小說中「鹽埕埔」的空間語境，並非全然是煙花情色、現實功利的冷酷堆疊，其中也上演著貧窮兒女互相取暖的動人故事，如裁縫師傅與女傭共同守護女主角走過狂風巨浪的艱苦歲月，表現敦厚純樸的特質；而城市的現代化，更為女主角打開一扇自我覺醒的窗口。小說最後安排「潘阿秀」回歸本名，與來自「青鯤鯓」的陳四海在七賢三路合開「阿秀海產店」，呈顯出個人化特質的空間，不僅象徵女性的獨立自主，同時意謂對「大海」鄉土的認同。從「青鯤鯓」到「鹽埕埔」，潛藏在潘阿秀內心深處那顆幽微的子午星越加明亮，明確指引她邁向一個自我支配的人生，小說由此傳達女性追求自由的心聲。

周梅春筆下的城鄉敘事，不僅是一種物質性的地景存有，更是一種人文心靈的容載，復刻女性心象與時代歷史的屐痕。二十一世紀隨著「全球化」勢力對地方文化的侵蝕，使得地景逐漸失去地方性的特質，台灣在地獨特的人文歷史因此被模糊化，造成在地人與當地環境的疏離。《大海借路》的地景書寫接續七〇年代台灣本土化運動中的鄉土意識，透過海島鄉土的想像重建人民與土地的情感，開創更廣闊的台灣土地的書寫意涵。

國家圖書館出版品預行編目 (CIP) 資料
大海借路 / 周梅春作 . -- 初版 . -- 臺北市 :
玉山社出版事業股份有限公司 , 2022.02
408 面 ; 14.8x21 公分
ISBN 978-986-294-294-9(平裝)

863.57　　　　110020947

大海借路

作者　周梅春
封面插畫　江易珊
封面設計　盧卡斯
副總編輯　蔡明雲
責任編輯　沈依靜
行銷企劃　黃毓純
業務行政　林欣怡
發行人　魏淑貞
出版發行　玉山社出版事業股份有限公司
地址　台北大安區仁愛路 4 段 145 號 3 樓之 2
電話　(02)2775-3736
傳真　(02)2775-3776
劃撥帳號　18599799
　玉山社出版事業股份有限公司
法律顧問　魏千峰
初版一刷　2022 年 2 月
定價　420 元

贊助單位：長篇小說 創作發表專案
國藝會 NCAF　PEGATRON 和碩聯合科技股份有限公司
長篇小說專題資料庫

玉山社 / 星月書房
www.tipi.com.tw
tipi395@ms19.hinet.net